Jame

EEN SLEE VLEUGELS

Vertaald door Jan Fastenau

1996

Uitgeverij Contact

Amsterdam/Antwerpen

Omslagontwerp Jos Peters, Huizen
Typografie Jenny van Achteren

ISBN 90 254 0796 X
D/1996/0108/542
NUGI 301
CIP

EEN WITTE SLEE MET VLEUGELS

Voor Theresa

Inhoud

Hoe kom je in Moskou 9

Een kale man in een zitslaapkamer 22

Oksels en dergelijke 42

Buitenaardsen van de Planeet Goud 74

Locatie locatie locatie 100

De witte ruis 111

Suzy op de Planeet Aarde 134

Een dikke del met tatoeages 141

Een brandend kampvuur in de verte 167

Oestermaandag 178

Een prachtig schaalmodel van het leven 187

Het wonder van Prozac 211

Een spelletje De Aarde Verlaten 230

Recht tussen de ogen met een 22-kaliber dum-dum 239

En Suzy knikte alleen maar 266

Het collectieve onbewuste van het autotijdperk 272

Hoe kom je in Moskou

Brady wou een echt pistool, hij moest en zou een echt pistool hebben, de dikke oetlul sprong op en sloeg met zijn dikke droplulvuisten op tafel en brulde dat hij niet meedeed als hij godverdomme geen echt pistool kreeg. Dus schoot ik ook overeind, ik stootte per ongeluk expres mijn stoel omver en plantte al mijn knokkels als een baviaan op tafel en stak mijn gezicht binnen kopstootafstand van het zijne en schreeuwde terug:

'Hou je kop en luister naar het Plan!'

'Je kan godverdomme geen bank beroven met een kuttig plastic klappertjespistool!'

'Wat weet jij nou godverdomme van banken beroven?'

'Nou, ik weet godverdomme wel dat je geen bank gaat beroven met een kuttig plastic klappertjespistool. Godsklere, wat een plan!'

Dit was serieus. Ik had me door Brady tot een vloekduel laten verleiden en nu was ik weer aan de beurt en eigenlijk hadden we het al zo'n beetje gehad.

'Is mooie grote zware plastic,' zegt Chicho. 'Kijk maar!'

'Het kan me godverdomme geen fuck schelen hoe groot hij is' (Brady wilde kijken, zijn ogen zwalkten maar hij sloeg het pistool opzij, hij zag er nu uit als een kreeft op speed), 'en dat kutplan kan godverdomme de kanker krijgen, ik ga goddomme Michael Winners klere privé-bank niet beroven met een kuttig plastic klappertjespistool!'

Ik wist het wel.

Ik wist dat ik Brady nooit had moeten vertellen dat het Michael Winners privé-bank was. Dat is het ook niet, ik had dat alleen maar gezegd om de boel een beetje op te peppen, godsamme, moet alles nou zo letterlijk genomen worden? Nu is Brady ervan overtuigd dat de bank wordt bewaakt door Charles Bronson, hij weet gewoon zeker dat iedereen bloedzakjes en trekdraden en zo heeft.

Brady is een *Reservoir Dogs*-fetisjist, God sta ons bij, hij denkt dat op-z'n-hondjes betekent je uitdossen als Harvey Keitel, als Quentin Tarantino een scheet in een emmer liet zou Brady in de rij gaan staan voor de illegale video, hij trekt zijn Dog-plunje aan en rijdt met een zielig zootje makkers rond in de Circle Line-metro, dat is het verhaal van zijn leven. Er is maar één manier om een complete psychoot als Brady aan te pakken, dus graaide ik het plastic klappertjespistool van tafel en priemde de rode plastic loop tegen zijn grote gebroken neus:

'Godssodeklere, je hebt godverdomme totaal niet zitten luisteren godverdommese kutkloot, krijg toch het schompes stomme kutkankerlijer, het hele punt is godverdomme dat het juist overduidelijk geen écht pistool is, godsamme, elke halvegare blinde hufter kan dat godverdomme zien, eikelemien, snap je dat nou godverdomme niet, gigantisch stomme sufkut dat je bent!'

Zo.

Uitgeteld. Hij had het helemaal gehad. Zelfs Brady moest even slikken om dat te verstouwen. Tijd om toe te slaan:

'Luister, oké, oké,' zei ik. 'Je mag je Dog-spullen dragen.'

'Ja?' zegt hij, en hij bloost van hoop en schaamte.

Hoop en schaamte.

Ik moet het Brady nageven, hij gaat niet prat op zijn fetisjisme. Hij schaamt zich ervoor, behalve wanneer hij echt in de ban is en met zijn Doggies rondrijdt. Hij wil het eigenlijk niet maar hij moet gewoon en als hij weer tot zichzelf komt gaat hij zich schamen. Dat is goed, het is het enige goeie aan Brady, mijn oudste vriend.

Uit zijn schaamte blijkt dat hij van de boom van kennis van goed en zielig heeft gegeten.

Er blijkt uit dat hij een beetje gestoord is maar geen hopeloos geval, en ik veronderstel dat ik hem daarom wel mag. In elk geval weet ik dat hij geen weerstand kan bieden aan het idee om echt een bank te beroven, of ten minste deel te nemen aan een echte bankroof, in zijn Reservoir Dog-outfit.

'Ja,' zeg ik, 'je mag het pak dragen,' alsof het een hele concessie van me is om allemaal vriendjes te blijven. In wezen zijn Brady en zijn Doggies onderdeel van het Plan, maar ik had het achter de hand gehouden omdat ik wist dat Brady ergens trammelant over zou maken, dat doet hij altijd, hij houdt er gewoon van om trammelant te maken, hij is het soort lul dat na drie glazen tegen je zegt:

'Goed, dus jij helpt me als die drie daar ruzie met me gaan zoeken?'

En dan kijk je om je heen en zie je drie skinheads of zoiets die goedkope whisky staan te slobberen en zich nogal te buiten gaan aan dat schelle chimpansee-gekakel dat je bij sommige jongeren hoort, dat is waar, en er al met al uitzien alsof ze de wekker niet hebben gehoord op de ochtend dat de genensoep werd uitgedeeld maar zich alles bij elkaar genomen met hun eigen snelle zaakjes bemoeien, en je antwoordt:

'Wie, die daar? Die zoeken helemaal geen ruzie.'

'Dat komt nog wel.'

Zo'n soort klootzak.

'De zonnebril ook?' vraagt Brady.

'Oké.' Ik spreid mijn armen. De zonnebril ook.

'Oké,' zegt Brady en hij spreidt zijn lange armen voor zich uit, alsof er nooit echt een probleem was. 'Oké, prima, ik gebruik het klappertjespistool wel.'

‘En ik?’ vraagt Chicho.
‘Hé, wacht nou effe,’ zeg ik. ‘Dat zit allemaal in het Plan.’
Maar het is oké, hij gaat geen trammelant maken.

Chicho maakt nooit trammelant.

Eén keer is hij bijna serieus mediterraan met me geworden, dat was toen ik het uitmaakte met zijn zus Pilar (wat pilaar betekent, wat een rare naam is voor een meisje, als je erover nadenkt), maar hij weet nu dat het het beste was, ze is met een Portugese bakker bij Portobello Road getrouwd, ze maken tandensplijtende zoete gebakjes bestoven met witte poedersuiker, ze hebben een machine die stervormige slangen suikersmurrie in de kokende olie spuit, als speeldeeg in de hel, om churro’s te maken die dan in een kom gesmolten chocola worden gedoopt. Ze bakken wat Fred de Beveiligingschef krasans noemt, die ook met chocola zijn gevuld, en ze hebben gekruide, vette varkenskarbonaadjes in broodkruim en dat soort dingen. Geen wonder dat Chicho zo verrekte dik is, maar dat is ook oké want hij is gewoon van nature groot en dik en bedaard, hij is het soort man dat klopt met zijn zware lijf, als je begrijpt wat ik bedoel, het ziet er niet stom uit, de droomprins van elke vetfan, en hij zit trouwens nergens mee behalve met het welzijn van zijn zus en het naar verluidt fabuleuze restaurant met houtfornuis van zijn halfbroer in Zaragoza; over beide maakt hij zich grote zorgen.

Wat Pilar betreft is hij nu oké, want hij beseft dat ze veel gelukkiger is met die Portugese bakker dan wanneer ze had zitten wachten op een waardeloze slampamper die in een veredeld schuurtje woont (ik), maar wat het restaurant met houtfornuis betreft is hij momenteel een beetje opgefokt omdat hij zich daar voor de helft in moet kopen, nu of nooit.

‘Je hoeft alleen maar een hoop Spaans te schreeuwen en Suzy

een beetje op haar kop te geven en tegen de politie te brabbelen,' zeg ik.

'Brabbelen?' vraagt Chicho. 'Brabbelen? Wat is?'

'Laputamadrecabrondiosmio!' zegt Suzy de Zwarte Weduwe.

'Is dat brabbelen? O, is makkie voor me,' zegt Chicho.

'Ik dacht dat ik moest rijden,' zegt Suzy de Zwarte Weduwe.

'Dat moet je ook,' zeg ik (ik heb het niet meer van geilheid, zeggen mijn ogen, jezus, zeggen die van haar). 'Maar in het Plan moet je gillen en zo en ook een beetje op je kop krijgen van Chicho.'

'Is makkie voor me,' belooft Chicho haar.

'Maar wat vrees-lijk melodra-merig, schat,' zegt Suzy met het perfecte hete-aardappelaccent van de UpperClass dat we nodig hebben, met bijpassende kinloze overbeet en fladderarmen.

'Klasse,' zeg ik.

'Is makkie voor Suzy,' zegt Chicho vol bewondering.

'Jezus, net zo'n wijf in een grote bontjas zonder slipje,' lacht Brady.

'Maar daarna mag ik toch wel rijden?' houdt ze aan, met haar gewone stem, uit Dundee, en met haar gewone gezicht, sceptisch en Schots, en haar gewone gebaren, resoluut en strijdbaar.

'Daarvoor doe je juist mee. Voor het rijden en het telefoneren. Het gillen en op je kop krijgen is extra.'

'In wat voor auto moet ik rijden?'

'Wat Mr Supaservice voor ons heeft. Ik heb tegen hem gezegd dat het iets echt poenigs moet zijn, een discojeep, een witte turbo-Mercedes met grote wielen en vleugels of zoiets, iets waar een poenige Arabier in zou rijden, iets wat ze zich allemaal zullen herinneren, ook al stonden ze er tweehonderd meter vandaan, maar met plaats voor drie mensen en een volle vuilniszak.'

'En het moet een automaat zijn,' brengt ze me in herinnering.

'Laat het maar aan mij over,' zeg ik, en ik kijk haar weer smeltend aan en even zit ik zowat te zwijmelen omdat ik een soort voelvisioen heb, als je zoiets kunt hebben, van mijn hand die langzaam over haar platte buik strijkt en haar zwarte 501 in glijdt.

Zoals gisteren.

Suzy de Zwarte Weduwe kan niet alleen perfect een UC-accent nadoen maar ze is ook de beste chauffeur die we kennen. Chicho was er een keer bij toen ze uit Zaragoza terugkwamen met zijn zus Pilar (die een dikke vriendin van haar is) en 120 reden (mijlen, niet kilometers) over de Périphérique in Parijs, die een kruising is tussen de Londense ringweg en steilewandracen, ze spoot gewoon alle Fransen van de weg terwijl ze met één hand een joint rolde. Ze rijdt alsof ze ook door de carburators ademhaalt, als je met haar rijdt is het alsof je naar zo'n eigenwijs jochie zit te kijken dat door de beginnerslevels van een videospel scheurt, gewoon totale controle. Ze heeft nog nooit van haar leven een ongeluk gehad, ze is de enige ter wereld die zich werkelijk zou kunnen permitteren om een legale witte Mercedes-turbo met grote wielen te verzekeren omdat ze zo'n gigantische no-claimkorting heeft, maar het moet wel een automaat zijn, ze kan niet in een auto met koppeling rijden, ze zegt dat een koppeling macho-onzin is, als God wou dat we met drie pedalen reden had ze ons wel drie voeten gegeven, je kunt beter twee handen aan het stuur hebben zodat je gewoon kunt richten en vuren, zegt Suzy. Gek dat alle mannen die natte dagdromen hebben over auto's als verlengstuk van hun pik er ook van overtuigd zijn dat diezelfde auto's een kort dik versnellingspookje moeten hebben om mee te spelen, dat wijst toch duidelijk ergens op, zegt ze, waar of niet?

'Eh,' geef ik toe, 'om eerlijk te zijn, er is een probleem met de auto.'

Ik zie dat ze allemaal hetzelfde denken:
ja ja ja
ik wist het wel
er is een probleem
er is altijd een probleem
het was een leuk idee maar nou ja.

'We hebben op voorhand vijfhonderd pond nodig voordat Mr Supaservice zelfs maar serieus met ons wil praten.'

En we kijken allemaal naar de tafel, waarop we al het geld dat we te pakken konden krijgen bij elkaar hebben gelegd.

Suzy begint het als een Schotse vrek te tellen maar we weten al dat het geen vijfhonderd pond is. We kijken naar haar, hopend tegen beter weten in. Als ze halverwege is met tellen en we kunnen zien, om maar niet te spreken van weten, dat het niet genoeg is, gaat Brady over de rooie:

'Wat is er verkeerd aan ons? Wat heeft die gluiperige zwarte kloteklapper tegen ons?' gilt Brady.

'We hebben geen strafblad,' gil ik terug. 'Dat is het hele punt' (ik vermijd angstvallig om weer te gaan vloeken). 'Dat is wat ik de hele tijd probeer uit te leggen. Luisteren jullie nou allemaal even, oké? Dat is het hele punt van het Plan. Kijk, we zijn geen van allen ooit ergens voor gearresteerd, oké, dus

(a) we hebben geen connectie met de politie. Dat houdt in dat we honderd keer meer kans hebben om het te flikken. En we wonen niet bij elkaar, hebben we ook nooit gedaan, we zijn geen familie of zo dus

(b) we hebben geen connectie met elkaar, oké? En dat houdt in dat ook al gaat alles die dag fout, zolang we vasthouden aan ons verhaal hebben we geen van allen op zich iets zwaar crimineels gedaan, wat ze ook zeggen of doen. Daarom is het zo'n goed Plan, oké? We hoeven geen van allen iets links te doen tot het allemaal gepiept is. Jij' (ik wees naar Brady) 'hoeft helemaal niks te doen behalve zuipen met je makkers tot we 'm daadwerkelijk smeren en je krijgt alleen maar een boete, of hooguit drie maanden, wegens vandalisme en mensen terroriseren. Zelfs als ze ons in de smiezen hebben en ons drieën in de bank snappen, nou en? Als we vasthouden aan het verhaal over Suzy's artikel kunnen ze ons nergens voor pakken, behalve mij voor uitkeringsfraude en Suzy en Chicho voor misleiding.'

'Ik stomme Spanjaard gebruikt door slimme Schotse meisje,' zegt Chicho. 'Is makkie voor me,' en hij maakt zo'n leuk weids, bedaard mediterraan wuifgebaar dat mij nooit lukt, alsof hij in slow-motion naar een vlieg slaat. 'Niks.'

'Precies,' zeg ik. 'Ze kunnen niet eens bewijzen dat het een komplot is. Ook al verknallen we het.'

'Wacht even,' zegt Suzy. 'Je hebt ons eigenlijk nog niks verteld. Ik bedoel, wat is dat voor geouwehoer dat de politie helpt om ons in te sluiten in de bank? Lijkt het je niet beter om ons dat te vertellen?'

'Ik vertel het pas als jullie in het Plan geloven.'

'Hoe kunnen we godverdomme in het plan geloven als we het niet kennen?' vraagt Brady.

'Is moeilijk voor ons,' zegt Chicho.

'Je moet geloven in het Plan als het Plan, het is gewoon een reeks zetten, dat is alles. C volgt op B volgt op A. Maar we moeten A regelen voor we verdergaan naar B. Laat C nog maar even zitten, ik vertel jullie pas over C als de rest loopt. Als we de auto hebben geregeld en als ik Fred heb ingepalmd met Dai's vriend Jimmy, dan gaan we verder naar C en bel ik Sammy. Als ik jullie nu over C vertel, houden jullie het meteen voor gezien. Kijk, het is zoiets als parachutespringen of zo, je moet de routine er instampen tot het automatisch gaat, je moet geloven dat het lukt net zoals je gelooft dat dinsdag op maandag volgt voordat de een of andere hufter je uit het vliegtuig duwt, anders raak je in paniek en in de war en ben je de pineut.'

'Pineut?' vraagt Chicho. 'Wat is pineut?'

'Boedeboedeboedeboede!' zegt Brady en doet iemand na die in een van zijn films met een machinegeweer wordt neergemaaid.

'O,' zegt Chicho. 'Is heel slecht voor ons.'

'Oké, oké,' zegt Suzy en werpt me een rare blik toe alsof ze het er maar op waagt met mij, en Chicho en Brady knikken ook. We hebben nu een ernstiger+angstiger sfeer, wat wel beschouwd maar goed is ook, dus ga ik verder, maar ik merk dat ik van mijn apropos wordt gebracht door Suzy's ogen.

'Goed. Eh, shit, waar was ik gebleven?'

'Het moment dat we daadwerkelijk uit de bank komen,' zegt Suzy terwijl ze de laatste bankbiljetten op het stapeltje legt. 'Het moment dat Brady op moet komen. Het plastic pistool?'

'O ja. Goed, dus als Brady ons naar buiten ziet komen, mag je ervan uitgaan dat de politie ons ook ziet. Nou is het best mogelijk dat ze er nog steeds in trappen, ze zijn dan zo aan het eind van hun Latijn dat ze ons misschien hoe dan ook doorlaten. Maar dat is een hachelijk moment want nu hebben we daadwerkelijk het geld, nu is het serieus. Dus wat gebeurt er als we de bank uit komen?'

'De Dogs gaan over de rooie in de Pizza Express,' zegt Brady, en hij laat dat plastic pistool dat hij twee minuten geleden zo verafschuwde rond zijn dikke middelvinger draaien en zingt met zijn zware afgrijselijke stem: '*I love the sound of breaking glass.*'

'Precies. Klasse. En wat krijgt Brady?'

'Verstoring van de openbare orde en verzet tegen arrestatie,' zegt Suzy.

'Een paar honderd pond boete voor een kwart miljoen!' glundert Brady.

'En waarom alleen maar een kleine boete?' dring ik aan.

'Ja, ja, ja, omdat het alleen maar een plastic rotpistooltje is en elke droplul dat kan zien en iedereen trouwens weet dat ik een Doggie ben en alleen maar een raam van een pizzeria heb gebroken en een paar bierflesjes door Bow Street heb gesmeten.'

'Juist. Hou je aan het verhaal en we zitten goed.'

'Hé, maar als ze jullie drieën nou toch te pakken krijgen in de auto?' vraagt Brady, alsof hij net heel kien een groot probleem heeft ontdekt.

'Je kent ons niet en we lappen jou er niet bij.'

'Het gaat niet enkel om mij,' zegt hij, helemaal beledigd. 'Als ze jullie wél aanhouden en jullie met z'n drieën in de auto snappen, met het geld?'

'Hé, wie rijdt er?' zegt Suzy.

'Is makkie voor Suzy,' zegt Chicho.

En dan lachen we allemaal, dat is een hele goeie, ik was trots op ons, en trots op het Plan.

Het is raar, ik ben niet trots op het Plan als iets dat van mij is, ik ben er gewoon gek op als iets volmaakts, als een juweeltje of zo, dat helemaal klaarligt en precies is zoals het moet zijn. Ik ben er niet trots óp, ik ben gewoon trots en gelukkig dat het er is. Vreemd. Het lijkt nu een eigen leven te leiden.

'Maar we hebben maar vierhonderdzeventien pond,' zegt Suzy en ze smijt het stapeltje bankbiljetten weer op tafel en ons terug in de realiteit.

Triest maar waar.

Raar maar waar!

We hebben met z'n allen gewoon geen vijfhonderd pond! Wat is dit voor eeuw? Maar daarom zitten we tenslotte in dit schuitje: we proberen ons leven te redden. Londen is een gehaktmolen waar aan de ene kant mensen in gaan en aan de andere kant geld uit komt, en wij zitten aan de verkeerde kant, we gaan erin, erin, erin.

Behalve dat de grote Uitzend-God mij de weg heeft gewezen.

Ik ga ons leven redden ook al doet het ons de das om.

We gaan uit de molen kruipen en we gaan leven.

Er zijn in wezen maar drie supergroepen in Londen: degenen die nooit een hypotheek kunnen krijgen, degenen wier leven en sterven bepaald wordt door de hypotheekrente en degenen die geen hypotheek nodig hebben. Dat zijn de rangen van slavernij en vrijheid, de rest is allemaal een kwestie van gradatie.

Chicho wil de helft van het restaurant in Zaragoza.

Brady wil een pub in Castlebar, in het noordwesten van Ierland.

Ik wil een appartement met hoge ramen en een tuin.

Dat zijn geen visioenen van een hemels leven in een schommelstoel op een veranda, het zijn geen flauwekulfantasieën over het gemak ervan nemen en de boel de boel laten, het zijn onze dromen over startblokken voor een echte gooi naar het leven.

Ieder het zijne, zeg ik.

Niemand wist toen wat Suzy wou.

Maar ze had gelijk over één ding: ik moest nog honderd pond versieren, nu meteen, nu we er nog van overtuigd waren dat het kon, het was mijn Plan, het was aan mij om ons tot ontsnappingssnelheid aan te vuren, anders zou de hele onderneming alleen maar het zoveelste prachtidee blijven, zoals die fantastische door bier gevoede levensreddende ideeën die we afgelopen zaterdagavond in de pub hadden:

> Brady zou een tv-serie gaan maken getiteld *De slechtste seriemoordenaars uit de geschiedenis*, over een vent die echt het slechtst is, ik bedoel volslagen waardeloos, het lukt hem nooit om iemand te vermoorden, hij graaft de hele tijd valkuilen en gooit zuur in badkuipen en bewijst de mensen uiteindelijk steeds bij vergissing een dienst.

Chicho zou door heel Londen licenties voor Mr Chorizo-kraampjes gaan verkopen, zodat hij na een jaar of twee terug kon naar Spanje om rond te lummelen en nog dikker te worden en te kaarten en hij iemand in dienst kon nemen om eens per maand door Londen te tuffen en zijn geld voor hem op te halen. Hij opperde dat ik dat wel kon doen, de hufter.

Ik zou gaan leren om Engelse les te geven en vier jaar lang 25 000 pond per jaar verdienen in Saoedi-Arabië en daarna een appartement in Sheps Bush kopen en Midden-Oostendeskundige worden. Ik dacht erover om misschien islamiet te worden om mijn imago op te peppen. Het is eigenlijk hetzelfde als presbyteriaan zijn, op de kleren na.

Ik wist toen niet wat Suzy afgelopen zaterdag voor plannen had zitten maken.

En natuurlijk was het enige wat er gebeurde dat we allemaal zondags wakker werden in ons bed en gewoon de krant lazen en foto's en promo's voor rijke+beroemde mensen bekeken.

Maar deze week was me de Weg gewezen.

Ik zou dit verhaal verwezenlijken.

Het eerste wat gedaan moet worden is het eerste.

Hoe kom je in Moskou?

Door naar Moskou te gaan.

Dus knikte ik tegen Suzy en stonden we op en lieten we Chicho en Brady, die als twee grote uilen op mijn bed zaten, in mijn schuur achter.

Later meer over de schuur.

Toen we door de tuin naar de poort liepen gooide ik mijn

flesje aceton en mijn potje matte nagellak en mijn penseeltje naar haar op.

Daarover zo meteen meer.

Ze stopte ze zonder iets te vragen weg. Tof.

En weg waren we om wat klinkende munt vrij te maken.

Daarover nu meer.

Een kale man in een zitslaapkamer

Het was zaterdagavond rond kwart voor tien, drukkende oranje lucht en vochtigwarme straten. Londen was in beweging, hergroepeerde zijn moleculen voor de nachtjacht, deelde zichzelf op langs de zenuwbanen van zeven miljoen telefoonboeken en filofaxen; honderdduizend klieken, elk met zijn eigen territorium, regels, tradities, leiders, helden, vijanden en hofnarren, die zich in auto's, bussen, taxi's en metro's verzamelden. De hele wereld was klaar met werken en winkelen en eten, de vroege avondfilms gingen uit, iedereen zat alleen maar te wachten om te gaan feesten, stond te trappelen om erop los te gaan en het laat te laten worden, dit is waar de stad voor leefde en voor werkte van maandag tot vrijdag, van negen tot vijf, deze lange nacht die door zou gaan tot de week was begraven en zondag half dood.

Dit was de tijd om de straat op te gaan.

Toen Suzy en ik door de tuinpoort kwamen, konden we het al ruiken in de natte lucht, een miljoen mensen in de stemming, een oceaan van uitgedroogde zielen die heen en weer dreven op de stuwkracht van door de mens gemaakt maanlicht, jammerend om lasers en muziek en drank en drugs en seks, om één momentje dat ze het gevoel kon geven dat de tijd te pletter was geslagen, spiedend door de nacht naar die verborgen steeg die we nooit hebben gevonden maar alleen uit dromen kennen, waar het neon flikkert en de trap omlaagvoert en de portier knipoogt en de verre beat zegt:

hier is het
hier is het
dit is het land waar reclame werkelijkheid wordt
dit is de deur naar de grote wereld.

We reden pal oostwaarts door West-Londen in Suzy's afzichtelijke ouwe automatische mini, ze deed twee keer de rotonde tussen Sheps Bush en Holland Park en gaf onderwijl voortdurend gas, alleen maar om te laten zien wat ze bedoelde met wat ze had gezegd over twee handen aan het stuur houden.

'Maak je geen zorgen, deze mini's plakken als lijm,' zei ze.

'Gelukkig,' zei ik met mijn oor schrap tegen het dak.

'En hij is trouwens veilig, hij heeft een kreukelzone.'

'Een kreukelzone in een mini? Waar?'

'Van de koplampen tot de achterbumper.'

'Fijn.'

Logisch gesproken hadden we behoorlijk gedeprimeerd moeten zijn. Ik bedoel, hoe diep kun je zinken: we stonden op het punt om ons leven totaal te verknallen, voor altijd, voor ongeveer het nettoloon van een buschauffeur. Dat had een rationele berekening kunnen zijn als ons leven toch al verknald was, als we junkies waren of UnderClass of zo, die geleerd hadden om een strafblad te beschouwen als gewoon een onderdeel van het gemiddelde cv.

Maar we waren geen UnderClass, of zelfs WorkingClass. We waren LowerMiddleClass. We hadden alle twee op de universiteit gezeten en waren afgestudeerd, godsamme. Onze ouders zijn aardige fatsoenlijke mensen die altijd een baan hebben gehad om hun hele leven hun hypotheek af te betalen en er zit niet één kindermishandelaar bij.

Ik heb me eens door een ouwe hippie laten hypnotiseren om te kijken of ik misschien een Verdrongen Geheugen Syndroom had wat zou kunnen verklaren waarom ik zo'n lapzwans ben en liever mijn benen af zou laten zagen dan een vaste baan te nemen, ik hoopte eigenlijk dat ik getraumatiseerd was zodat ik iemand de schuld kon geven. Het bleek dat ik massa's vergeten herinneringen had, wie niet, godbewaarme, maar het waren allemaal goeie, ze gingen allemaal over teddyberen en Kerstmis en zo: mijn geest was een mishandelingsvrije zone.

Dat is het probleem, als je een fijne LMC-jeugd hebt gehad geloof je op je twintigste nog dat de wereld echt van zoete koek en zonneschijn is.

Toen we langs Notting Hill Gate reden bande ik teddyberen en zonneschijn uit mijn gedachten om mezelf ongevoelig te maken. Ik was aan het werk, godsamme, dit was geen tijd voor sentimentaliteit. Ik vergewiste me ervan dat ik de goeie werkkleren aan had: ik had het gebruikelijke zwartleren jack en de blauwe 501 verruild voor het oude tweedjasje van de Oxfam en de groene ribbroek en het geruite overhemd van de doorsnee Engelsman van Marks & Spencer via de Oxfam. Ik was nu onzichtbaar ten zuiden van Watford.

Suzy parkeerde dubbel voor Liberty en ik ging die pub bij het Oxford Street-station binnen, bestelde twee bier alsof ik op iemand wachtte en wrong me tussen een stel jongens met mooie overhemden en dassen door die zich de gin-tonics goed lieten smaken. Ik zei:

'Ik wacht op iemand. Ik hoop dat jullie het oké vinden? Jeetje, druk hè?' Ik zei dat opdat ze zouden denken dat ik een vervelende zeikstraal was die misschien zou proberen om zich aan hen op te dringen, zodat ze mij nog meer zouden negeren.

Ze hadden hun colbert uitgetrokken en op de bank achter hen gelegd, ze voerden een luide+onbenullige discussie over waarom het Romeinse Rijk in elkaar was gestort, kwam het door slavernij, barbaren, het noodlot, toeval of ongezonde financiële instellingen? Ze lachten veel en deden stemmen van de tv na, eigenlijk klonk het als een goeie conversatie, niet zo heel erg verschillend van de dingen waar ik het vroeger straalbezopen met mijn vrienden van de universiteit over had.

Maar ik was hier voor zaken, dus trok ik ook mijn colbert uit en dronk van mijn bier en keek op mijn horloge alsof ik de smoor in had over iemand die te laat was en klopte op al mijn zakken voor sigaretten die er niet waren en zocht toen mijn colbert af en liet mijn hand onder mijn colbert glijden en kijk eens aan, ik kreeg ook een chequeboek en een pasje uit het jasje eronder te pakken, die ik eerst alleen maar onder mijn colbert stopte, niet in de zak, voor het geval dat iemand me had gezien, zodat niemand kon zeggen dat ik ze in mijn zak had gestoken; het is van primair belang (net als in het Plan) om steeds die minieme mogelijkheid open te laten dat het allemaal per ongeluk was zodat je iedereen die je beschuldigt aan het twijfelen kunt brengen, aangezien niemand die je beschuldigt ooit 100% zeker kan zijn. Daarna bleef ik daar gewoon een paar minuten zitten roken en denken.

Ik keek naar dat stel jongens die hadden gestudeerd en nu lol maakten met hun jasjes uit en ik kreeg een serieuze aanval van ontzetting toen ik bedacht: hoe kan dit in godsnaam van me geworden zijn, een portefeuilledief in een pub? Hoe is de droom, de MC-droom van zoete koek en zonneschijn, vervlogen?

Echt waar, ze zouden mensen als wij niet naar de universiteit moeten sturen. Het is bullshit, ze zouden net zo goed eerlijk kunnen zijn en ons op een bank tewerkstellen als we achttien zijn, of ons anders alleen op de universiteit toelaten voor een opleiding tot leraar of accountant of zo. In plaats daarvan krijg je drie jaar interessante dingen te doen en dan zeggen ze, oké, jongens en meisjes, het goeie nieuws is dat jullie nu het recht hebben om een stomme baret en toga te dragen (als bewijs dat jullie intelligent zijn).

Het slechte nieuws is dat het daarmee afgelopen is.

Tja, jongens en meisjes, jullie hebben een gratis monster gekregen van hoe het leven in elkaar zit voor de echte MC'er, de belastingbetaler heeft jullie, om de een of andere krankzinnige reden, betaald om Shakespeare te lezen (Suzy) of Wittgenstein of Kafka of AJP Taylor (ik), jullie hebben Mies van der Rohe of Paul Klee of astrofysica gedaan of waar je maar liefhebberij in had, jullie hebben rondgeneukt en rondgelift en jullie bioritme is afgestemd op middernacht en de lange, trage zomers, en nu jullie net zo'n beetje beseffen wie je eigenlijk bent, of zou kunnen zijn, moeten jullie accountant of leraar worden of bij ICI gaan werken en heerlijke nieuwe deodorants ontwikkelen.

Dat is toch redelijk?

Wat?

Opeens is de kortstondige jong-socialistische bijna-gelijkheid van de universiteit verdwenen: de toffe peer met dat maffe ouwe GTi-wrak gaat rondreizen door Amerika, het leuke meisje dat je geld voor je drugsexperimenten voorschoot is naar mams reserve-appartement in South Kensington om wat vriendjes in het uitgeversbedrijf op te zoeken en jij blijft hulpeloos achter in je uppie en drijft af naar een opleiding tot leraar of accountant of naar de bijstand.

Ma, pa!

De Gebrekkig Gelanceerde Jonge Volwassenen zwermen naar huis voor meer geld.

Behalve dat pa en ma geen geld hebben.

De ramp is compleet.

Het blijkt dat pa en ma praktisch elke cent die ze verdienen uitgeven aan de dingen waarvan je dacht dat ze 's nachts gewoon stilletjes door de aardige mensen van de MC-winkelcentrale werden rondgebracht. Het blijkt dat het, als je LMC bent (en niet echt MC zoals je min of meer dacht), een levenslang gevecht met geld is en op een stille avond kun je de grond weg horen zinken. Er is gewoon nooit genoeg geld om niet aan geld te hoeven denken, je kunt nooit naar het Supermenu van het Leven kijken zonder dat je ogen afdwalen naar de Speciale Dagschotel, altijd zit het spook van een Laatste Aanmaning in je ooghoek. Je ziet gewoon nooit een echt lichtpuntje.

En zo, als je van de universiteit komt met je studieschuld in de cadeauverpakking van een sjonge-jonge namaakperkamenten bul, in de verwachting om te beginnen waar pa+ma zijn opgehouden, kom je tot de ontdekking dat pa+ma nooit echt zijn opgehouden, ze vechten nog steeds om geld, dag en nacht. Misschien dat je een steuntje in de rug krijgt met een kleine aanbetaling op een klein appartementje waar je tegenaan loopt maar daar blijft het bij, dat is alles, het kan niet op het spel worden gezet want het kan maar één keer uitgegeven worden, het wordt pas uitgedeeld als het contract voor de HAT-eenheid op tafel ligt. De lange vakantie van de verlengde puberteit is afgelopen, het is tijd dat jíj het overneemt op de MC-ladder, en de schrik slaat je om het hart en je hoort Rutger Hauers stem die zegt:

Time to Work.

Dat doet zeer, dat komt hard aan, maar shit, oké, oké, we gaan wel werken, we zijn niet te trots om te werken, we willen werken, we willen iets bereiken, we nemen alles aan, absoluut alles, hoort u me, dat 14 000 pond per jaar oplevert om mee te beginnen en ons iets laat doen, wat dan ook, dat ons niet voor ons dertigste seniel maakt.

Is dat te veel gevraagd van de twintigste eeuw?

Is de hel centraal verwarmd?

En zo word je, twee of drie jaar nadat je van de universiteit af bent, op een zondagmiddag wakker met nul geld in de pocket (O kut! Dat laatste, zinloze rondje vannacht!) en ouwe melk op het aanrecht en geen inkomsten tot de uitkeringscheque komende donderdag, en terwijl de avond doods binnensluipt dringt het tot je door dat je, diep in je binnenste, toch nog steeds dacht dat er een 100% trammelantvrije geldteruggarantie op het Leven zat indien niet volledig tevreden; je kunt het niet echt verknallen.

Tot nu toe.

Nu weet je dat die garantie er niet op zit en dat je het wel degelijk kunt verknallen.

Draaierigheid.

De tweede golf leraren en accountants deint binnen.

Ik keek naar die knakkers en probeerde me af te vragen hoe lang ze hadden geweigerd om te zwichten, ze hadden er vast een tijdje maling aan gehad, dat heeft iedereen ook al geeft hij het niet toe, niemand is toch willens en wetens van plan om accountant of zo te worden? Niemand is echt geknipt voor een pak en negen tot vijf, je wordt gewoon geschaafd en geschuurd tot je past. Maar waar waren dan de littekens? Ik kon geen bloed zien, alleen maar smetteloos polyesterkatoen en volle portefeuilles.

Ik bedoel, prima om niet te willen zwichten, maar waarvoor? Zeker, je kunt je trots verheffen en zeggen:

> Verdomme, dat deed zeer, maar die herrie was alleen maar mijn kreukelzones die bezweken, ik ben ab-soluut niet van plan om mijn haar van mijn kop te werken en rimpels in mijn gezicht te graven in een bank of een lerarenkamer, ik kan dat niet, net zoals ik niet kan ademen onder water, sorry ma, sorry pa, jullie Hebben Het Nog Nooit Zo Goed Gehad, jullie hadden de Hoogconjunctuur en JFK en volledige werkgelegenheid godsamme, jullie wisten dat jullie elk jaar van baan konden veranderen en jullie dachten dat jullie de wereld in de vakanties tussendoor konden ver-

anderen. Wij zijn de retromensen die achteruit nergens heen gaan, wij zijn de ironische generatie, wij kunnen een stap naar achteren doen en erop neerkijken en erom lachen alsof het allemaal een slimme rotreclame is, maar ironie is eigenlijk gelul, ironie is wat je doet om de pijn te stoppen voor hij begint, ironie is een preventieve aanval op het leven. We moeten ironisten zijn omdat we niks hebben om pijn voor te riskeren, we zijn niet bang voor pijn op zich maar voor pijn zonder reden, we zien niet waar het allemaal heen gaat en wie er achter de schermen aan de touwtjes trekt en waarom. Dus zitten we hier gewoon als alternatieve neo-hippies een jaar of twee te slampampen en proberen wat dingen op een rijtje te krijgen en wachten tot De Baan, het echte werk, langs komt kuieren. Wat is De Baan? We weten het niet. Iets waardoor we zeggen: ja, dat doe ik, dit ben ik, dat ben ik in de schijnwerpers, zonder dat we in ons glas hoeven te staren en eraan toe te voegen: Nou Ja, Het Is Niet Zo Erg Eigenlijk, Weet Je. Gewoon iets waardoor je 's morgens je bed uit rolt en denkt, ha lekker, ik ga vandaag weer Dingen Doen, in plaats van dat de wekker je opdregt en neerplempt en je verdwaasd denkt: O Fuck, niet alweer Werk, hè! Kut, je bent jong, de nachten gaan snel, je kunt ertegen, als het voorlopig nog niet komt, wat dan nog? Je kunt gewoon rondlummelen en naar het mechanisme luisteren dat de wereld laat draaien en proberen die nieuwe kaarten uit te vogelen zodat je weet welke kant je op moet.

Wat allemaal leuk en aardig en hippieachtig en cool en zo klinkt, behalve dat het, wanneer je niet echt MC bent, eigenlijk betekent dat je in miserabele zitslaapkamers woont in rotwijken vol wasserettes en pornokiosken, waar het bad altijd onder het schaamhaar van iemand anders zit en radiozenders van verdwaalde uitgewekenen door de nacht knetteren.

Dat deed ik dus.

In zitslaapkamers wonen.

De tijd vliegt, de dagen slaan om in jaren.

Ik ben 28.

28!!!

Om de een of andere reden is De Baan nooit op komen dagen.

Tegen de tijd dat mijn gedachten op dat punt aankwamen had ik het rookgordijnsaffie bijna op en echt waar, de zenuwen gierden weer door mijn lijf, mijn hoofd stoomde van de bloedpompende zekerheid dat ik iets radicaals moest doen om mijn leven te redden. Angst had me mijn vleugels en mijn moed teruggegeven.

Dus kramde ik de half opgerookte sigaret in de asbak en stond op en pakte mijn colbert en het chequeboek plus pasje eronder en liep naar buiten, met de buit nog steeds in de plooien van het colbert, niet in de zak, als laatste verdedigingslinie, naar de auto waarin Suzy zat te wachten.

We reden naar de hoek van South Molton Street, naar dat Bureau de Change (het is het beste om ergens te parkeren waar je snel in verschillende richtingen kunt vluchten), waar het me tien minuten kostte om de handtekening een keer of zestig te oefenen:

R.H.A. Perceval

(een mooie UpperMiddleClass-handtekening, het was een genot om haar te zetten) en mezelf half serieus aan te praten dat ik R.H.A. Perceval wás, terwijl Suzy de matte nagellak op dat ene datumrijtje van de kalender op de achterkant van het chequeboek deed en liet drogen, zoals ik haar had gezegd. Dat vond ze interessant, het was een nieuwe voor haar. Mijn eigen patent, om eerlijk te zijn.

Terwijl ik die handtekening oefende zodat ik haar kon zetten alsof ik echt die vent was, bedacht ik dat Engeland toch een absoluut paradijs van klassecontinuïteit was. Ik bedoel, hier zitten we, negenhonderd jaar nadat Willem de Veroveraar en zijn Vikingen met hun Franse taal en Franse namen overstaken en Engeland innamen en je hoeft maar met iemand met een Fransosennaam aan te komen, Perceval of Montague of Beaufort of zo, en ik wed twee tegen één dat hij MC is of hoger. Oud Geld gaat lang mee, daarom kruipt iedereen ervoor.

Maar goed, toen we klaar waren liepen we het Bureau de Change in en ja hoor, het arme kleine gepermanente wijf achter het loket was moe, het was laat, ze was min of meer opgelucht dat we een leuk Engels stel waren op een avondje uit, R.H.A. Perceval met zijn tweedjasje en zijn drie voorletters en zijn meisje met haar airtje en hennahaar en leren jack en jeans die je een centimeter of acht van haar opmerkelijk platte buik liet zien, geen zwart dievengespuis of een buitenlandse idioot met wat naar hij beweert een creditcard van de Bank van Bosnië-Hercegovina is, ze nam niet de moeite om te zorgen dat de balpen doordrukte, ze zette alleen maar een kruisje in het datumvakje, dus dat betekende dat we in de auto de onzichtbare laag nagellak voorzichtig met aceton konden verwijderen, wat natuurlijk betekende dat de balpeninkt op de nagellak ook verdween, en hoppa! er stond geen kruisje in het datumvakje. Het papier was een klein beetje ruw, maar dat zag je alleen als je heel goed keek en we maakten daar een kreuk in het chequeboek om het te verdoezelen.

We hadden het zowaar samen geflikt, we keken elkaar aan en er vonkte verdorvenheid in onze ogen, we hadden samen de wet aan onze laars gelapt en likten nu onze lippen, dus was het geen punt meer om op de automaat naar het Bureau de Change bij McDonald's op Marble Arch door te zoeven en nog een honderdje vrij te maken, en dat was dat, we zouden dat chequeboek niet meer gebruiken, ik zou het aan Mr Supaservice geven als extra bewijs van onze eerzame bedoelingen, hij kon het zo doorverkopen, het zou nog een dag of vier niet al te link zijn voor de georganiseerde jongens en hun wanhopige mannetjes. Wij hadden wat we wilden: 100 pond voor Mr Supaservice en 100 pond om vanavond lol te maken en niemand werd benadeeld behalve wie de heer UMC Percevals bank tegen zijn verliezen verzekerde, wat betekent niemand waar ik mee zit en ik hoop ook niemand waar jij mee zit, want als je daarmee zit dan waarschuw ik je van tevoren dat je nog veel erger zult zitten met nog veel meer dingen die komen.

Ik gaf Suzy meteen ons hele honderdje en ze ritste het in de mouw van haar leren jack, ik weet niet waarom ik dat deed, ik denk dat ik het gewoon op mijn gevoel deed, het leek volkomen normaal, alsof ik zeker wist dat we het samen gingen opmaken.

En ze nam het ook aan zonder er verder bij na te denken.

Tof.

Toen keek ze me aan en vroeg:

'Mijn huis of jouw schuur?'

Ik woon namelijk niet meer in een armetierige zitslaapkamer. Niet echt. Ik mag eigenlijk niet klagen, en dat doe ik ook niet, want:

Ik heb ruggesteun.

Dat kleine mazzeltje.

Wie dat heeft, krijgt wat speelruimte.

Ik woon in een soort schuur in de tuin van mijn Grote Zus.

Ze is tien jaar ouder dan ik, ze kwam in het begin van de jaren tachtig van de universiteit. Daarmee is ze een relikwie van de goeie ouwe overheidsvoorzieningen, van de corporatieve staat die van 1945 tot ongeveer 1982 bestond, die lopende band die de LMC naar de MC voerde (wie genaaid werd was de WC die belasting betaalde maar geen gebruik maakte van hypotheeklastenverlichting en gratis universiteiten en beeldendekunstregelingen en zo; die kreeg in plaats daarvan *The Sun*). Grote Zus, de geluksvogel, wist aan te klampen aan het staartje van die LMC-hemel, en dus heeft ze een fijn huis in Sheps Bush en een belachelijk lage dertien jaar oude hypotheek.

En ik heb de schuur.

Begrijp me niet verkeerd, ik vind het prima.

Ik vind het heerlijk, het is een grote schuur die ik drie jaar geleden samen met Chicho tegen de achtermuur van haar huis heb gebouwd, hij is ruim vier bij vier en bijna drie meter hoog en ligt een stukje boven de grond op oude spoorbielzen. De elektriciteit komt door de muur uit het huis van Grote Zus, er staat een tweepersoonsbed in op anderhalve meter hoge palen waaronder ik mijn schommelstoel van gebogen hout heb staan, mijn muziekinstallatie en een roestige, rammelende koelkast vol bier en kaas en Chicho's tortilla's en dingen die je kunt eten zonder te koken. Hij is met steenwol geïsoleerd (na de eerste winter, toen mijn ballen er afvroren), er hangen gordijnen en lampen en aan de wanden mooie dekens en boekenplanken die aan de muur geschroefd zitten die vroeger de buitenmuur van het huis was, en vorige zomer, toen ik niks te doen had en een paar weken geen geld voor de lange nachten, heb ik zelfs de gevelspitsen met houtsnijwerk opgesierd zodat het eruitziet als iets uit een oud Russisch sprookje.

Ik maak gebruik van de elektriciteit van Grote Zus en van haar badkamer en wasmachine en geef haar 30 pond per week of zo als ik uitzendwerk doe of wat dan ook, en zo goed als niks als ik niet werk. Ik ben onderdeel van het huishouden als ik dat wil en vrij als ik het niet wil, ik ben geschoren en gewassen en gedraag me netjes en ik betaal geen 50 pond per week om in een uitgewoonde zitslaapkamer in East Acton of zo te wonen.

Dat geeft me een relatief hoog besteedbaar inkomen.

Dat past bij mijn besteedbare leven?

Bob (de man van Grote Zus) heeft er geen bezwaar tegen dat ik in een schuur in hun tuin woon want toen ik er pas zat betrapte ik een zeventienjarige inbreker die (begrijpelijk) niet verwachtte dat iemand hem midden in de nacht vanuit een schuur in zijn nek zou springen terwijl hij het raam openwrikte en ik tremde hem in elkaar en redde zodoende Bobs Bang&Olufsen-toren en dergelijke voor ik in de gaten kreeg dat hij maar half zo groot was als ik en een royaal uitgevallen nagelvijl in zijn hand hield om ramen mee open te krijgen in plaats van een mes om mij mee neer te steken. Hij had hem los moeten laten maar dat wou hij niet, ik denk nu dat hij niet snapte wat ik schreeuwde, ik was ook bang, ik zag het ding glinsteren in zijn hand, ik sloeg hem op zijn smoel, het was al retefysiek allemaal, ik schreeuwde laatgoddommedatmesvallenetterstraal en dat soort dingen, ik durfde niet meer op te houden met hem af te tuigen tot hij zich opeens gewonnen gaf en in elkaar zakte en het losliet. Ik sloeg zijn halve bovenlip eraf, daar moet ik 's nachts soms aan denken, ik zie nog steeds de huid in zijn mondhoek voor me, opengereten in het licht uit een raam aan de overkant, en het bloed dat eruit en over mijn hand druppelde, daar heb ik erge spijt van. Ik liet hem toen wegrennen, hij zei zelfs bedankt met zijn piepstemmetje toen ik hem terugschopte over de muur en nu wou ik dat het nooit gebeurd was.

Het betekent echter wel dat Bob me nu ziet als een Ultiem Afschrikmiddel.

Bob is een roze geboende telg uit een echte MC-familie met Studieverzekeringen en zo, hij is een links-liberale advocaat, ik denk dat zijn politieke bewustwording stamt van het moment waarop hij ontdekte dat niet iedereen het recht heeft om in een Volvo te rijden en in de exotische delicatessenafdeling van exclusieve warenhuizen rond te snuffelen. Wat de jonge Bob betrof was dat een kosmische onrechtvaardigheid, een tegennatuurlijk kwaad, en sindsdien is hij een onverschrokken strijder voor de MC-hemel. Op zijn etentjes dien ik ter illustratie van (a) de woningnood en (b) zijn edelmoedigheid tegenover de zielige familie van zijn vrouw. Ik speel mee als het eten heel lekker ruikt, wat het vaak doet want Bob is een absolute kookfanaat – 's zomers plukt hij laurierblad en basilicumblaadjes van planten in terracotta potten op zijn balkon en steekt ze zo in zijn mond – en ook omdat ik graag zijn Verhaal hoor.

Hij heeft maar één echt verhaal, maar ik kan er keer op keer naar luisteren, ik bedoel, wat maakt het uit of het nieuw is of niet, is Hamlet nieuw? Bobs verhaal gaat zo:

Na de mijnwerkersstaking verdedigde Bob een mijnwerker die ervan werd beschuldigd dat hij een baksteen naar de politie had gegooid en dat ontkende. De politie had toentertijd net die enorme moderne oproerschilden uitgevonden die we nu normaal vinden en de betreffende politieagent was (zeiden ze) door de betreffende steen aan zijn knie geraakt. Bob liet een van die nieuwe schilden binnenbrengen en verzocht de smeris het voor zich op te houden, en hij hield een baksteen in zijn hand en vroeg hoe de smeris in hemelsnaam dacht dat iemand hem daarmee kon raken als het schild tot zijn enkels kwam. De smeris geeft geen antwoord, dit is niet met hem doorgesproken, er staat niks over in zijn notitieboekje te lezen. Dus Bob houdt die baksteen op en zegt:

'Nou, dan heeft die steen misschien gestuiterd?'

'Ja,' zegt de smeris snel, 'dat is het.'

Bob laat de baksteen op de vloer vallen. Hij stuitert niet. De magistraten schuiven op hun kont heen en weer en kijken naar hun nagels, de smeris staat naar de baksteen te kijken en wordt vuurrood en Bob haalt vliegensvlug een halve baksteen te voorschijn en vraagt:

'Misschien was het er meer zo eentje?'

'Ja, zo eentje!' zegt de smeris.

Bob laat de halve baksteen vallen. Hij stuitert ook niet. Zaak met tegenzin afgewezen.

Afgezien van het fantastische eten en dit verhaal is er nog een reden waarom ik Bobs etentjes wel zie zitten: zo af en toe veronderstelt een leuk MC-meisje dat ik – omdat ik in een zonderlinge schuur woon en (per slot van rekening) de broer van Bobs vrouw ben en altijd heel lief ben tegen mijn neefjes (vier en zes) die het heerlijk vinden dat ik in de schuur woon – in werkelijkheid vast een soort vermomde MC-figuur op een lang uitgevallen vakantie ben en alleen maar wacht tot het juiste meisje langskomt om mijn inkomen te onthullen en haar weg te voeren naar een leven van gegarandeerde artistiekerigheid in Islington.

Ik zou het doen als ik kon.

Ik ben de perfectste oom van de wereld en ik ben nog maar 28.

Een paar weken geleden zat Bob ergens mee onder het eten, tot hij opeens, pardoes en een ietsje te snel, zei dat hij dacht dat de jongens het misschien wel leuk zouden vinden om de schuur als bendehol te hebben als Jamie negen was of zo. Of tien, zei hij er meteen achteraan en werd helemaal rood en gaf me gelijk meer wijn en was de hele avond heel erg bijzonder aardig tegen me.

Aha.

En dan nog wat. Over drie maanden word ik 29.

Negen-en-shit-twintig.

En we weten allemaal wat er daarna komt.

Ik nader mijn uiterste verkoopdatum.

De maanden beginnen met sprongen voorbij te vliegen, de

zon schiet met snelle, korte bogen over mijn Leven Op Aarde.

Ik geloof niet dat ik erg graag (diep ademhalen) 30 ben.

Ik wil niet erg-graag-30 in een schuur zijn.

Of uit een schuur getrapt worden.

En nog steeds uitzendwerk doen of in de uitkering zitten?

Shepherd's Bush aan Verdelingsbureau: waar blijft verdomme mijn deel?!

Misschien heb ik altijd alleen maar op de nominatie gestaan voor geluk.

Onlangs ben ik ermee begonnen om soms 's avonds door de straten te slenteren, in de regen, en naar de verlichte ramen van de huisjes te kijken. Ik zou die mensen met een bijl kunnen vermoorden om hun Chinese lampekappen en hun leuke Ikea-boekenplanken en graslelies.

Ik vind dat vreselijk van mezelf.

Ik vind het vreselijk dat ik me zorgen ben gaan maken over dat ik nooit MC zal worden, en over geld, en oud worden. Dat deed ik vroeger nooit, ik zweer het, vroeger neukte en zoop ik zonder erbij na te denken met iedereen, ik wist niet wie ze waren of hoe rijk ze waren of hoe oud ze waren, het kwam zelfs nooit bij me op.

Misschien was ik toen blind?

Misschien word ik nu getikt?

Ik weet het niet, ik weet het niet.

Ik veronderstel dat je je nooit ergens zorgen over maakt totdat je denkt dat je het misschien verliest.

Het gevaar bestaat dat ik mijn schuur verlies.

Ik steven af op het verlies van mijn jeugd.

Ik begin mijn haar te verliezen, godsamme.

Dat is het ergste, het haar. Dat is het eerste suizen van de zeis.

Je kunt een bierbuik wegwerken of leguanetieten of vetrollen om je middel (ik ben me pas gaan realiseren dat ik ze misschien ook ooit krijg, ik had eerlijk waar nooit gedacht dat dat kon. Wie wel?) maar je kunt geen kalende kop wegwerken, die kun je alleen wegknallen.

Aan de andere kant van de tuinmuur kan ik de ramen van de huizen in de straat hierachter zien. Achter een van die ramen zit een kale man in een zitslaapkamer, zijn gordijnen zijn altijd open en je kunt hem de hele avond modelvliegtuigjes in elkaar zien knutselen.

Soms gaat hij treuzelen, hij houdt geleidelijk op en zit dan een minuut of twee voor zich uit te staren. Dan staat hij op en zwiept zijn gordijnen dicht (het zijn natuurlijk oranje gordijnen, ik denk dat er overal een geheime verordening van kracht is dat alle zitslaapkamers oranje gordijnen moeten hebben) en tien minuten later trekt hij ze langzaam weer open en gaat weer rustig verder met zijn lijm en plastic onderdelen. Ik neem aan dat die intermezzo's de lichamelijke masturbatiepauzes zijn van zijn geestelijke masturbatie, of misschien slaat hij alleen maar van wanhoop met zijn kop tegen de muur. Of beide.

Ik ben hem gaan observeren alsof het een afgrijselijke spiegel van een mogelijke toekomst is.

Ik ben beslist niet van plan om zoals hij te eindigen.

Maar dat was hij ook niet.

Als ik naar hem kijk voel ik de angst en de kracht van zekerheid: niks kan erger zijn, de gevangenis kan niet erger zijn.

Een baan als accountant kan niet erger zijn.

Tot nu toe heb ik weerstand kunnen bieden aan de grote vergelijking van het einde van dit millennium (vervliegende hoop + opdoemende angst = accountant worden) door ervoor te zorgen om eens per week tijdens het spitsuur langs Charing Cross te lopen en naar de accountants te kijken die bijeendrommen voor het bord met vertrektijden, verdwaasd omhoogstaren als keuterboertjes voor een ikoon en wachten tot hun gezegd wordt dat ze eindelijk weg mogen naar een plaats waar ze eigenlijk niet heen willen.

Maar ik weet dat mijn weerstand afneemt.

Vorige week las ik een advertentie voor aspirant-accountants, twee keer.

Nee, nee, nee.

Als ik nu accountant word betekent dat dat ik dat zes jaar geleden had moeten worden.

Ik kan nu niet terugkrabbelen.

Ik moet Michael Winners bank beroven en mijn leven redden.

Daarom zit ik (nu, om ons weer op gang te krijgen) met Suzy in haar afzichtelijke mini op Marble Arch te besluiten waar we heen moeten.

'We moeten met Mr Supaservice gaan praten,' zei ik.

'Roger,' zei ze.

'Nee, Mr Supaservice,' zei ik.

'Ha ha,' zei ze.

Ik keek naar haar terwijl ze de automaat in Drive zette en de motor in ruw contact met de wielen schoot.

'We moeten wel gestoord zijn,' zei ik toen we wegreden van het Bureau de Change en kalmpjes de wijde bocht van de weg in doken. 'Ik bedoel, we hoeven dit niet te doen, dit is belachelijk. We kunnen nog steeds iets verstandigs gaan doen, weet je, we zouden bijvoorbeeld een beroepsopleiding kunnen gaan doen, misschien, we zouden nu nog steeds aan een echte loopbaan kunnen beginnen.'

'Klopt,' zegt ze terwijl ze ons soepel om Marble Arch manoeuvreert en daarbij voortdurend langzaam gas geeft, met beide handen aan het stuur. 'Dat zouden we kunnen doen. Is makkie voor ons.'

‘We zouden een Arbeidsongeschiktheidsverzekering kunnen hebben en een Hypotheek met Gemeentegarantie en Belastingvrije Spaarregelingen.’

‘Volkomen juist,’ zegt Suzy (we zitten even vast achter een nachtbus bij Queensway).

‘Ik bedoel gewoon, we zijn nog niet totaal naar de kloten, weet je, kijk, stel dat we kinderen hadden.’

‘Wat?’

‘Ik bedoel gewoon, stel. We zouden ze nog steeds een min of meer normale jeugd kunnen geven. Een idylle, zoals het hoort. Beren en Kerstmis en zo, LMC-hemel.’

‘Waar heb je het in jezusnaam over?’

‘Ik bedoel gewoon, we zouden nog steeds accountant kunnen worden of zo, als we een pak kochten en logen bij sollicitaties.’

‘Klopt, je hebt gelijk, we zouden het nog steeds kunnen doen.’

‘Precies. Dat is het enige wat ik zeg.’

‘Oké.’

‘Oké wat?’

‘Oké, als dit niet lukt worden we alle twee accountant.’ Ze kijkt opzij. ‘Ik meen het.’

‘O,’ zei ik.

‘We gaan naar Laatste-Kansstad, oké?’

‘Klinkt heavy.’

‘Het is de enige plek om te wonen,’ zegt ze.

En ze schoot opzij langs de bus en trapte hem op zijn staart en zelfs de stoplichten leken Vooruit Maar te schreeuwen want ik zweer dat we, toen we eenmaal vijfentachtig reden, daar de hele weg naar huis geen enkele keer meer onder kwamen, zelfs niet in een afzichtelijke ouwe automatische mini, het leek wel Warp 139 of zo, de hele auto kon elk moment uit elkaar vliegen, en de stoplichten gingen maar

RoodenOranje en Groen
RoodenOranje en Groen
RoodenOranje en Groen
voor ons, de hele Bayswater Road af en door Notting Hill en Holland Park en rond Sheps Bush Green, alsof we ze lieten verspringen door te willen dat ze het deden, en we hadden een soort latino-achtige psychotensamba aanstaan op topvolume, mensen keken op als we voorbijscheurden, vanwege de muziek en ook vanwege het geluid dat een afzichtelijke ouwe automatische mini bij vijfentachtig kilometer per uur maakt, net Thunderbird 1 op coke, en als je het nooit hebt gedaan zul je niet snappen waarom joyriders er gewoon de beuk in gooien als ze de zwaailichten achter zich zien, ook al weten ze dat het er dik in zit dat ze gepakt worden of de auto in de prak rijden of zo. Wij zouden het ook gedaan hebben, neem dat van me aan, met universiteit en al, we waren gewoon high op die puur natuur, 100% zuivere, vers geperste organische pep die alleen je eigen hersens kunnen maken, chemicaliën die alles wat in pil- of poedervorm te krijgen is gewoon doen verbleken en vervagen; magie die we uit onszelf hadden opgeroepen door te kappen met het gezeik en weg te graaien wat we wilden uit de stralende etalages, gewoon dóén.

Ik keek opzij naar Suzy achter het stuur en ik wou ter plekke stoppen en neuken, in de mini, omdat ze er zo lekker en zo geil uitzag, en ze zag hoe ik naar haar keek en ze grijnsde net als ik en ik dacht: toen ze het Leven uitvonden, bedoelden ze dit. Het kon me geen bal schelen of we op dat moment verongelukten+verbrandden, maar ik wou dat we eeuwig zouden leven.

Een uur later liep het allemaal uit de hand.

Oksels en dergelijke

Een uur later zaten we te kletsen wat we met het geld gingen doen en Suzy zei dat ze erover dacht om naar India te gaan en wat dingen op een rijtje te zetten, weet je wel, haar leven om te gooien, weet je wel, en ik dacht jezus dat is te goed om waar te zijn, en ik zei, misschien wat gretiger dan de gelegenheid billijkte:

'O, echt waar?'

'Ja,' zei ze, 'en ik kom precies hetzelfde terug, alleen vijfentwintig kilo lichter en vol zweverig gezever.'

Waarop ik begon te lachen.

Ik kom hier zo meteen op terug.

Maar daarvoor leverden we die vijfhonderd pegels af bij Mr Supaservice, plus het chequeboek+pasje, zodat we hem imponeerden met onze zakelijke inslag en welwillendheid, en hij keek ons aan en zei:

'Wel wel wel wel wel.'

'Ge zijt slecht van vertrouwen,' zei ik.

'Zo ben ik nou eenmaal, jochie. Maar hé, ik zie en nu geloof ik. Dus wat willen jullie?'

'Een automatische GTi of zoiets,' zei ik.

'Die bestaan niet,' zei Suzy.

'De Spinnevrouw heeft gelijk.'

'Wat zei je ook al weer?' vroeg ze aan mij. 'Een witte Mercedes met vleugels?'

'O, mooi,' zei Mr Supaservice. 'Dat is een goeie. De dame

heeft smaak. Ik geloof dat er in Southall een of twee rondrijden, heb ik gehoord. Die eigenaars van de avondwinkels houden van Mercedessen met vleugels, en die Aziaten houden van automaten, die denken dat Ealing Broadway dan meer op New York Broadway lijkt. Als ik er een vind, juffie gemene zwarte weduwe, dan is hij voor jou. Supaservice zorgt er keurig voor dat hij niet gezocht wordt, zodat je die acht handjes van jou er niet aan brandt. Maar hij is niet goedkoop. Een witte Mercedes met vleugels? En dan ook nog automatisch? Ik zal jullie eerst maar eens zeggen hoe duur dat wordt.'

Hij zei vijftienduizend, en ik zei meteen dat we hem tweeënvijftig-vijftig zouden geven maar pas na de klus, alsof ik echt verwachtte dat hij gelijk akkoord zou gaan. Ik vond dat goed klinken, tweeënvijftig-vijftig, net alsof het helemaal uitgedacht was. Hij vond het helemaal niks, ik wist het wel.

'Probeer je me in de zeik te nemen, Mr Milkybar? Denk je dat ik de auto gratis krijg? Shit, ik dacht dat je in de haak was. Ik moet boter bij de vis geven, jongen, en jij ook.'

'Kom op, Supa S., we hebben het hier over risicodragend kapitaal. Wil je alleen maar zo'n braaf autohandelaartje zijn? Kijk, we hebben geen kapitaal, we moeten de goederen hebben, we moeten een heel eind boven de marktprijs gaan zitten, en wie neemt het risico? Jij? Nee. Jij bent de tussenpersoon, jij hebt het voor het zeggen. Je schuift je risico's door naar je leveranciers, snap je? Je zegt tegen je mannetje dat het een nieuwe deal is, hij levert je een witte slee, hij krijgt vandaag niks maar woensdag dubbel geld of niks. Je mannetje heeft het geld nodig anders zou hij geen auto's jatten voor de kost, dus wat zegt hij? Hij zegt goed man, oké, dikke mik.'

'Je hebt een goed koppie voor zaken, Mr John Denver.'

'We zijn Thatchers kinderen, Mr S. Zeg het maar. Je waagt een gokje met ons of anders stap je eruit en word je een eerzame autodealer met een lichtreclame en een marge van twintig procent, dan kun je jezelf Mr Veilig & Vertrouwd Hobbelkar Centrum noemen, hoe lijkt dat je?'

'Ja ja ja,' zegt hij alsof hij het voor gezien houdt, maar ik weet dat dat laatste hem steekt.

'Als we de klus verknallen, heb je de auto dinsdagmiddag terug, niks linker dan toen we hem kregen, en heb je die vijfhonderd voor één dag huur.'

'Hoe kan dat dan?'

'Dat zit allemaal in mijn Plan, Supa S. We hebben onfeilbare afbreekmechanismen ingebouwd tot aan het moment waarop de poet in de hoed zit. Ik kan je verder niks vertellen, hoe minder je weet hoe beter het voor je is, snap je wat ik bedoel?'

'Ik zeg niet dat je geen goochemerd bent, Mr Milkshake.'

'Te goochem om te proberen jou een loer te draaien, Supa S.'

'Je moet een gokje wagen om een hoop te verdienen,' zegt Suzy.

'Noem je dat een gokje, Miss Spinnebeet?'

'Zestig, na de klus,' zeg ik.

'En ook nog automatisch? Je wilt zeker ook nog precies opgeven wat voor geluidsinstallatie je in de auto wilt, nu we het er toch over hebben? Je wilt zeker een cd-wisselaar en zo?'

'Zien we eruit alsof we maar wat aan het dollen zijn?' vraagt Suzy.

'Je ziet er patent uit, Miss Geldspin,' zegt Mr Supaservice met een brede grijns.

'Jij ook,' zegt Suzy, 'maar als je het niet kunt regelen krijg dan maar de kanker. Geef dat geld en de cheques en het pasje dan maar terug. Kom,' zegt ze tegen mij, 'ik ga morgen wel wat cash versieren en dan vinden we wel een scharrelaar in de House of Pies die ons kan leveren.'

Wat een intuïtie!

Wat een onderhandelingsgave!

Wat een bluf bij het scheiden van de markt!

Het was alsof Suzy *Sla toe! Verkooptrucs* had gelezen of zigeuners over paarden had zien pingelen in Wanstead, wat op hetzelfde neerkomt. Ik bedoel, hoe wist ze dat Supaservice het meest de ziekte in krijgt van het woord scharrelaar?

Dat is namelijk zo, omdat hij zich verbeeldt dat hij de autoscene in deze buurt bestiert, hij beroemt zich erop dat hij overal in meedeelt, hij heeft de schurft aan de snelle nieuwe crackjeugd die rondhangt in de House of Pies en nergens mee zit en nooit iemand zomaar ergens in mee laat delen. Hij moet zijn handel beschermen tegen die schrale+hongerige concurrenten zonder onkosten.

Mr Supaservice heeft wel onkosten. Er moet veel geld bij hem binnenrollen omdat Mr Supaservice zoals elke zwoegende MC'er nagenoeg boven zijn stand leeft.

Hij moet schoolgeld betalen voor zijn vele zonen en zijn vele dochters verwennen.

Mr Supaservice heet eigenlijk Maurice, hij is een grote lange dunne pezige neger van een jaar of veertig denk ik, en hij wist dat als hij zijn zonen naar de gewone school op Latimer Road zou sturen, dat ze zich dan in het straatleven zouden storten en foute dingen zouden gaan doen als ze dertien of veertien waren, om stoer te doen of omdat het leuk is. En omdat ze geen MC zijn en zwart zouden die stomme kleine smetten op het blazoen niet worden afgedaan als schooljongensstreken, de Supaservice-zonen zouden worden afgetuigd of in de cel van het politiebureau van Shepherd's Bush belanden en dan zaten ze op de lopende band en gingen ze de gehaktmolen in. Dus stuurt hij al zijn zonen tussen hun riskante twaalfde en zestiende naar een kostschool in Hampshire waar ze zich uit kunnen leven en die hem duizenden ponden per semester kost, wat hij verdient met gemeentewoningen verhuren en pooieren en linke auto's en zo. Op hun zestiende komen ze eraf met hun einddiploma en is de ergste testosteronwoede van hun jeugdpuistjesperiode botgevierd op de leraren, die ervoor worden betaald om alles te incasseren. Supaservice heeft tien zonen bij vier vrouwen, geloof ik, soms ben ik daar echt jaloers op. Hij moet die vrouwen ook onderhouden. Wat zijn vele dochters betreft, hij is van mening dat zolang je er maar voor zorgt dat een meisje denkt dat ze het neusje van de zalm is, dat ze zich dan nooit zomaar vergooit, dus laat hij ze gewoon bij hun eigen moeder wonen en verwent ze hartstikke rot met kleren en sieraden en zo en op hun verjaardag leent hij een echte Amerikaanse limousine, een zeswieler met een tv-antenne op de kofferbak als een boemerang op een stok en zwarte ramen, die is van een van zijn autohandelaarsvriendjes, en dan haalt hij ze af en rijdt een beetje rond door de Bush zodat al hun vriendinnen hen kunnen zien en daarna neemt hij ze mee naar de een of andere patserige zwarte club in Brixton waar een tafel en de champagne klaar staan, zodat ze hun neus ophalen voor al het straatgajes. Alle tienjarige meisjes uit de buurt willen dolgraag aanpappen met zijn tienjarige meisjes omdat hun vaders dolgraag met hem aan willen pappen, dus zijn kinderen hebben dankzij hem de tijd van hun leven, en ze weten waarom ze het zo fijn hebben, andere kinderen moeten blozen als pa langskomt maar niet die van Supaservice, en dus zijn ze allemaal gek op hem. Tot voor heel kort was hij hét voorbeeld voor elke man uit de buurt. Nu voelt hij zich een beetje bedreigd, hij hoort bij het establishment, dat is deels waarom hij mij wel mag, denk ik, hij minacht me eigenlijk omdat ik een slampamper ben, dat weet ik, maar hij vindt het ook wel oké om me een drankje aan te bieden of gewoon langs te komen voor een praatje (wat prima is voor mijn imago), deels omdat hij het leuk vindt om een beetje neerbuigend te doen tegen een jongen die gestudeerd heeft, deels omdat hij gratis juridisch advies krijgt van Bob, die hij *consigliere* noemt, waar Bob vreselijk van baalt, en ook deels omdat iemand eens zei dat hij Gewoon Een Klote Tory was, wat hem behoorlijk stoorde totdat ik tegen die vent zei, nee hoor, Supa S. is alleen maar een voorstander van de Vrije Markt en de Vrije Markt is fantastisch, het enige probleem is dat we die niet hebben, in plaats daarvan hebben we Kapitalisme. Supaservice vond dat wel een goeie, het pleitte hem min of meer vrij.

(Het is een hobby van hem om vanachter of onder auto's te voorschijn te springen als zijn progressieve blanke MC-mediaburen van de BBC voorbijkomen, zodat ze een hartaanval krijgen voordat ze beseffen dat het Mr Supaservice is, van wie ze goedkope auto's kopen en over wie ze hun kennissen vertellen in wijnlokalen, en dan steekt hij een vermanende vinger naar hen op en beschuldigt hen ervan dat ze racisten zijn die onbewust denken dat elke neger een straatrover is, en lacht ha ha.)

Dus hij keek naar het geld en het chequeboekje met al die fijne cheques en dat leuke pasje dat hij gewoon als lekkermakertje kreeg en hij zei shit, hij kende ons al jaren, als we geen strafblad hadden moesten we wel gehaaid zijn (het kwam nooit bij hem op dat we gewoon nooit veel uitgevoerd hadden) en hij zei vijfenzeventig en Suzy zei weer zestig, echt heel Schots, voor ik vijfenzestig kon zeggen en hij zei oké en wij tweeën gaven elkaar de hand erop, ik voelde me wel een beetje stupido dat ik zijn hand schudde omdat Suzy degene was die de deal had rondgemaakt, maar hij gaf haar geen hand. Ik bedoel niet dat hij om de een of andere foute reden geen handjes met haar wou schudden, hij dacht er gewoon niet aan, ze was een meisje, ik was De Man. Suzy schudde alleen maar haar hoofd en lachte bij zichzelf, ik wist dat ze hetzelfde dacht.

(Ik heb Chicho's zus Pilar eens geholpen toen ze een afzichtelijke ouwe FIAT wilde kopen van een ouwe Spanjaard in Acton die geen Engels sprak maar nooit met een vrouw zaken zou doen omdat hij daar gewoon niet bij kon met zijn boerenkop. Ik spreek geen Spaans, dus ging het gesprek zo'n beetje als volgt:

IK TEGEN OUWE MIGUEL: Pili wil misschien die afzichtelijke ouwe FIAT kopen die je achter hebt staan.
OUWE MIGUEL TEGEN PILI: Wat zegt hij?
PILI TEGEN OUWE MIGUEL: Hij zegt dat ik je FIAT misschien wil.
OUWE MIGUEL TEGEN MIJ: Hij loopt als een zonnetje.
IK TEGEN PILI: Wat zegt hij?
PILI TEGEN MIJ: Hij zegt dat hij loopt als een zonnetje.
IK TEGEN PILI: Hoeveel wil je ervoor geven?
OUWE MIGUEL TEGEN PILI: Wat zegt hij?
PILI TEGEN OUWE MIGUEL: Hij vraagt hoeveel ik wil geven.
PILI TEGEN MIJ: Zeg maar tegen hem vierhonderdvijftig.
IK TEGEN OUWE MIGUEL: Ze geeft je er vierhonderdvijftig voor.
OUWE MIGUEL TEGEN PILI: Wat zegt hij?
PILI TEGEN OUWE MIGUEL: Hij zegt dat ik je vierhonderdvijftig geef.
OUWE MIGUEL TEGEN MIJ: Hoe kunt u toestaan dat die imbeciele vrouw de draak steekt met mijn ouwe dag?
IK TEGEN PILI: Wat zegt hij?
Enzovoort.)

Een uur later, nadat we onze zaken met Mr Supaservice hadden geregeld en Brady en Chicho hadden gebeld om te zeggen dat het doorging en dat ze over twee uur naar de schuur moesten komen voor het grote nieuws over het echte Plan (oké, oké, het komt eraan, ik beloof het), vertelde ik dit verhaal aan Suzy terwijl we aan een grote tafel zaten met uitzicht over Bush Green en een half rood Sichuan Feast dood en geleiachtig voor ons.

Tijdens de maaltijd had ze haar schoenen uitgedaan en onder de tafel met haar blote voet met mijn pik gespeeld, ze kon haar been recht uitgestoken houden zo lang ze wou, dat kwam omdat ze een paar jaar ballet had gedaan, wat ook deels de oorzaak was van haar platte buik. Dus deed ik mijn schoenen uit en probeerde dat leuke naadje van haar jeans in haar kruis te strelen, maar dat werkte niet echt omdat mijn voeten daar te groot en onhandig voor waren en ik had trouwens mijn sokken nog aan, wat nogal sullig en Engels aanvoelde, en mijn dij ging vreselijk zeer doen na twintig seconden mijn been ophouden. Probeer het maar eens.

Maar daar waren we nu mee opgehouden, we leunden achterover en keken naar elkaar over de tafel en rookten sigaretten en peuterden stukjes garnaal uit ons gebit met een tandenstoker en kletsten erop los en genoten onderwijl van de gemengde roes van adrenaline, Tiger-bier, chilipeper, monosodiumglutamaat, tabak en ophanden zijnde seks.

Dat was toen ze vertelde dat ze naar India wou en vijfentwintig kilo lichter en vol zweverig gezever thuis zou komen.

Nu zat ik ook om haar te bulderen van het lachen.

Je kent die kop-achterover, jozus-mozes manier van lachen wel waardoor je hele keel opengaat en je altijd, met twee procent van je geest, moet denken hé, wanneer heb ik voor het laatst zo gelachen? Zoiets. Dus toen dacht ik dat we misschien serieus op dezelfde golflengte zaten.

Ik bedoel, het idee dat Suzy vijfentwintig kilo lichter zou worden was absurd. Suzy heeft het niet nodig om vijfentwintig kilo lichter te worden. Of tien kilo. Ze is 1 meter 70 en als ze vijfentwintig kilo lichter werd was ze bijna halverwege niks wegen, was mijn gefundeerde schatting.

Mijn schatting was tegen die tijd gefundeerd omdat we eerder die dag staand hadden geneukt en ik eerlijk gezegd betwijfelde of ik dat wel had klaargespeeld met iemand die veel meer dan vierenvijftig kilo woog, wat de adrenaline ook met mijn hart+longen deed.

Ik zei opzettelijk geneukt. Het is een goed oud woord en mijn lijfadvocaten (Eerlijkheid en Verlichting, verschaffers van Juridisch Advies aan de Relatief Bevoorrechte Klassen) verbieden me om te zeggen dat we De Liefde Bedreven omdat dat iets anders is.

Neuken op zich staat net zo min gelijk aan liefde als genegenheid op zich: de wereld is vol mensen die neuken en mensen die elkaar snoepie en poepiedrol noemen en ik wens ze allemaal succes maar ze moeten wel beseffen dat ze morgen allemaal hetzelfde tegen iemand anders zouden kunnen zeggen, want al dat soort dingen is niemand, is iedereen, je kunt T-shirts kopen met Ik Hou Van Je Poepie erop en zo, dat is het bewijs, en we moeten er niet over liegen. Het is geen liefde.

Moet je horen, hoe kan ik De Liefde Bedrijven over mijn lippen krijgen? Ik bedoel jezus, we kenden elkaar eigenlijk nauwelijks, tot gisteravond.

Ik neem je nu mee terug naar toen, naar gisteravond. Niet om je in de war te brengen, maar alleen om het uit te leggen, zodat je weet wat wanneer gebeurde en we weten waar we staan. Oké dan:

Gisteravond. Vrijdagavond, dus:

Goed, ik had Suzy dus ontmoet via Chicho's zus Pilar, en daarom wist ik dat ze verschillende accenten kon nadoen om mensen aan het lachen te maken, ik denk dat ik haar hier en daar een keer of vier tegen het lijf was gelopen sinds Pilar en ik uit elkaar waren, ik wist dat ze de Zwarte Weduwe werd genoemd omdat ze altijd zwart droeg, van top tot teen, en omdat, toen ze een paar maanden probeerde om junkie te worden, twee halve dealers/halve junkies zelfmoord pleegden omdat ze niet verder wilden leven zonder met haar te kunnen neuken of junkiepunkie door haar te worden genoemd of wat het ook was dat ze van haar vroegen en ze niet wou doen. Ze dachten dat ze verliefd op haar waren, veronderstel ik.

Zoiets kan een meisje een naam bezorgen, en dat was dan ook gebeurd.

En ik wist natuurlijk van haar rijkunst.

Maar eerst moest ik weten of ze echt van de smack af was, want je kunt junkies nooit echt vertrouwen omdat een derde van hun hersens aan scoren denkt, wat ze verder ook doen. Ze zijn haast net zo erg als alcoholisten.

Maar goed, we spraken af in Filthy MacNasty's Whiskey Joint bij King's X, en eerst moesten we onze sociale oriëntatie afstellen, wat betekende dat we het over onze gemeenschappelijke schakel moesten hebben en dat was (zoals ik al zei) Chicho's zus Pilar.

'Het ging een tijd erg slecht met Pili, toen jullie uit elkaar gingen.'

'Ja, dat weet ik. Ik vond het echt rot.'

'Waarom heb je het dan gedaan?'

'Jezus, ik weet het niet. Weet je, elke keer als ze het had over Waar Het Heen Moest Met Onze Relatie en zo, wist ik dat ze wou trouwen, dat was wat ze bedoelde, en ik zei hoe kan ik nou trouwen, ik wist dat ze ook kinderen bedoelde, ik woon in een schuur godsamme, ik heb geen werk, maar als ik dat allemaal tegen haar zei, zei ze alleen maar oké, oké, alsof ik eigenlijk stond te liegen, alsof ik best van mening kon veranderen als ik Echt Van Haar Hield, weet je wel, en ik kon zeggen Hé Pili, moet je horen, surprise surprise, ik heb een fantastische baan en een fijn appartement, we kunnen trouwen en kleedkruipers nemen, ik maakte maar een geintje. Weet je wel? Dus hoe langer het doorging hoe kloteriger het was geworden, dat is alles.'

'Is het jou wel eens overkomen, andersom?'

'Wat, dat ik de bons heb gekregen?'

'Ja.'

'Tuurlijk. Zo'n beetje fifty-fifty denk ik.'

'Goed zo.'
'En jij?'
'O, iedereen weet dat van me,' zei ze een en al stoer.
'De Zwarte Weduwe,' zei ik.
'Die twee hebben de balans een beetje hersteld.'
'Twee dooien om de balans te herstellen? Dan moet je een eind achterop gelegen hebben.'
'Een heel eind,' zei ze. 'Maar ik denk dat ik nu ook zo'n beetje op fifty-fifty zit.'
'Wie was het?'
'Iemand.'
'Iemand die ik ken?'
'Gewoon iemand.'

Dus dat was het eind van dat gesprek, Suzy zat over iets een centimeter of vijf onder de rand van haar bier te prakkizeren en ik was ernstig van slag door de onverwachte zwaarmoedigheid die was neergedaald. Dus aangezien we het over die dode junkies van haar hadden gehad, begon ik over smack om te kijken of ze ervanaf was.
En dat brak echt het ijs.

Ah, Romantiek!

Maar serieus, smack is eigenlijk een geweldig onderwerp om het met iemand over te hebben als je wilt weten hoe diegene echt denkt, ik bedoel echt denkt, over het leven en alles. Smack is niet gevaarlijk omdat het zo verslavend is, eigenlijk is het niet zo verslavend, het is gevaarlijk omdat het zo goed is in wat het is, en wat het is, is:
De Meeneem-Hemel.
Smack is harpen en vleugels in poedervorm, het is Boeddha onder de Boom en Siddharta die kijkt hoe de rivier naar de zee stroomt, je balt gewoon je vuist en na drie tellen zet het

vaalwarme vuurtje de aderen in de zijkant van je hoofd in brand, je deint zacht op en neer, na tien seconden ben je weer terug op aarde, je kunt praten en autorijden en werken en alles, het enige dat is verdwenen is de angst en de stress en de moedeloosheid. Je bent zoals je wist dat je altijd al hoorde te zijn. Goed? Smack is Gods Eigen Dope, de drug der drugs.

Daarom hebben artsen het in hun zwarte tas, om het aan je te geven als ze je op de snelweg vinden met je ruggegraat opengereten en als de morfine niet sterk genoeg is om je op te laten houden met gillen terwijl je doodgaat. Smack is het laatste van het laatste, het is je Vriend de Dood, dat is alles.

Dus als je, diep van binnen, eigenlijk wilt dat het allemaal ophoudt, als je eruit wilt, als je leven, echt waar, alleen maar een zware rugzak is en je het gevoel hebt dat het je kruis is om hem te dragen zolang je het kunt verduren, als je naar de kalender kijkt die zich voor je uitstrekt en je geen wegwijzers kunt zien, geen lichten, geen wegen, en je eerste en eerlijkste gedachte is: God sta me bij, hoe raak ik in hemelsnaam door al die tijd heen, door al die lange avonden, al die verspilde dagen, al die lege zondagmiddagen, dan is smack je enige toeverlaat.

'Daardoor is het een goeie lakmoesproef,' zei Suzy.

Ik was het met haar eens.

Dat was het eerste belangrijke waar we het absoluut over eens waren en dus was dat een heel gewichtig moment voor ons. Ik zal de smack daar altijd dankbaar voor zijn.

Dus toen wisselden we smackflashbacks uit:

Ik vertelde dat ik het twee weken lang om de andere dag spoot (ik was de eerste keer niet misselijk, dat is gewoon gelul, net zoals die onzin dat je dingen om je arm moet binden, als je een beetje behoorlijke jonge aderen hebt pomp je gewoon je arm een paar keer op en daar is hij). Ik kapte ermee nadat ik een speedball had genomen (je weet wel, een mengsel van coke en smack dat je injecteert, het spul waaraan River Phoenix de pijp is uitgegaan, zeggen ze, ik geloof dat mijn hersens er ook bijna van uit elkaar knapten) maar dat was geen groots plan, ik kapte gewoon omdat ik de stad uit en met iets anders bezig was in een smackloos landelijk plaatsje, na een week of zo had ik één waanzinnige droom, eentje maar, in supertechnicolor digitale nicam stereo dolby surround-sound, ik droomde dat de naald er al in zat, mijn duim werd wit op de spuit, mijn hersens stonden op scherp in afwachting van het vuur dat erdoorheen zou rollen, ik werd schreeuwend en in de lakens klauwend wakker omdat het niet echt was, ik wou de aderen uit mijn armen knagen en in hun geheel naar binnen zuigen als spaghetti bolognese maar tegen de ochtend was het over, het was weg en het kwam niet meer aankloppen omdat ik nooit terugbelde.

Dus toen vertelde Suzy dat ze de draak bijna een maand lang had verjaagd, elke dag, en het leek net een zware griep om ervanaf te komen, alleen (aha! aha! alleen!): stel je voor, als je kunt, wat je best kunt, dat je de moeder van alle griepvirussen hebt en dan komt er iemand ('Wie?' vroeg ik. 'Gewoon iemand,' zei ze) langs en biedt je de dope aan waarvan je weet dat je je a) niet langer voelt als zongedroogde stront en ook b) binnen vier seconden gaat voelen alsof je weer een Speciale Band met God hebt. Ik bedoel, kom op: stel je voor dat Coldrex dat kon! Geen enkele waarschuwing van het ministerie van Volksgezondheid zou de mensen ervan af kunnen houden.

Suzy zei: 'De mensen vinden het zo heerlijk om niks te voelen, ze denken dat ze zich fantastisch amuseren maar het is alleen maar opluchting dat ze niks voelen.'

We waren het erover eens dat echte junkies gewoon warhoofden zijn die iets anders zouden hebben gedaan als er geen smack was. Als je dat gelul vindt, pech gehad. Probeer maar eens om twee weken lang elke dag een fles wodka te drinken, een klein flesje maar, twee weekjes maar, en dan kom je erachter dat je eigen gemerkte plek op de ouwe parkbank een stuk sneller geboekt kan worden dan je dacht: het aanbod is altijd geldig en niemand controleert je kredietwaardigheid, het hangt er alleen vanaf of je de plek wilt of niet. Hard maar eerlijk.

Ik heb nooit crack gebruikt, zij ook niet, dat is een heel jonge scene en heel extreem gezien de grote kans om kogels en zo tegen te komen, ik ben een paar jaar geleden gekapt met extreme dingen uithalen, ik neem tegenwoordig alleen nog maar af en toe een lijntje of vingertje coke als ik ertegen aanloop. Ze zeggen dat crack serieus spul is. Misschien. Misschien is het serieus omdat het heel goed is in wat het doet. Ik weet het niet dus zal ik het niet zeggen. Maar whisky is ook serieus als je er maar graag genoeg genoeg van drinkt, jezus, zelfs slobberbier kan je uiteindelijk naar de kloten helpen, kijk maar eens rond in Sheps Bush met sluitingstijd, als ze allemaal proberen om patriottisch in de houding te staan voor *The Soldier's Song*, dan zie je wat de hop en de gerst aan deze kant van de wet kunnen aanrichten.

(Ik hoorde een druggebruiker uit Dublin eens zeggen, aan het eind van een heel lang feest: 'Hé man, ik moet wat slaap gaan scoren, weet je wel?')

Maar goed, Suzy was van de smack af, dus dat was goed, je weet altijd of iemand ervanaf is door het enthousiasme waarmee ze vertellen hoe geweldig het is, mensen die er niet echt vanaf zijn durven niet toe te geven hoe lekker ze het vonden. De enige manier om met smack om te gaan is om het onderdeel te maken van je gelukkige verleden dat je vastbeslotenheid volgt naar je nog gelukkiger toekomst. Als je het wilt vergeten, vergeet het maar, dat lukt je nooit.

Dus hadden we een prima gesprek waarin we ons smackverleden uitlieten om een poosje te spelen en te zuchten in de verdorven romantische zon en aan het eind van dat gesprek wist ik niet alleen dat Suzy oké was om voor ons te rijden.

Ik wist ook dat ik ontzettend graag met haar wou neuken.

Ik weet niet hoe iemand met iemand naar bed kan zonder saffies. Dat zijn zulke handige kleine cadeautjes! Al dat subtiele potentieel voor het overbruggen van stiltes, het bevestigen van voorkeuren, het offreren en accepteren, oogcontact, bekentenissen van behoeften, aanrakingen, verlangens en ambities! En saffies zijn tegenwoordig de perfecte manier om vast te stellen wie er van een stel mensen de moeite waard is om te leren kennen; als je de mensen die geloven in een Eeuwig Leven Verzekering uit wilt filteren dan is roken je middel, of het nu op je werk, in een vliegtuig of trein of op een feest is: het is de zekerste statistische aanwijzing dat je te maken hebt met iemand die behoort tot de gezegende club van de lichtelijk gestoorden. Dat is vooral zo bij Amerikanen: als je ooit een ontwikkelde Yank ontmoet die rookt en niet totaal lijp is, schakel dan zonder verwijl naar de Vriendschap Aanknopen Stand, het is bijna zeker de moeite waard.

Dus toen we voor de vierde keer sigaretten uitwisselden, kon ik het niet laten haar te vragen of ze een luchtje wou scheppen.

Ik kon die zet natuurlijk rechtvaardigen in verband met het Plan, want het gerucht ging dat Suzy een andere vriend had die nog leefde, de een of andere vent die zwaar op haar gefixeerd was en die naar verluidt nogal een lijpe messetrekker was en van wie zij zich ook nooit echt kon losmaken (zeiden ze), ik vroeg me af of dat die Iemand was over wie ze het had gehad, dus wou ik kijken of ze echt aan die lul vastzat of niet, aangezien het klonk alsof hij gelazer zou kunnen geven.

Ik kon mezelf ook voorhouden dat neukbaarheid of gebrek daaraan het eerste is dat je uit moet zoeken als je met iemand gaat samenwerken, en hoe eerder hoe beter.

Maar dat was allemaal geouwehoer.

De reden was simpel: ik maakte me zorgen.

Ik bedoel, ik moest weten of ik gek was.

Ken je dat, wanneer de gevoelige sonarradar zegt: alarm,

alarm, alarm, er is hier iets aan de knikker? En je AWACS zegt: hé, kom op, Mr Ballenbrein, niet weer hè, ben je een seksmaniak of zo, ben je echt niet in staat om tien minuten met iemand te kletsen zonder aan neuken te denken?

Nou, wanneer dat gebeurt moet je gewoon op onderzoek.

Dus ik vroeg of ze mee naar buiten ging (raar dat die uitdrukking betekent proberen een zoen te krijgen of mot hebben, al naargelang) om uit te vinden of ik gewoon een normale homo sapiens was met een functionerende socio-seksuele radar of een zielige door seks bezeten mafkees. Om elk mogelijk misverstand te voorkomen vroeg ik dat van die frisse lucht met een schalkse blik in mijn ogen, bijna een knipoog.

'Oké,' zegt ze en staat op, zonder meer.

Dus dat was dat.

Het gebeurt makkelijk of het gebeurt helemaal niet.

Het was mij al een tijdje niet meer gebeurd.

Het bleek dat onze monden prachtig pasten.

Het is teleurstellend, nietwaar, om mensen te zoenen en te ontdekken dat ze een mond hebben die te klein is of te droog, of lippen die te strak en geknepen zijn of te slap en week, of misschien kunnen ze gewoon niet zoenen, misschien happen ze maar zo'n beetje naar je, heel irritant, of likken een eind weg als een labrador met een walnotebrein?

Suzy niet.

Ik had het niet meer, ik was bijna vergeten wat een goed voorspel zoenen kan zijn. Ik was bijna vergeten wat zoenen wás. Behalve dat we niet lang alleen maar zoenden, want al gauw voelde ik iets plats en hards, als een boek, met vooropgezette bedoelingen tegen het kruis van mijn jeans duwen.

Suzy's buik.

Toentertijd kwam het een beetje als een verrassing, maar ik weet nu dat ze het deed omdat ze haast (maar niet helemaal) buitensporig trots is op haar heel harde platte buik.

Die trots komt doordat (legde ze later uit) ze hem nog maar

net terug heeft. Ze heeft een hoop danstraining en choreografie gedaan toen ze studeerde en daarna. (Haar achterwerk was te breed om een echte danseres te worden en haar benen waren te kort en haar enkels waren te dik, zei ze. Ik geloof niet dat ze er objectief over was, maar wie is dat wel?) Daarna hield ze er een jaar mee op, toen ze uitprobeerde om junkie te worden en zo, en was ze haar buikspieren kwijtgeraakt, zei ze, maar de laatste drie maanden had ze er als een gek aan gewerkt en nu waren ze weer terug.

Nu had ze dat fabelachtige buikje terug, ze kan nauwelijks geloven dat het echt van haar is. Ze ziet het bijna als een ongelooflijk geil onderdeel van haar optut-tenue waar ze voor gespaard heeft om het te kopen en dat ze heeft aangetrokken om zichzelf op te peppen, ze wou dat ik meteen wist dat het er was en hoe magnifiek het wel was zodat ze kon voelen hoe mijn erectie hulpeloos opsprong bij de aanraking, zodat ze dan wist dat ik wist dat ze werd opgewonden door dit opmerkelijke nieuwe onderdeel van haarzelf en dat ik het ermee eens was dat het fabelachtig was en kwijlslikkend en niet te geloven sexy, wat haar ervan zou overtuigen dat het dat was zodat ze zich dan nog geiler zou voelen omdat het van haar was.

Of iets in die geest: een van die dingen waarbij Oorzaak en Gevolg gewoon samensmelten.

Ik weet dit allemaal omdat ze het me allemaal zelf heeft verteld, later, toen ik postcoïtaal opmerkte dat haar buik wonderbaarlijk plat was, wat het gelukkigste stukje verbaal voetenwerk bleek te zijn dat ik ooit ten beste had gegeven.

Hij is echt plat-plat. Als ze op haar rug ligt, loopt haar contour omlaag van haar ribben en bijna kaarsrecht door en welft dan zacht omhoog waar haar schaamstreek begint.

Ze was niet zo trots op haar borsten, ze krijgt er niet echt een kick van als ze gezoend of gelikt of geknepen of gebeten worden, in feite geloof ik dat ze dat gewoon niet lekker vindt. Vreemd. Ik bedoel, ze zijn hartstikke mooi.

Ik heb er toentertijd niet naar gevraagd, ik dacht toen dat het misschien kwam omdat ze zo'n beetje van doorsneeformaat zijn, wat zo'n beetje veel te groot is voor een balletdanseres en misschien geeft ze hun de schuld dat ze geen Barcy D'Arcy D'Avignon is of wie dan ook in Covent Garden of misschien baalt ze ervan dat mannen ernaar kijken in plaats van naar haar ogen. Of naar haar buik.

Veel later kwam ik daar alles over te weten.

Maar echt waar, ik vond haar ogen nog het mooist.

Ze ging naar de wc en ze waren groen, ze kwam terug en ze waren blauw.

Ik snapte nog net dat het door gekleurde contactlenzen kwam, jezus, ik dacht dat ik gek werd of anders met een soort goddelijke seksheks zat te drinken, wat op hetzelfde neerkomt.

En (omdat de hersens het belangrijkste seksorgaan zijn) het beste aan haar is dat ze net gestoord genoeg is om interessant te zijn.

Ik vind dat heerlijk.

Ik gruw van totaal gestoorde mensen omdat die stierlijk vervelend zijn in bed en daarbuiten, ze zijn helemaal gefixeerd en niks is zo vervelend als een fixatie, in bed of daarbuiten: het is alsof je naar een film over de een of andere lijp kijkt, als ze eenmaal echt en absoluut lijp zijn worden ze heel gauw vervelend; van een Oerschreeuw – zelfs van Harvey Keitel die zijn Oerdrein doet – gaan je haren maar een halve minuut overeind staan, daarna wordt het gewoon stierlijk vervelend omdat het niks zegt, het kan niks zeggen wat je kunt begrijpen, behalve misschien doei, tot kijk, de mazzel.

Aan de andere kant zijn totaal ongestoorde mensen ook stierlijk vervelend. Ze hebben geen idee van gevaar, maar alles wat opwindend is, is op de een of andere manier gevaarlijk (niet andersom, tussen haakjes). Ze denken dat de wereld door de bank en over het geheel genomen ten gerieve van hen is ingericht, hun ambities zijn zo bescheiden dat ze wel verwezenlijkt móéten worden, ze kunnen bungalows naast dioxinefabrieken kopen en de hemelbedslaap der terminaal tevredenen snurken.

Nee, geef mij maar mensen die enigszins warrig zijn, mensen die net gestoord genoeg zijn om te laten blijken dat ze alle shit om zich heen kunnen zien maar niet zo gestoord dat ze erin vastzitten, als konijnen in koplampen. Geef mij maar echte mensen.

Maar goed, over echte mensen en echte dingen gesproken, Suzy is ook trots op haar armen, niet omdat het prachtige armen zijn (al denk ik dat ze dat misschien wel zijn, ik vind het te gek zoals ze bedekt zijn met dat soort haar dat je alleen in een bepaald licht ziet) maar omdat er totaal geen sporen van injectienaalden op zitten, aangezien ze die nooit heeft gebruikt.

Ze wees me daar pas op nádat we voor de eerste keer hadden geneukt zonder dat ik iets had gezegd. Dat was een heel belangrijk vertrouwenspunt voor haar, zei ze later, en ze bedoelde: dat ik haar snugger en eerlijk genoeg vond om te weten of ze hiv was, of zou kunnen zijn, en het tegen mij te zeggen, zodat we het veilig konden doen. Eigenlijk had ik er gewoon geen moment aan gedacht (sorry, maar denk jij er wel aan?).

Maar het was wél raar dat zíj het niet aan míj vroeg, aangezien ik haar had verteld dat ik had gespoten. Ik bedoel, ik wist dat het oké was omdat ik een jaar of zo geleden getest ben, maar hoe wist zij dat?

Het bleek dat ze alles had gehoord over dat ik altijd alleen maar splinternieuwe spullen had gebruikt die ik in Europa op de kop had getikt, waar je gewoon naar binnen kunt lopen en zeggen: Guten Tag, gib mir zwanzig Nadeln 0.3mm bitte (wat je zelf wel kunt uitvogelen), ik trok ze vers uit het gesealde plastic, zelf, elke keer. Kennelijk werd dat destijds zo bizar gevonden (dit was bijna tien jaar geleden, lang voor de mensen geïnformeerd werden) dat men het zich nog steeds herinnerde, alsof ik een verdorven etterstraal was die meer had geweten dan anderen maar niks had gezegd. In wezen had ik het alleen maar gedaan vanwege hepatitis en uit gezond verstand. Die junkies die de leegstaande, van asbest vergeven flats aan de andere kant van de Westway hadden gekraakt – want wat kon hun asbestose verdomme schelen – hadden me uitgelachen en uitgescholden voor Mr Clean en John Denver. Ze zeiden dingen als:

'Rot op Johnnie, als je het niet hard genoeg nodig hebt om spullen te delen, heb je het niet hard genoeg nodig, graag of niet, Mr Kutclean,' en dan schoven ze een gebruikte naald naar me toe, met bloed erin en het puntje in de lepel. Echt waar, het leek wel of ze er in wezen trots op waren om hard-core junkies te zijn of zo, alsof ze bij een geweldige club hoorden die gewoon wel goed moest zijn want het lidmaatschap was zo duur. Dan deed ik net of ik dan maar aftaaide want ik wist dat ze het toch wel aan me zouden verkopen ook al hadden ze de schurft aan me, ze hadden nog meer de schurft aan me omdat ik nooit iets kocht als ik niet eerst had gezien dat ze uit hetzelfde zakje een lepeltje voor zichzelf klaarmaakten. Daar hadden ze de schurft aan, ze waren gewend aan mensen die wanhopig waren, ze konden niet overweg met iemand van wie ze wisten dat hij weg kon lopen en ze zouden me rotzooi hebben verkocht als ze dat hadden gekund, alleen maar om me naar de kloten te helpen. Een of twee keer heb ik echt gedacht dat ze zo de schurft aan me hadden dat ze me vast zouden grijpen en zouden proberen me te dwingen om een van die vuile naalden te gebruiken, dus had ik altijd een groot vleesmes bij me als ik ging scoren en zorgde ik ervoor dat ze het heft konden zien.

Die junkies waren net lezers van de *Daily Mail* die creperen aan hypotheekaflossingen, die de pest aan zigeuners hebben omdat die klootzakken hen er steeds aan herinneren dat je jezelf in feite niet zo aan het kruis hóéft te nagelen.

En nu zijn de meesten dood, en heb ik (zoals ik nu ontdekte) die maffe reputatie onder de paar bezwijkende overlevenden dat ik een genadeloze smiecht ben, alsof ik ook dood had moeten zijn.

Wat zei ik je?

Die mensen zijn niet gestoord omdat ze junkies zijn, het is andersom.

Ik heb nu ook geen littekens op mijn armen.

Dus vergeleken Suzy en ik onze gave armen en zwolgen we in het besef dat we het er levend afgebracht hadden, dat we zelf niet dood hadden willen gaan, en in ons eigen smackloze genot dat we leefden.

Wat genot aangaat, ik zou je kunnen vertellen over haar benen, die (weer de danstraining, vermoed ik) net de benen van een kleine voetballer zijn, alleen niet harig en ook niet geschoren maar bedekt met hetzelfde haar als haar armen, alleen iets langer, een zacht, lichtbruin dons dat je alleen echt kunt voelen als je ertegenin strijkt, of met je wang. Ze heeft dat ook op haar bovenlip. Ik vind het te gek. Ze heeft ook harige oksels, waar ik ook van hou.

Als je van harige oksels houdt, ga dan naar Duitsland.

Zo niet, ga dan niet en hou snel op met luisteren.

Ik bedoel niet dat er hopen harige oksels aankomen, dit is geen verhaal over okselfixatie waarvan je haren te berge rijzen, maar het punt is dat er hopen dingen komen die min of meer samengaan met een voorliefde voor harige oksels, in zekere zin, zoals je misschien al had geraden.

Mijn beste (eigenlijk mijn enige) okselverhaal gaat over toen ik achttienjarige Amerikaanse meisjes rondleidde door Europa. Wat een afzetterij! Heel Europa lag kwijlend op de loer om ze te tillen, je houdt het niet voor mogelijk hoeveel manieren er zijn om geld te verdienen aan achttienjarige Amerikaanse meisjes als je hand in Eurohand werkt met glasblazers in Venetië en diamantslijpers in Amsterdam en horlogemakers in Luzern en gondoliers in Venetië en rondvaartbootjongens in Parijs en alle andere rommelaars en ritselaars van de Oude Wereld! Christus, zelfs hun eigen leraren vragen provisie. Maar goed, er was één meisje dat was een soort cheerleader-type, een van die ernstig maffe, David Lynch-ige, Amerikaanse fenomenen: ze leren hun jonge meisjes om zich te kleden en te dansen als een call girl alsof het gewoon een onschuldige sociale vaardigheid is, niks te maken met seks. Ik kreeg diverse pullen bier van zakenlui in het Hofbrauhaus in München in ruil voor het feit dat ik haar niet liet ophouden met haar gehup en gedraai met haar kont voor hun zoomlenzen op *The Chicken Song*, ik probeerde haar aanvankelijk in te tomen maar de leraren vonden dat ik gek was, waarom bedierf ik de pret? Was dit de opgewekt-enthousiaste dienstverlening die hun beloofd was? Dus gaf ik het op en nam het bier van de zakenlui aan. Maar goed, die cheerleaderette werd op de verpletterende manier van een achttienjarige smoorverliefd op me, alleen maar omdat ik de Almachtige Tourgids was en zesentwintig en op John Denver leek. Dat kwam erg slecht uit aangezien ik scheppen dollars verdiende door allerlei Europeanen te helpen haar en haar vriendinnen te tillen in de jacht op pappies Gold Card, en hoewel ik er in principe tuk genoeg op zou zijn geweest om haar te neuken zit het idee me niet echt lekker om iemand te neuken die ik aan het naaien ben, sorry, dat is nou eenmaal zo, en toentertijd had ik het geld harder nodig dan het neuken, dus liet ik haar en haar vriendinnen een foto zien van mijn toenmalige vriendin, Kattrin, die Pools was en heel donker, en ze zeiden allemaal:

'Ah jeeee, wat is ze moooooi,' en ze keken me aan met van die Mag-Ik-Ook-Bij-De-Harem?-ogen die jonge meisjes vaak opzetten als ze aan neuken beginnen te denken, en ik zei:

'Ja meisjes, gossiedorie, wat is ze knap hè, en weet je wat het beste aan haar is? Ze scheert haar oksels niet, heeeeerlijk vind ik dat!'

Daarna keken ze me aan alsof ik Dat Ding Van De Planeet Walg was dus dat was oké, ik kon ze met een schoon geweten afzetten. Toen ik thuiskwam neukten Kattrin de Poolse en ik op het bed dat helemaal bezaaid was met dollarbiljetten, wat lachen was voor mij en wat haar, herinner ik me, zo ongeveer razend maakte van wellust; een paar duizend dollar in briefjes van één dollar lijkt gewoon veel meer dan het eigenlijk is, het lijkt wel al het geld van de wereld, vooral als je Pools bent, denk ik. Bij wijze van voorspel telde ze de biljetten in de pub, een voor een, en daarna leidde ze me bij mijn pik naar huis en legden we de dollars zorgvuldig en langzaam op mijn bed-op-palen in mijn schuur, als tarotkaarten, en neukten we ons suf op een schrijn voor George Washingtons beeltenis, een altaar gewijd aan het streven naar geluk. Toen ik wakker werd had ze exact de helft van de bankbiljetten gepakt (raar maar waar) en was 'm gesmeerd. Ze liet een briefje achter waarin ze zei dat ze niet meer tegen mijn schuur kon, hij deed haar te veel aan Polen denken. Soms mis ik Kattrin de Poolse want ze was zelfs nog unieker dan de meeste mensen, ze had een wonderbaarlijke plek op haar rug die net een stukje apehuid was of een kokosmatje, een soort donkere moedervlek zo groot als mijn hand, bedekt met kort stug zwart dierehaar, ze joeg mensen soms de doodschrik op het lijf, dan ontblootte ze één schouder in de pub en zei toe maar, aai maar, en die kerels zeiden dan echt waar, mag het, weet je het zeker, wow, niet te geloven, nog nooit zoiets gezien, en dan zei ze tuurlijk, toe maar, het voelt lekker, en als dan de een of andere droplul de moed had verzameld om het echt aan te raken, sprong ze opeens op en neer en krijste als een wilde chimpansee. Klasse.

Maar hoe dan ook, al die aanbidding van oksels en ogen en zo is water van een eenderug voor Suzy, ze kent de simpele geheimen om elke man op dertig meter afstand van wellust te laten kreperen.

'Het enige wat je nodig hebt is leer, henna, OBT's...'

'OBT's?'

'Opboltieten. Een wonderbra voor jou.'

'O, juist. En?'

'En een arrogante blik alsof je aandelen met stemrecht in de wereld hebt.'

'Leuk.'

Nee, het enige wat Suzy van haar man verlangt is dat hij haar platte buik aanbidt.

Dus vooruit dan maar.

Dus buiten de pub zorgde ze ervoor dat ik door mijn jeans heen haar platte buik lekker vond tegen mijn pik nog voor ze mijn naam kon spellen. Ik wist dat ze kort stug schaamhaar had nog voor ik haar adres wist. En die alarmerende onverhoedsheid, dat totale gebrek aan consideratie met onze onderlinge Individualiteit, met dat droombeeld van individuele Ziel en Zaligheid dat de grondslag is van de Westerse Beschaving, weerhield haar er niet van om (surprise surprise) binnen een halve minuut nat te zijn, ik kon haar ruiken (ik heb je gewaarschuwd toen we het over oksels hadden), en het weerhield mij er niet van opeens mijn hand weg te moeten trekken van haar schaambeen dat ik door haar jeans heen streelde en te denken: nee, toe nou, dit kan toch niet, ik weiger pertinent, jezus, PERTINENT om na al die jaren in mijn jeans klaar te komen! Shit, waarom draag ik een broek die je halfstijve pik tegen de binnenkant van je dij gekluisterd houdt en gevaarlijk schuurt? Antwoorden op een briefkaart alsjeblieft, waarbij het correcte antwoord luidt:

Ik weet niet hoe lang ik het nog kan maken om een 501 met 32 inch waist te dragen voor ik heel duidelijk SOL (Schaap Opgetuigd als Lam) word. Dus zal ik hem verdomme dragen nu het nog kan.

Ik kan mijn bovenste knoop nog steeds dichtkrijgen zonder dat hij in mijn buik boort, ik kan zitten zonder dat mijn ballen imploderen. Ik heb nog een jaar of zo hoogwaardige Levi-tijd voor me, ik kan de 30-barrière doorbreken en het er zonder kleerscheuren afbrengen, ik weet het zeker. Uiteraard denken alle andere SOL's dat ook. Maar ik ben ervan overtuigd dat ik anders ben. Uiteraard. Hoe dan ook, de tering, ik denk dat ik het nog steeds kan maken, ik ben nog niet écht kaal aan het worden en trouwens, oké, hé, laten we wel wezen, heb je ooit een buik gezien die zo plat was als die van Suzy? Nee, dat heb je niet. Heb je ooit iemand meegemaakt die beter reed of beter pingelde of leukere grappen maakte of eerlijker was of evenwichtiger op het eeuwige dunne koord van lichtelijke gestoordheid? Nee. En, ahum, wie neukt met haar? Sorry, wat zeg je?

Nogal zielig, hè?

Maar aan de andere kant, weet je nog wel, is dat maar een heel kort uitstapje naar de Bullshitvrije Zone (kunnen we die ijle lucht ademen?) en ergens ben ik wel degelijk zielig.

Ik geef het toe, het doet me inderdaad plezier dat iemand die nog maar net de geur van vijfentwintig opsnuift op de wind, laat staan die van dertig, me niet ziet als SOL en het fijn vindt om haar sterke, platte buik tegen mijn bespijkerbroekte pik te duwen.

Ik geef me bloot en leg mijn hoofd op het blok.

Het wordt nog erger.

Er is een gemeen stemmetje waar ik het meest van alles van gruw en dat me in mijn oor fluistert, het laatste jaar of zo, als ik weet dat ik met een interessante+aantrekkelijke vrouw ga neuken: goddank was de laatste keer niet De Laatste Keer.

Dat is zo verschrikkelijk triest.

Ik gruw van mijn ik die dat zegt. Ik gruw van die hints van sterfelijkheid. Maar ik krijg ze, ik krijg ze elke maand iets erger, en ik heb het zekere gevoel dat ze alleen maar erger kunnen worden want Tijd is (zoals ze zeggen) een enkele reis naar de toekomst en we gaan allemaal dood aan boord en het volgende Station is 30.

Als we niet veranderen, betekent ouder worden alleen maar verval.

Daarom moet ik mijn leven redden.

Maar voor nu, zet de schuimende drinkschedels klaar, schaar je in de kring en laten we teruggaan naar oksels en dergelijke, naar de pleziertjes waar we maar beter van kunnen genieten nu de Gevleugelde Karos van de Tijd nog maar een stipje in de achteruitkijkspiegel is.

Al met al was al dat bovengenoemde kletsen+klikken+klooien heel fijn en ik voelde me fantastisch nadat ik me net op tijd uit onze eerste omhelzing had bevrijd om te voorkomen dat ik klaarkwam, en toen ik bijna weer klaarkwam toen ik alleen maar haar zwarte Levi losknoopte, knoop, knoop, knoop, knoop, geen slipje, aha, daarom kon ik haar zo snel ruiken, mmmmm, en ze schrijlings op mijn borst zat, voelde het allemaal goddelijk, alsof ik weer helemaal opnieuw zestien was, alsof ik alle balansballast had afgeworpen die je in de loop der jaren vergaart.

Maar het was geen liefde. Ik stel dat duidelijk.

We zaten toen in Suzy's appartement.

Iets raars aan de wereld is dat meisjes en homojongens weten hoe ze afgrijselijke zitslaapkamers eruit kunnen laten zien als Thuis terwijl alleenwonende heterojongens erin slagen om een heel appartement eruit te laten zien als een afgrijselijke zitslaapkamer. Ik ken een vent die dacht dat hij nooit een meisje had omdat hij in een vunzig zitslaapkamertje woonde, dus sjoemelde hij uiteindelijk via zijn broer een hypotheek bij elkaar en kocht een huis met zes kamers in Acton en verhuurde de drie kamers boven om de hypotheek te betalen zodat hij drie kamers beneden voor zichzelf had, maar het haalde niks uit want zijn drie kamers zagen er gewoon altijd uit als drie zitslaapkamers die aan elkaar waren geflanst en elke vrouw die ze zag zorgde er wel voor dat ze ze maar één keer zag.

Je moet vermijden dat je té duidelijk om verlossing smeekt.

Daarom doe ik zo'n moeite om mijn schuur eruit te laten zien als een plek die door iets vaag menselijks wordt bewoond en niet door Dat Ding Uit Zitslaapkamer X. Je begint het na een tijdje zelfs zelf te geloven en tenslotte is geloof het enige wat je nodig hebt. Wat handig is als het alles is wat je hebt.

Suzy's appartement was Thuis, dat zag je zo.

Later meer over Suzy's appartement.

Nu meer over Suzy.

Dus zoals ik zei, ze zat op mijn borst en ik downloadde alle knopen van haar zwarte jeans (knoop, knoop, knoop, knoop) en ze ging hoog boven me rechtop staan en grijnsde, een slipjesloze en superieure vrouw, en ze schudde de spijkerbroek omlaag naar haar enkels en deed een paar seconden een soort stoten-en-draaien heupengekronkel zodat ze kon zien hoe ik naar haar kut begon te smachten en kwam toen omlaag en schoof me in zich, glij glij glij, en we ontdekten dat ik haar tepels kon zoenen in die houding, zo goed pasten we bij elkaar, en we konden allebei makkelijk een poosje haar platte buik bewonderen tot ik eruit moest om niet klaar te komen, en daarna ontdekten we dat ik, terwijl ik boven haar hoofd knielde en bijna zalig doodging van het diepe pijpen, makkelijk over haar heen kon reiken om haar clitoris te strelen (nadat ik natuurlijk eerst waarderend op haar platte buik had geklopt).

Dat zijn allemaal heel fijne dingen, echt heel erg fijn, hoe vaker de mensen ze zouden doen hoe gelukkiger de wereld zou zijn en als dat alles was wat er in het leven was dan zou dat misschien niet echt een grote ramp zijn, maar het is geen liefde. Dat herhaal ik.

Dus uiteindelijk hotsten we (zoals ik al heb aangestipt, maar hé, als het het waard is om te doen dan moet het meer waard zijn dan aanstippen, zoals Achilles wellicht tegen Homerus zei) staand door de kamer, ik een beetje achterovergebogen om ons evenwicht te bewaren en zij een heel eind achterovergebogen om het wederzijdse rammen te vergemakkelijken en om te kunnen zien wat er beneden gebeurde.

'Dat ziet er zo goed uit,' zei ze.

(Ik wist niet zeker of ze haar buik weer bedoelde of mijn pik en haar kut of wat dan ook, ik bedoel ik was enerzijds te hard bezig om niet om te kieperen of uit haar te glijden en anderzijds raasde ik er als een gek op los en het voelde gewoon te godvergeten goed om me bezig te houden met hoe het ERUITZAG, dus ik geloofde haar maar op haar woord.)

Toen zei ze niks meer en begon ze haar nagels in mijn schouders te krammen en ik deed mijn ogen open en zag dat er een soort waas over haar ogen kwam, of misschien begon ze alleen maar scheel te kijken want we stonden neus aan neus, wimper door wimper, het enige wat ik van haar kon zien was één groot oog, onze voorhoofden zaten hard tegen elkaar geperst, ze klauwde in mijn schouders voor houvast door het zweet, mijn handen gleden steeds van haar kont, en toen begon ze te sidderen en maakte ze dat zo-lekker-dat-het-zeer-doet-gekreun en ik deed mijn hoofd naar achteren om wat lucht te krijgen en een blik te werpen op dat zo-lekker-dat-het-zeer-doet-gezicht dat ze trok, en ze keek ook naar mijn zo-lekker-dat-het-zeer-doet-gezicht, en toen weerspiegelden we elkaars gezicht zonder te weten wie leidde en wie volgde, we grauwden en snoven en loerden en fronsten naar elkaar en het was gewoon te goed, ik kwam bijna, ik wou alleen ook op haar wachten, ik probeerde me in te houden door diepzinnige kulgedachten te denken zoals (cue voor Mr Hauer weer):

'Op de rand van bevrediging lijkt de begeerte nog steeds oneindig...'

maar het haalde niks uit, ik kon alleen maar haar gezicht likken en liet mijn lichaam de turbo erop zetten, ik kon mezelf horen schreeuwen en hijgen en zag de kamer ronddraaien, ik probeerde een muur in haar kamer te vinden om haar tegenaan te duwen, maar er was geen muur zonder die verdomde kleerhangers en kleren die overal hingen.

Ja, Suzy's muren zijn allemaal volgehangen met haar kleren.

Daarover later ook meer.

Ik wankelde, ik botste tegen haar staande lamp en de ballet-tutu viel eraf en landde tussen onze gezichten toen we net weer onze amandelen in elkaar haakten en verstikte ons bijna.

Ja, ballet-tutu.

Dus ik rukte die kut-tutu weg uit de weg met mijn tanden en terwijl ik hem afschudde beukte ik met mijn hoofd tegen een houten balk en ik brulde en vloekte en lachte en verloor haar bijna maar greep haar weer beet en ving haar blik weer op en mijn gelach ging over in gegrom en ze leunde achterover en keek omlaag met haar tong uit haar mond en haar lippen gekruld en haar gezicht vertrokken als in een negeroorlogsdans en net toen ik dacht dat de hartaanval kwam, kwam zij, ze schreeuwde JA, alsof ze net de winnende topspin-bal in een tenniswedstrijd had geslagen, en toen OOOOOOOHO-HO-HO, haar stem ging dwars door me heen als een ijsblokje de aars in en ik kwam ook, krijsend, en wankelde en struikelde over een grote ouwe beer die ze op de vloer had en viel bijna voorover met knieën die vloeibaar werden en wist ons op het laatste moment te laten zwenken zodat we plat achterover op het bed vielen, zij nog steeds boven op me, ik nog steeds in haar, en toen enkel wij tweeën, stil, elkaar vasthoudend, mijlen van elke ironie vandaan, alleen maar stil, stil, stil.

Het duurde tien minuten, vast wel, al waren het er waarschijnlijk eigenlijk maar twee, voor ik weer genoeg motorische controle had om een sigaret te pakken en zodoende mijn wat naar ik veronderstel doorgaat voor cardiovasculaire functies te herstellen.

Dat alles was zo fijn dat het veel meer dan fijn was en ik zou je dolgraag alles nog een keer vertellen maar maak je geen zorgen, dat doe ik niet. Maar het is geen liefde, geen liefde.

Voor ik echt in slaap viel, net toen de grond onder me wegzonk en de zoete dromen uit de bomen aan de overkant van de rivier kwamen, keek ik naar haar en ik dacht zonder te denken: nu doet Suzy ook mee, het Plan is menens, met haar aan boord kan het niet misgaan, het is allemaal alleen maar mikken, vuren en doelzoeken. En het laatste waar ik aan dacht, in die postseks-halfdroomtrant wanneer de mafste stukjes van de wereld opeens onverwachts maar zonder verrassing op hun plek vallen, was het laatste onderdeel van het Plan.

Het viel me zomaar in: dat ene waar ik Fred de Beveiligingschef mee kon omkopen, ik moest lachen dat ik zo stom was geweest.

'Wat lig je te lachen?' vroeg Suzy, half in slaap.

'Om Jimmy's Testament,' zei ik en legde het uit.

'Leuk,' zei ze, al half vertrokken.

Dus dat was oké, ik kon Jimmy's Testament met Dai Substantial regelen, dus de paar megabytes van mijn hersens die er dagenlang door in beslag waren genomen formatteerden zich nu weer tot schone, lege, virtuele ruimte, ik glimlachte en strekte me uit, en het volgende moment werd ik wakker naast Suzy en was het vanmorgen, zaterdagmorgen.

Vanmorgen ontdekten we dat we zonder drank nog beter als lepels of honden of zelfs missionarissen pasten en het nog meer wilden, wat heel fijn is en misschien een beetje verrassend, maar geen liefde. Er is een pathologie van de nacht die iedereen na een paar glazen ondergaat en dat is allemaal prima, maar er is ook een pathologie van het daglicht en als je die begint te ondergaan, als de zon schijnt en Radio 4 zijn post-Pathé geruststellingen uitkabbelt en je niet dronken bent noch een kater hebt en toch weer in elkaars armen wilt doodgaan, dan loopt het uit de klauw. Maar het is nog steeds geen liefde, niet per se.

In de douche, waar we zonder erbij na te denken samen in stapten, stonden we meteen op voet van meeëters uitknijpen met elkaar, wat echt heel fijn is en eigenlijk nogal verrassend op de eerste ochtend. Ik liet haar zelfs shampoo in mijn dunner wordende haar doen zonder al te zeer terug te deinzen, wat zo ongeveer een wonder was, en daarna werden we, toen we elkaar stonden af te drogen, min of meer onderbroken door het idee om staand van achteren te neuken, wat we op de een of andere manier verzuimd hadden om al eerder te proberen, dus zweetten en stonken we ten slotte nog steeds na de douche, wat niet het plan was maar wat allemaal zonder meer heel erg fijn was. Maar geen liefde.

En daarna zag ik haar in haar mini rijden en Mr Supaservice aanpakken en meer in het algemeen lopen en praten en garnalen eten en zo, het werd almaar beter en toen, nou, toen zei ze dat over naar India gaan en vijfentwintig kilo lichter worden en zweverig zeveren, wat ik zo leuk vond dat ik het al twee keer verteld heb, en waarom niet?

Want al het bovengenoemde geneuk had door iedereen gedaan kunnen worden en is door iedereen gedaan, het stelt niks voor, wij hebben de Status van Meest Begunstigde Soort in de Natuur, we zijn allemaal de hele tijd en met vrijwel iedereen met neuken bezig, het verschil is waarom wil je dat allemaal doen met dezelfde persoon, keer op keer, en dat is waar dat lachen met iemand waarbij je hele keel wordt opengezet een rol gaat spelen.

In het kort en om te besluiten:

vrijdagavond om tien uur wisten Suzy en ik dat we enkele ervaringen en opvattingen op belangrijke punten van het stadsleven aan het eind van het millennium deelden, ze had gedemonstreerd dat ze beter dan ooit reed en ze kon dat UC-accent nog steeds perfect nadoen, dus was ze perfect voor het Plan;
vrijdagavond om elf uur wisten we dat we met elkaar wilden neuken;
zaterdagmorgen wisten we dat het werkte, dronken of nuchter:
en nu, om elf uur zaterdagavond (zoals het liedje gaat) waren we samen op rooftocht gegaan, waren we begonnen een Team te vormen, het voorschot was geregeld, de auto was versierd, we hadden de eerste stap naar Moskou gezet en nu lachte ik mijn keel open om haar droge grappen.

Ik bedoel, kom op zeg.

Oké, oké, eerlijk is eerlijk: het was nog steeds mogelijk dat ik me vergiste. Misschien hield ze in het geniep van vrije improvisatie-jazz of van Prins Charles' Ideale Dorp, misschien had ze nog niet goed gezien dat ik kaal aan het worden was, liefde mag dan blind wezen maar wellust kan behoorlijk kortzichtig zijn. Wie zou het zeggen? Maar zover ik kon zien was het allemaal voor elkaar:

We zaten geestelijk in hetzelfde schuitje.
En de boordlichten waren uit en god mocht weten waar we heen koersten.
Maar waarheen we ook gingen, we gingen via Michael Winners privé-bank.

Buitenaardsen van de Planeet Goud

Afgelopen woensdag hoorde ik pas voor het eerst van Michael Winners privé-bank.

(Het is niet echt Michael Winners bank, natuurlijk, ik weet zeker dat hij niet de eigenaar is en ik weet niet zeker of hij er zelfs ooit komt, maar nu ik hem zo heb genoemd om Brady te imponeren kan ik er zelf alleen maar als zodanig aan denken. Ik zit vast aan mijn eigen verhaal.)

Maar goed, woensdag moest ik dus naar Michael Winners privé-bank om er een cheque van 500 000 pond bij te laten schrijven.

Je hebt het goed gehoord.

Heb je wel eens een echte, geldige, gedekte cheque van 500 000 pond gezien? Probeer dat eens, voor één keer. Of zie het nu voor je, op z'n minst.

Oké?

Leuk.

Maar het draait allemaal om eigendomsrecht en het was niet (tragedie!) mijn geld, ik was enkel de slaaf die het afleverde.

Het ging als volgt.

Vorige week werkte ik als uitzendkracht bij Baron Films in Wardour Street. De eerste twee dagen waren tamelijk normaal voor uitzendwerk, ik frankeerde brieven met de frankeermachine, haalde broodjes voor de meisjes in de kopieerkamer, bracht kiekjes van mogelijke locaties naar de ontwikkelwinkel om de hoek, zei tegen de receptionettes dat ze de seksuele provocaties van de Pakken niet moesten pikken, bezorgde publiciteitsmateriaal bij de Baron Premier in Chinatown en films bij de bioscoop in Paddington en dat soort dingen.

Mijn leven: bijna dertig jaar oud (Nee! Nog niet godsamme, ik ben nog niet eens negenentwintig!) met een graad in Geschiedenis van een bijna enigszins gerespecteerd derderangs instituut dat sindsdien een universiteit is geworden. Heel geslaagd moet ik zeggen.

In elk geval krijg je met uitzendwerk allerlei hoeken en gaten van Londen te zien en mensen die je anders nooit zou ontmoeten. Ik heb bijvoorbeeld voor de Nationale Anti-Vivisectie Bond gewerkt en toen ik vroeg hoe het kwam dat zoveel post die ik frankeerde naar Zuid-Afrika ging, zeiden ze omdat Zuid-Afrika een voortreffelijke staat van dienst had op het gebied van dierenrechten. Dat was in 1989.

(De dag dat N. Mandela president werd nam ik toevallig een fles Zuidafrikaanse slobberwijn mee toen ik bij Bob ging eten. Bob (1) deinsde terug van ontzetting, (2) realiseerde zich dat het nu niet alleen oké was om dat te drinken maar absoluut oorbaar, en (3) verslikte zich erin toen ik erop wees dat hij drie jaar oud was.)

Andere uitzendwerk-absurditeiten: ik heb voor een hotelketen gewerkt en moest BTW-bonnen over de laatste zeven jaar sorteren, en Brady en ik (ik zorgde dat hij ook werd aangenomen) klommen de hele tijd rond over een enorme berg kartonnen archiefdozen zoals ze voor stuntmannen gebruikten omdat de opzichter een zielige malloot was die wou dat we zijn vrienden werden. Hij had bij de Militaire Inlichtingendienst gezeten in Noord-Ierland, vermomd als een student aan Queen's Univ., maar hij had de benen genomen toen hij een brief kreeg die was geadresseerd aan zijn echte naam en luidde: WE WETEN WIE JE BENT, GROETJES VAN DE IRA. Begrijpelijk. Hij liep eens op Alexei Sayle af toen we die zagen in een pub in een zijstraat van Edgware Road, achter de bioscoop op Marble Arch, en hij zei dat hij alle platen van Alexei Sayle had, waarop Alexei Sayle antwoordde dat dat niet inhield dat ze een relatie hadden, waarop Mr Zielig zei:

'Ik doe dit voor jou Alexei,'

en hij sloeg zijn glas kapot en sneed zijn eigen hand ermee open. Als je me niet gelooft moet je het maar aan Mr Sayle vragen. Of we sleepten grote zakken met BTW-bonnen door de lounge van hotels en zeiden met luide stem in het bijzijn van Amerikanen met jet-lag dat ze dit jaar bij bosjes de pijp uitgingen met die legionairsziekte en de gekke-koeienziekte en zo. Dat soort ongein. Of:

Ik werkte bij IBM met een neger die uitermate UC klonk en Barrington-Charrington heette of zoiets en de prachtigste pakken droeg die ik ooit had gezien en de witste overhemden en (hij was geschokt dat hij me moest vertellen wat het was) een das van de gardetroepen. Ze hadden hem weggehaald bij de TeleVerkoopGroep en in Mailing Research gestopt (waar ik uitzendwerk deed) omdat hij zo UC klonk dat hij alle Klanten In Spé uit Watford en dergelijke afschrok; ze schaamden zich zo om hun eigen accent als ze door de telefoon met Barrington-Charrington spraken dat ze de pest aan IBM begonnen te krijgen omdat ze eraan werden herinnerd hoe LMC ze eigenlijk waren, ondanks hun gigantische hypotheken en BMW's.

Barrington-Charrington was onderofficier bij een garderegiment geweest, hij had zich aangemeld voor de officiersopleiding en ze lieten hem wachten en (zo realiseerde hij zich later) hoopten dat hij het zou schudden maar dat deed hij niet, het Regiment was zijn Leven en het valt niet mee om je Leven te schudden, dus lieten ze hem ten slotte naar Sandhurst gaan en hij slaagde drie keer voor alle tests in plaats van één keer en was altijd de eerste over de stormbaan en tremde iedereen in elkaar die probeerde hem ontgroeningsgeintjes en andere onderdrukte aberraties te flikken, dus moesten ze hem uiteindelijk doorlaten. Hij ging terug naar zijn Regiment, naar zijn Familie, en hij dacht natuurlijk dat hij daar nu officier zou worden maar zijn commandant, die geacht werd een soort Vader voor hem te zijn, zei – niet zonder ongeveinsde opgelatenheid, gaf Barrington-Charrington toe – dat Barrington-Charrington uit voortreffelijk officiershout was gesneden maar dat De Jongens een gekleurde officier gewoon niet zouden pikken. Ten behoeve van het regiment, zei de commandant, stelde hij voor dat Barrington-Charrington een aanstelling bij een ander onderdeel van het leger zou accepteren en Barrington-Charrington vroeg bij welk regiment dan en de commandant zei REME.

'Wat is REME?' vroeg ik.

'Precies, precies, ouwe jongen: geen regiment. Ze rijden dingen rond, geloof ik,' zei Barrington-Charrington en snoof.

'Wat heb je toen gedaan?' vroeg ik.

'Wat denk je verdikkeme dat ik gedaan heb, ouwe jongen? Ik ben natuurlijk mee gaan doen met de rellen in Brixton. Geloof me kerel, het enige wat we nodig hadden was een beetje meer discipline en natuurlijk de bereidheid om wat verliezen te lijden en dan hadden we de tweede avond die flutpolitie finaal de Rivier ingejaagd!'

(Ik moest meteen aan Barrington-Charrington denken toen ik in het begin nog dacht dat er voor het Plan misschien een paar aristocraten moesten worden neergeknald, maar ik kwam er niet uit hoe hij in het uiteindelijke Plan kon worden ingepast en ik heb hoe dan ook geen idee waar hij nu is. Ergens in Londen, vermoed ik. Het heeft iets heel verontrustends dat je mensen tamelijk goed kunt leren kennen en dan op een dag realiseer je je dat je het contact hebt verloren, je hebt geen lijntje naar ze, geen enkel spoor, ze wonen nog steeds in dezelfde stad maar je zult ze nooit meer zien. Ik ben onlangs begonnen om voor de eerste keer een heus adresboekje bij te houden, ik ben een hele dag bezig geweest om overal vandaan stukjes papier en ouwe bierviltjes en zo te vissen en namen en nummers in een echt adresboekje te schrijven; een back-upbestand voor mijn leven.)

Uitzendwerk heeft iets aanlokkelijks omdat je niet weet waar je volgende maand zit, je weet alleen dat het niet hier is; door her en der te komen kun je jezelf wijsmaken dat je vooruitkomt.

Tot je op een dag wakker wordt en je realiseert dat jij niet vooruitkomt maar de wereld wel en dat hij zonder jou verdergaat. En dan kom je tot de conclusie dat je op behoorlijk korte termijn je leven moet redden.

Maar goed, het was mijn derde dag bij Baron, dat was dus afgelopen woensdag, en ik hield voornamelijk suffe, tijddodende privé-competities door te kijken welke van de brieven die ik frankeerde het verste uit de frankeermachine vloog (o ja, daar een prima poging van MR A. CHARLESWORTH uit STEPNEY, maar het is nog steeds MS P. PRITCHARD uit CLAPHAM die een elegante neuslengte voor ligt) toen er opeens een Pak binnenkwam en zei dat ik die rotpost aan kant moest maken en daarna met Fred de Beveiligingschef mee moest en voor ik het wist zat ik achter in een limo met Fred aan het stuur en een envelop in mijn hand. De envelop was niet verzegeld, dus keek ik erin en vond een kingsize, met pen geschreven, ongekruiste cheque van 500 000 pond, getekend door Herr Dr Siegberth R. Mittelmaier.

Er viel op dat moment beslist een ander licht op de wereld.

Hetzelfde gebeurde ook donderdag.

Ik heb geen idee waarom ze mij hadden uitgekozen. Ik veronderstel dat ze het geheim van Michael Winners privé-bank niet wilden toevertrouwen aan vaste werknemers, en zij veronderstelden dat niemand binnen twee weken gebruik zou kunnen maken van dat soort informatie, de periode waarvoor ik was aangenomen (ze moesten eens weten). En trouwens, ook al ging ik ermee aan de haal, zou er één bank zijn die een cheque voor een half miljoen pond van Herr Dr S. Mittelmaier zou verrekenen, uitgeschreven ten gunste van (en natuurlijk op de achterkant getekend door)

Baron Filmsbons

of

Mr B. Aron Filmschmann III?

Nee, dat zouden de hufters niet doen.

Het was vreselijk omdat ik ook nog onder een valse naam werkte met het oog op mijn uitkering zodat ze geen idee hadden van mijn echte naam of echte adres, ik haalde gewoon elke week mijn ongekruiste, inbare cheques op bij het uitzendbureau. Ik mummelde vaag iets over dat ik ergens in Peckham woonde. Het uitzendbureau – een van de grote ketens – drijft zo'n beetje voor de helft op zwartwerkers en dat weten ze. Ze hebben nooit om een identiteitsbewijs of zoiets gevraagd, ze wisten verdomd goed dat iedereen een uitkering had want ze wisten dat niemand zich kon veroorloven om met wat zij betaalden in Londen te wonen zonder er een uitkering bij te hebben. De overheid subsidieerde hun gigantische 60%-provisie.

Dus ik had gewoon in rook op kunnen gaan.

Maar niemand zou de cheque uitbetalen.

Aan de andere kant, de derde keer dat ik de trip maakte, d.w.z. gisteren (vrijdag), gaf een ander Pak me een zak met 37 000 pond in contanten om te storten, plus de gebruikelijke cheque van 500 000 pond. Ik kon mijn ogen niet geloven. Het was een gewone canvas zak met een koord, vol met geld, als in een tekenfilm. En deze keer lieten ze een taxi komen, ze stuurden me alleen, alleen met 37 000 pond in een taxi! Ik zat daar op de taxi te wachten en probeerde de zweetklieren en de sluitspieren in toom te houden terwijl ik me afvroeg of ik het lef had om het te doen. Maar op het laatste moment kwam het Pak teruggescharreld en zei:

'Goh, ik denk dat we Fred maar met je meesturen, voor het geval je wordt beroofd of zo.'

Dus toen had ik twéé redenen om niet te proberen om 'm met het geld te smeren:

(a) 37 000 pond is niet genoeg om je leven te redden, en het hele punt is om één grote klus te doen, één klus terwijl je nog helemaal geen strafblad hebt, want dat is hoe ze altijd iedereen te pakken krijgen die ze te pakken krijgen, als je geen strafblad hebt word je gewoon niet gepakt. En als je geen witte slee met vleugels koopt. De meeste misdadigers hebben een strafblad of krijgen er een omdat ze er geen weerstand aan kunnen bieden om een witte slee met vleugels te kopen. Dat komt omdat ze voor het merendeel UnderClass of lagere WC zijn en instinctief weten dat het allemaal geen fuck waard is als ze het niet kunnen etaleren, als ze er niet mee kunnen pronken bij de Kliek. Het was net zo in de achttiende eeuw, struikrovers werden gepakt omdat ze door Shoreditch of waar dan ook rondreden en gouden guinea's rondstrooiden; wat moesten ze er anders mee? Ze in een hypotheek steken? Collegegeld betalen? Dus tegenwoordig houden ze grote feesten en kopen ze elke keer een slee, met vleugels als verplichte optie, en de politie kijkt gewoon listig uit naar mensen die in een witte slee met vleugels naar grote feesten in Essex rijden en grijpen hun mannetje in de kraag. Simpel.

Maar ik koop er geen. Ik heb op de universiteit geleerd dat een witte slee met vleugels burgerlijk is (ik wou er echt eentje toen ik zeventien was), net zoals ik leerde dat de leuke schone vitrage van mijn moeder burgerlijk is. Waar je ook in afstudeert, je studeert tevens af in de geheimen van de MC-hemel. Ik weet precies wat ik met het geld ga doen, ik ben een van de miljoenen LMC'ers die door Europa en Amerika en langs de kusten aan weerszijden van de Grote Oceaan zwerven en precies zouden weten wat ze met het geld gingen doen, wij die speciaal geselecteerd en opgeleid zijn om tot echte MC'ers te muteren.

Ik weet dat mijn kont precies op de goeie hoogte zit om tegen de stang van een Aga te leunen, ik kan me er alleen geen veroorloven.

Nee, als ik het geld binnen heb zullen ze bij grote feesten vergeefs op mijn witte slee met vleugels wachten. Ik zal gewoon oplossen in de MC-hemel, ik zal onzichtbaar zijn. Niet boven verdenking verheven maar gewoon ongezien.

Maar ik heb meer dan 37 000 pond nodig.

En dan is er de andere reden om Baron Films niet te beroven zonder gepaste zorgvuldigheid+behoedzaamheid, en dat is:

(b) Fred.

Fred is de hoofdlijfwacht/chauffeur van Baron Films. Elke keer als hij Michael Winner of wie dan ook naar het vliegveld rijdt, geeft Michael Winner of wie dan ook hem een gouden aansteker of wat dan ook. Hij kan een leuke edele-metalenrommelwinkel beginnen als hij met pensioen gaat, zegt Fred. Ik stond eens in de hal toen Michael Winner (het was hem deze keer echt) binnen kwam kuieren van Wardour St. en opeens drongen al die lagere Pakken uit deuren en houtwerk en godweetwaar te voorschijn om hem te omringen en aanbidden, maar Fred stond gewoon op, zwaarwichtig en traag, en schoof hen opzij en stak zijn klauw uit en zei:

'Hoi baas'

en je kon zien dat Michael Winner dát eigenlijk het liefste had.

Fred heeft het archetypische uiterlijk van een knokploegleider van de British National Party. Hij is niet eens zo groot als ik, laat staan als Brady, hij heeft vroeger voor de Kray-broertjes gewerkt dus hij moet minstens in de vijftig zijn, hij ziet eruit als een advertentie voor de evolutietheorie, zijn armen hangen neer door het gewicht van zijn grote handen, zijn kop is geschoren en loopt recht naar beneden in zijn nek, hij heeft een klein snorretje als een homokloon en hij draagt nog hoge kistjes en een strakke opgerolde Wrangler en een zwart nylon vliegeniersjack met A MORDECAI GOLEM FILM: THE BETA FORCE op de rug en eronder een wit T-shirt.

Freds vliegeniersjack is vacuümverpakt vol spieren. Ik botste eens per ongeluk tegen hem op toen we meubilair aan het verhuizen waren, het was alsof je tegen een wandelende zak piepers knalde, ik stuiterde gewoon terug. Fred heeft slome, transparant bruine ogen en die onthutsende massa rond de nek en schouders waar je mee geboren moet zijn.

Ik zou te allen tijde op Fred gokken tegen Brady, bij elke inzet, zelfs bij vijftig tegen een. Persoonlijk zou ik geen donkere steeg in gaan achter Fred aan met minder dan een vlammenwerper en een compleet ondersteuningsteam van speciale commandotroepen.

Ik kon alleen niet vatten waarom Michael Winner een BNP-nazilijfwacht moest hebben, het leek gewoon te bizar.

Ik had het zo'n beetje toegeschreven aan de niet in kaart gebrachte peilloos diepe spelonken van de menselijke psychopathologie toen ik Fred op een dag aantrof in een opperbeste stemming die te danken was aan het feit dat hij net had gehoord dat zijn vijfde kleinkind was geboren, dus waagde ik het om over een BNP-mars te beginnen die in het nieuws was, om te kijken hoe hij reageerde. Ik stond klaar om naar de deur te duiken.

Fred zat op het bureau van de receptionettes (ze waren allemaal dol op Fred, als op een oom) met zijn 16-oogs Doc Martens met stalen neuzen op en neer te zwieren en zei:

'O ja, nou, ik heb die nazi-etters vaak zelf een dreun moeten geven want ik ben half joods en half Iers. Wat een tinnefzootje. Als ik het voor het zeggen had zou ik ze afmaken, een fijn granaatje, meer heb je niet nodig, door het raam van de pub waar ze bijeenkomen, klabam! En een pistoolmitrailleur voor de overlevenden als die naar buiten komen rennen. Denk niet dat ik er niet over gedacht heb. Weg met dat smerige tuig. Blijf maar uit de buurt van dat schorem, jongen.'

Zo, alsjeblieft.

Fred vertelde me ook een hoop nuttige dingen die ik kon doen als (niet indien, wanneer) ik de bak indraaide, zoals iemand een busje vol explosieven buiten de muur laten parkeren en dan naar de directeur gaan en zeggen dat je niet tegen het idee kon dat er onschuldige mensen dood zouden gaan en op die manier strafvermindering krijgen ook al waren je vrienden nooit van plan geweest de boel op te blazen. Of je vroeg iemand die bij je in het krijt stond om zijn kind in de Theems te laten vallen zodat je erin kon springen om het te redden als je op borgtocht vrij was.

Toen we donderdag na de lunch terugliepen van de pub kwamen we een grote slungelige parkeerwacht met dikke brilleglazen tegen die net het kenteken van een afgrijselijke ouwe Jaguar stond op te schrijven en Fred ging naar hem toe en zei:

'Blijf met je smerige poten van mijn auto af,' en hij pakte het bonnenboekje van de parkeerwacht, scheurde het in kleine snippers, liet die zorgvuldig in de goot vallen en gaf de vent toen een stomp, zij het tamelijk zacht. Toen we wegliepen zei ik:

'Jezus, Fred, dat kun je toch niet maken, alle smerissen van Soho staan op je te wachten als je terugkomt voor je auto.'

'Dat is mijn auto niet,' zei Fred. 'Ik heb de pest aan de kerel waarvan die auto is.'

Dus al met al was Fred een heel goeie reden om niet te proberen om met 37 000 pond van zijn baas uit de taxi te springen.

Hij zou me vermorzeld hebben als een zure haring.

Fred was dus het enige grote probleem in het Plan, want (1) hij is zo bikkelhard en (2) ik wist dat het heel moeilijk zou worden om het er goed af te brengen zonder op de een of andere manier met Fred af te rekenen, want Freds enige vervelende karaktertrek is een blijkbaar onvoorwaardelijke loyaliteit jegens zijn steenrijke werkgevers.

Dagenlang probeerde ik uit te vogelen wat Freds zwakke punt zou kunnen zijn, hij moest er gewoon een hebben, iedereen heeft ergens iets, we hebben allemaal een stil schuurtje waar we de geheime, gyroscopische fetisjen van ons leven bewaren.

Het leven van sommige mensen draait rond in serieuze banen, ze zouden verkommeren en doodgaan als je ze dwong om te stoppen met hun baanbrekend onderzoek naar kanker of zo, maar anderen zouden stante pede een hersentumor krijgen als je de kilometerteller op hun snelheidsmeter zou afplakken, of het sparen van airmiles verbood, of ze niet toestond om modelvliegtuigjes te maken, of wijnsnobisme of het voorspellen van het weer strafbaar stelde. Mensen gaan niet naar hun schuurtje omdat ze daar een gezonde zin in hebben maar omdat ze moeten, omdat hun wereld in elkaar zou storten als ze het niet deden; vind iemands schuurtje en je hebt hem bij zijn lurven.

Wat er in Freds schuurtje zat viel me in toen mijn hersens zich ontspanden na de seks met Suzy, zoals reeds beschreven. Ik wist dat ik hem iets kon bieden dat hij gewoon niet kon afslaan. Het Plan was gered.

O ja, het Plan. Dat behoeft nog uitleg.

Oké.

Het Plan is zoals het is omdat Michael Winners Privé-Bank is zoals hij is. Het zou nergens anders werken, zelfs het idee zou nergens anders werken, het Plan is geen goedkoop confectiegevalletje, het is een als gegoten zittend stukje maatwerk voor deze bank, het is helemaal toegesneden op het karakter van deze bank. Het privé-karakter.

Bij een doorsneebank is de manier om hem te beroven heel simpel en vereist die één tamelijk specifieke gave die ik niet bezit, namelijk om geweld uit te kunnen stralen; je hoeft alleen maar naar binnen te lopen en iedereen, klanten en personeel, er meteen van te overtuigen dat je hen beslist en in koelen bloede heel erg zult bezeren of misschien zelfs doden als ze je niet in alles gehoorzamen, dan incasseer je het geld en smeert 'm voor de politie komt. Er zijn uiteraard variaties, zoals het personeel opwachten als ze 's morgens de deuren komen opendoen, of de kinderen van de directeur kidnappen en dreigen om ze levend te verbranden of zo, maar in wezen blijft de klassieke methode favoriet want in de doorsneebank is het fysieke binnenkomen en weggaan niet het probleem: de bank in de hoofdstraat wil de mensen uitdrukkelijk uitnodigen om binnen te komen door de deuren, als mensen zich bedreigd of gewantrouwd voelen als ze naar binnen gaan, gaan ze misschien ergens anders heen. Zo werkt de vrije markt. Dus het enige wat de bankeigenaren kunnen doen is alle voorzorgsmaatregelen treffen om te waarborgen dat (a) het even fysiek moeilijk als mogelijk is om bij het personeel en dus het geld te komen en (b) de politie zo snel mogelijk komt.

Bij Michael Winners bank ligt dat anders.

Hij is privé.

Hij hoeft het plebs (wij) niet te lokken en wil dat ook niet.

Hij doet net of hij helemaal geen bank is.

Hij doet in feite net of hij niet bestaat.

Je zou van de buitenkant nooit zeggen dat het een bank is, er hangt geen plaquette of bord, laat staan een groot logo, alleen maar een mooi opgepoetst nummer, No. 6 Crown Court WC2, een grote koperen deurklopper in de vorm van een leeuwenkop, zoals elk groot achttiende-eeuws herenhuis heeft, niet eens een tv-camera zoals aan veel van die huizen.

Maar dit is niet elk groot herenhuis; het is een van de geheime troggen van Londen, waar de kantoorslaven langslopen in de krankzinnige overtuiging dat ze nu MC zijn omdat hun maisonette in Walthamstow minder waard is dan de hypotheek, loyaal, Tory en zonder enig vermoeden dat er, een paar meter van ze vandaan als ze kauwend op hun moutbroodje garnalen+mayo voorbijkomen, een vermogen ligt dat geen enkele prestatietoeslag, geen enkel aantrekkelijk salarispakket, geen enkele aandelenpremie of promotie of gratificatie hun ooit op zou kunnen leveren, rijkdommen die misschien niet hun fantasie bij het lezen van *Hello!* of hun loterijdromen te boven gaan maar zeer zeker elke rationele mogelijkheid van verwerving ontstijgen.

Het is een van de kluizen van de mensen die de wereld bezitten.

Er zijn er ongetwijfeld tientallen in Londen omdat dat een van de plaatsen is waar de Bezitters Van De Wereld graag vertoeven, maar jij en ik weten niet waar ze zijn en we zullen het ook nooit te weten komen, wat allemaal volgens hun ondoorgrondelijke plan is.

Behalve dat het Lot me nu had gewezen waar deze was.

Maar wat dan nog?

Want omdat het een privé-bank is, is het natuurlijk heel makkelijk voor de eigenaar om inbrekers buiten de deur te houden ook al komen ze erachter waar hij is, omdat de deur niet open hoeft te staan. Hij gaat in feite bijna nooit open.

Als hij wel opengaat, komt dat alleen omdat Michael Winner of Siggy Mittelmaier (zoals hij bekend staat) of een andere kennis van de eigenaars tegen Janey Herzberg bij Baron Films (ze is een soort superprivé-secretaresse) heeft gezegd dat ze de bank moet bellen op het geheime nummer dat je nooit in een telefoonboek zult vinden. Zoals bij elke topbeveiliging is het allemaal persoonsgebonden: de lady's op de bank (ik kom zo bij hen) kennen Janey H. van lunches en party's en voor mijn part misschien wel van middernachtelijke schranspartijen op school, zodat ze weten dat zij het is als ze opbelt en zegt dat die en die (evenzo bekend van naam/familie/gezicht) over zo en zoveel minuten langskomt om zo en zoveel honderdduizenden ponden te storten of op te nemen.

Als dat gebeurt – ik heb het gezien van binnenuit, dus ik weet het – gaat een bewaker die Joe heet naast de binnendeur staan wachten en loert door een soort periscoopachtig ding waarmee hij via een lensje boven de voordeur naar buiten kan kijken tot de juiste aangekondigde persoon arriveert. Wat er dan gebeurt is wat er de eerste dag gebeurde toen Fred en ik bij de bank aankwamen, hij een blasé ouwe rot en ik weer een jongetje, vol verwondering en nieuwsgierigheid.

'Hier is het,' zei Fred en zette de limo stil.

'Is dat een bank?' vroeg ik.

'Niet zo'n gewone spaarbank,' grinnikte hij met dat ondoorgrondelijke, oriëntaalse, irritante trekje van mensen die niks te winnen hebben bij het overzien van de macht van hun duistere meesters.

We stapten uit en liepen naar de deur en in plaats van aan te bellen of te kloppen of iets te zeggen of zo bleef Fred zonder zich te verroeren staan en keek zonder aanwijsbare reden omhoog naar de bovendorpel van de deur. Toen zag ik het kleine zwarte oog en dacht dat het een tv-camera moest zijn die ons observeerde.

'Nee,' zei Fred. 'Dat is Joe maar. Geen camera's hier, jongen. Ik bedoel, denk even na. Wat is het nut van een privé-bank? Dat hij privé is natuurlijk. Je wil niet dat iemand je op film zet, waar of niet? Dit is de Natonal Westminster niet!'

Er was geen elektronische zoemer, geen stemverificatie of iets dergelijks, alleen maar een zachte klik van de grote Georgian deur met zijn koperen nummer en opeens zwaaide hij mysterieus naar binnen open. We liepen naar binnen (ik kon niet nalaten om te kijken of er iemand achter de deur stond) en kwamen in een kleine ruimte, grauw verlicht met indirect neon en helemaal opgetrokken uit zwart spiegelglas, ongetwijfeld doorzichtig van de andere kant. De buitendeur ging vanzelf geruisloos achter ons dicht en toen hoorden we de zachte klik van het slot weer. We stonden daar een seconde of drie en toen werd er iets vaags extra donkers net zichtbaar achter de glazen wand links van ons, niet de wand recht voor ons, en werd er weer een deur geopend, deze keer met de hand, door een grote kerel in een blauw overhemd en zwarte broek maar zonder wapens, knuppels of dergelijke, alleen maar een zwart designer-doosje aan zijn riem met een piepend rood lampje en een knop. Een radioalarm.

'Hallo Fred,' zei hij.

'Hallo Joe,' zei Fred. Hij nam niet de moeite mij voor te stellen, ik was nu een soort voetbalvandaal, de aandacht niet waard van deze Majordomussen, enkel een loopjongen die een cheque voor 500 000 pond bij zich had die ik nooit zou kunnen verzilveren aan deze kant van de paarlen poorten. Ik vroeg me af waarom ze hem niet aan Fred hadden gegeven om bij zich te steken, misschien was het beneden zijn waardigheid, ik wist het niet en ik weet het nog steeds niet.

We kwamen in een vestibule, niks bijzonder speciaals, bedrijfsvloerbedekking, brandblusapparaten aan de gelambrizeerde muur, links een trap omhoog, en we hoefden alleen maar een keer naar rechts te gaan, niet eens een gang door, nog geen twee meter, en we waren in de eigenlijke bank.

Het heeft daar meer weg van een droom dan waar ik ooit in wakkere staat ben geweest, ik ben daar drie keer geweest en elke keer kan ik het bijna niet meer geloven zodra ik weg ben.

Het is een zaal zonder ramen van ongeveer tien bij tien meter met een plafond van normale hoogte en een bescheiden gipsen rozet in het midden waaraan een in zijn soort redelijk bescheiden kristallen kroonluchter bungelt, denk ik, en in stemmig oker gesponste muren met olieverfschilderijen van jachttaferelen, gewoon standaardreprodukties van pseudo-Victoriaanse genrestukken. Helemaal niks bijzonders, ik had die dingen in talloze kantoren gezien waar ik als uitzendkracht had gewerkt, al moest het Perzische tapijt van negen bij negen meter enkele tientallen duizendjes waard zijn.

Maar als je door de deurloze entree in de hoek stapt, stokt je adem en schud je met je hoofd want de enige, absoluut de enige dingen in die hele ruimte zijn drie grote eenvoudige Georgian bureaus, eentje in elk van de resterende hoeken, elk bevrouwd door iemand uit een *Vogue*-reportage, drie volmaakte UC-schoonheden die alle drie tegelijk opkijken en je (in mijn geval) totaal niet schijnen te zien.

Ze zagen Fred echter wel en zeiden alle drie:

'Hai hullo Fred,' en hij ging blij midden in de kamer staan en zei:

'Hoi lady's.' Toen wendde hij zich naar mij en zegt: 'Toe dan, geef lady Caroline haar cheque.'

Daardoor vermoedde ik dat ze me mee hadden gestuurd om Fred een goed gevoel te geven door hem in het bijzijn van deze vrouwen de baas te laten spelen over een leuke jonge MC'er alsof het een stomme lulhannes was. Maar dat nam ik Fred niet kwalijk.

Lady Caroline (ik weet niet of ze echt zo heet, ik denk dat Fred het niet zou wagen om zijn meerderen te vernachelen, dus het zal wel) ziet me niet eens naderbij komen. Waarom zou ze?

Ik ben oneindig veel armer dan zij.

Ik ben ouder dan zij.

Ik word kaal.

Opeens leek uitzendwerk niet zo leuk. Dit was de Werkelijkheid.

Ik was nooit eerder welbewust in contact gekomen met De Heersende Klasse (je kunt ze tenslotte makkelijk mislopen, aangezien er niet zoveel van zijn en je ze niet zult zien als ze jou eerst zien) met uitzondering van een paar gestoorde ouwe nichten die, omdat ze gestoord zijn, menselijk zijn en dus niet echt meetellen.

Ik was ontzet hoe achterlijk ik was geweest.

Ik bedoel, natuurlijk heb ik vrienden van school en zo die veel rijker zijn dan ik omdat ze als advocaat en belastingconsulent en zo werken, dat is volstrekt begrijpelijk en redelijk, een van die lui heeft zelfs een gouden Ferrari met JEZ 95 als kenteken omdat '95 het jaar was waarin Jeremy Frankel zijn eerste honderd ruggen verdiende met een reclamecampagne voor BogleBogartBuggery of wie dan ook, maar dat is oké. Ik heb er niet aan gewerkt zoals zij, misschien zou ik het wel doen als ik het over kon doen maar dat kan ik niet en ik heb het niet gedaan, dus dat is allemaal oké en zelfs eerlijk+fair. Maar dit is anders. Dit is een andere planeet, sodeju. Ik zou hier kunnen staan met mijn goedkope kleren en mijn envelop met hun geld en een pianoconcert fluiten terwijl ik tegelijk met mijn gat Keats voordraag in de vorm van scheten en namaak-Van Goghs in elkaar flans met mijn pik, en die vrouwen zouden het helemaal niet vreemd vinden want voor zover zij weten doet de WC dat soort dingen de hele dag, waarom niet? Wat weten zij ervan, wat zal het hun in godsnaam kunnen schelen?

Ze zijn niet menselijk zoals jij en ik menselijk zijn, het zijn buitenaardsen van de planeet Goud.

Maar goed, lady Snottina von Gold neemt haar cheque aan van Het Onzichtbare Schorem (ik) dat voor haar staat en trekt haar bureau open om het half miljoen pond erin te stoppen.

Ik heb nog nooit van mijn leven zoveel geld gezien.

De hele la, over de hele diepte van dat grote, Georgian bureau, zit vol geld dat op zijn zij ligt ingestoken, ik zie het slechts in een flits maar ruim een halve meter bestaat uit biljetten van vijftig pond en er zijn minstens drie rijen van. De rest ziet er voor het merendeel uit als Zwitserse franken en Duitse marken. Grote coupures, ik kan een fors aantal nullen zien.

Had ik maar een Kalashnikov!

Maar dan schuift de la zachtjes dicht en trekt lady Caroline een reçu te voorschijn op papier dat lijkt op het papier waarop mijn bul probeerde te lijken, gewatermerkt linnenpapier met een ingestanst wapen maar zonder naam, alleen het telefoon- en faxnummer, ze zwiert er een mooie UC-handtekening overheen met haar gouden vulpen en schuift het naar me toe, ik moet het zelf oppakken. Daarna kijkt ze onmiddellijk dwars door me heen en zegt tegen een van de andere meisjes, negen meter verderop:

'Ik weet het niet, ik wilde echt iedereen dit jaar zelfgemaakterige chutney geven, maar ik moet absoluut eerst wat van die leuke Franserige luchtdichte potten met rubber dekseldingen hebben, je weet wel, waar ze geleierige fazant en dergelijke in doen, ik bedoel oude Nescafé-potten zouden toch een beetje armzalerig zijn, nietwaar?'

Dat (blijkt) is het sein voor Fred om te zeggen:

'Tot morgen, lady's,' en dan kijken ze allemaal weer op alsof ze verrast zijn dat we er nog zijn en zeggen:

'O, tot ziens Fred.' En dan zegt Fred:

'Tot morgen Joe.'

'Tot morgen Fred.'

En dan worden we weer in de zwarte luchtsluis gelaten, de deur achter ons gaat dicht en we zitten weer een paar seconden opgesloten, en dan horen we de zachte klik weer recht voor ons en zwaait de buitendeur vanzelf naar binnen en doen we drie stappen naar voren, de deur gaat achter ons dicht en daar staan we weer, buiten in de zon, ongelooflijk, in Londen, in wat ik tot nu toe dacht dat de echte wereld was.

Ik kijk ongelovig om, dan kijk ik om me heen naar alle mensen die in opperste onwetendheid rondstruinen. Ik heb het gevoel dat ze allemaal verbaasd naar me zouden moeten kijken, alsof ik net uit de Gouddomeinen ben gestapt.

'Wel wat anders dan de Midlands, hè?' zegt Fred.

Hij is verrukt dat ik totaal verbijsterd ben, alsof het allemaal van hem is. Terwijl hij het portier van de limo opendoet kijk ik naar hem en vraag me af hoe het is om Fred te zijn.

Blij, dat is hoe het is.

Ik niet.

Die woensdagmiddag zat ik de hele tijd narrig over revoluties te dromen terwijl ik de post frankeerde en dacht: de ademtocht van de UC is het doodsgerochel van de vrijheid, dat soort dingen.

Donderdag gingen we weer terug en alles was precies hetzelfde behalve dat ik de cheque deze keer naar lady Catherine bracht en enkele interessante dingen te weten kwam, namelijk:

(a) dat zij en haar vriendinnen eigenlijk helemaal niet zo mooi waren, en ik kon er niet bij waarom ik de vorige dag had gedacht dat ze dat wel waren (later, zoals je nu weet, vertelde Suzy me het geheim, namelijk het glanzende haar en de arrogante manier van doen, maar dat wist ik toen niet, ik was nog een sufferd), en

(b) dat lady Catherines geldla net zo vol was als die van lady Caroline, zo niet voller, en

(c) dat Jamie haar mee wou nemen naar Singapore, maar de laatste tijd een beetje sullerig werd.

'Geef de Singapore-sul een *sling*!' hinnikte lady Caroline.

'Nou, zijn familie komt uit Suffolk, dus noem ik hem meestal eigenlijk het Suffolk-suffie.'

Wat moesten we lachen!
Wat keek ik naar het geld!
En toen ontdekte ik

(d) dat lady Cats bureau (net als de andere, ongetwijfeld) een knopje heeft naast de rechterla, met een rood lampje dat hoogst on-Georgian-achtig knipperde, en als laatste maar beslist niet minste

(e) dat op het reçu dat ik kreeg hun telefoonnummer stond.

Wat ik voelde kan ik alleen beschrijven als een plotselinge door mijn darmen zakkende adervol adrenaline. De eerste deur was net opengegaan.

Vrijdag (d.w.z. gisteren) gingen we weer terug, sjok sjok, sukkel sukkel, gaap gaap, zachte klik, hallo Joe hallo Fred, morgen lady's, weer een half miljoen in de bodemloze kluizen gestort, asjemenou, een dag als alle anderen in het ouwe Londen, en alles ging hetzelfde behalve dat ik deze keer de cheque en het geld aan Miss Buck-Ffrench moest geven, de arme dikke koe zonder titel met een paardegezicht. En haar bureau zat ongeveer net zo vol geld als de andere twee, en ze zat erover in of ze moest proberen om eens een volkserig vriendje te nemen:

'O God nee, schat,' zei lady Cat, 'wat je ook doet, doe dat niet, ik heb eens een volkserig vriendje gehad en hij sleepte me ten slotte mee naar de Gorbals of zoiets walgerigs om zijn bejaarde moeder te bezoeken, het was allemaal heel degoûtanterig, ze vroeg me of ik een Stuk wilde eten.'

'Een stuk?'

'Mmmm.'

'Een stuk van wat, schat?'

'Nou, precies.'

Ik begon tegen die tijd te berekenen hoeveel vijftig-pondbiljetten er in een meter gingen. Niet zoveel als je denkt: een meter nieuwe vijftigjes in krimpfolie is ruim 650 000 pond.

Zelfs als ze zijn gebruikt is een decimeter vijftigjes bijna 25 000 pond.

Sommige van hun pakken waren in krimpfolie verpakte nieuwe.

Ik voelde mijn mond droog worden en mijn gezicht bij mijn slapen verstrakken terwijl ik keek.

(Fred legde later uit waarom ze zoveel contant geld hadden: ik zou versteld staan, zei hij, van sommige dingen die zich in de Filmwereld afspelen, er ging een hoop geld om dat niet pluis was, dat krijg je altijd als al dat contante geld de hele tijd binnenkwam van de bioscopen, net als met de hondenrennen of de voetbalclubs. En dit bedrijf in het bijzonder was nog minder pluis dan de meeste, zei Fred, hij wist zeker dat hij wel eens agenten van de Mossad en ex-Stasimensen en dergelijke in de auto had gehad, en hoe dan ook, dat soort mensen houdt van contant geld. Stel dat Michael Winner binnenkomt en een kwart miljoen wil hebben om naar Monte Carlo of zo te gaan, en dan een half uur later komen er twee makkers van Siggy binnen en willen een deal in Rusland gaan afsluiten, ze nemen geen plastic aan in Rusland, waar of niet? Ik bedoel, dat is het hele punt van een privé-bank, toch, als ze de telefoon moeten pakken en geld moeten laten reserveren en tot dinsdag bij de thee moeten wachten om hun miljoen te krijgen, dan kunnen ze net zo goed naar de plaatselijke Co-op Bank gaan, waar of niet?

'Tja,' zei ik zwakjes. 'Logisch.')

Terwijl ik mijn reçu pakte en nog een keer naar het telefoonnummer erop keek om me ervan te vergewissen dat ik het goed had onthouden, bedacht ik wat een erbarmelijke sul ik was om de moeite te nemen het te onthouden, aangezien ik nooit de gelegenheid zou hebben om het te gebruiken. Ik stond dit net te bedenken toen Fred me zachtjes tegen de muur duwde. Ik keek op en hij siste tegen me:

'Rechtop, een klant.'

Daarop nam hij een houding aan zo'n beetje als een militaire op de plaats rust, met zijn handen op zijn rug en zijn voeten uit elkaar en zijn ogen gericht op iets een meter of zes recht voor hem en twee à drie meter hoog. Hij gaf me een por en ik deed iets soortgelijks.

De binnendeur ging open en een reusachtige, dikke man met grijs haar en een pak van wereldklasse kwam binnen. Je kent dat wel, zoals alle pakken min of meer hetzelfde lijken op honderd meter afstand maar als je dichterbij komt zie je meteen welk pak van Marks & Spencer of Top Man is (kledingleveranciers aan de geldslaven) en welk van de piepkleine stille winkeltjes zonder prijzen in de etalage. Het heeft iets te maken met de wijze waarop de schouders zitten. Dit was er zo eentje. En voor het geval het niemand opviel marcheerde er achter Graf von Gold, of wie het ook mocht wezen, een lange maar vierkant gebouwde en geblazerde lijfwacht. Graf von Gold liep langs ons zonder een spier te vertrekken, behalve om tegen zichzelf te knikken toen Fred en Joe tegelijk

'Morgen meneer,' zeiden.

De lijfwacht knikte tegen Fred terwijl hij voorbijliep en loerde argwanend naar mij, wat een behoorlijk goeie inschatting van hem was want ik stond me op dat moment af te vragen of ik me toch weer aan moest sluiten bij de Revolutionaire Communistische Liga om plannen te beramen voor de duizendjarige wraak.

Toen ze voorbij waren gaf Fred me weer een por en vertrokken we zo onzichtbaar mogelijk, om er niet bij te zijn als Graf von Gold (Fred vertelde me later dat het in feite graaf De Giglio was) zijn zaken afhandelde.

Fred fluisterde tegen Joe:

'Tot dinsdag, Joe.'
'Maandag niet, Fred?'
'Nee, maandag zijn de banken in New York dicht. Dinsdag een dubbele portie. Uur of twee.'
'Okido, Fred. Ik neem aan dat ik hier dan ben.'
'Dat neem ik ook aan, Joe. Prettig weekend.'
'Jij ook, Fred.'

DINSDAG OM TWEE UUR!!!!
DINSDAG OM TWEE UUR!!!!
DINSDAG OM TWEE UUR!!!!
En het uitzendbureau had me donderdag verteld dat Baron Films me volgende week weer wou hebben!

Zodra ik dat wist, wist ik dat ik een Plan moest maken. Ik zat het grootste gedeelte van de middag hetzij echt op de wc met hamerhart-diarree of wendde voor dat ik op de wc zat zodat ik in alle rust kon nadenken.

Ik had het nummer.
Ik wist hoe laat.
Ik zou zelf in de bank zijn.
Mijn hersens deden zeer van de strijd.

Maar de ultieme openbaring kwam pas toen ik door een Pak in mijn nekvel werd gepakt en te horen kreeg dat ik naar Kwik Pix moest om foto's voor een vriend van Mr Golem op te halen.

De slogan aan de gevel van Kwik Pix (om de hoek van Soho Market) luidt Onvoorwaardelijke Privacy, maar toen ik naar binnen ging en hun het strookje voor het bewuste filmrolletje gaf, gebeurde er iets vreemds: zelfs die geharde professionele filmontwikkelaars uit Soho, die naar men mag aannemen in al die jaren het een en ander hadden gezien bij het rode schijnsel van de dokalamp, keken me aan alsof ik iets was dat je aan het eind van een gootsteenontstopper verwacht aan te treffen in plaats van in een winkel. Daarna kon ik het uiteraard niet nalaten de foto's te bekijken.

Het ontstellendste eraan waren niet de melkflessen in mensen hun aars en de ezel die werd afgerukt boven iemands gezicht, maar het feit dat het heel erg goedkope polaroid-achtige foto's waren, het was trouwens bijna onmogelijk om te zien wat er gebeurde, het waren enkel dikke vleeshompen die waren uitgebleekt door flitsexplosies, onscherp en beverig. Je ging je afvragen wat voor soort liederlijk zwijn Mr Golems vriend was, ik bedoel, dit was serieus escapisme voor een multimiljonair, zelfs de foto's moesten goedkoop zijn, nog afgezien van de seks.

Ik liet ze aan Fred en de receptionettes zien.

'Maar hij leek zo'n aardige man!'

'Ja, net mijn opa,' zei Fred. 'Je weet wel, die vent met lange witte krullen en een grote baard die vanmorgen uit Tel Aviv is aangekomen.'

'Poppelepee,' zei ik.

Toen bracht ik de foto's naar boven naar Janey Herzberg, die superprivé-secretaresse over wie ik het al had, om ze af te geven terwijl Fred en de receptionettes thee gingen zitten drinken en het erover eens waren dat tja, je maar nooit wist.

Janey H. was aan de telefoon, ik hoorde haar stem al halverwege de lege gang, hij was nog bralleriger en meer UC dan die van de Meisjes op de bank, het alsof iemand de draak stak met dat soort stem. Ze zei:

'Maar ik ben nog stééds best socialisterig, schat, ik denk alleen dat het land écht een beetje plebejerig is geworden. Nou precíes. Geteisemerig. Maar ik geloof nog stééds in ieder zijn deel, alleen ik hou niet van parvenu's, socialisten horen gewoon niet snobberig te zijn, vind je ook niet, dus waarom bekommeren ze zich in gódsnaam om hoeveel geld iemand heeft? Maar de parvenu-erigen zijn natuurlijk de ergste snobjes van allemaal. Je hoort ver boven al die nonsens te staan als je een béétje linkserig wilt zijn. Nou inderdaad.'

Het rare was dat haar stem me ergens aan deed denken, aan iemand die ik kende, zo sterk dat ik bijna weer wegging zonder de foto's af te geven om erover na te kunnen denken en mijn geheugenschijven terug te spoelen.

Ik gaf de foto's af en vijf minuten later zat ik weer beneden, thee te slurpen met Fred en de receptionettes terwijl ik met een mentale tandenstoker in mijn synapsen peuterde om uit te vogelen aan wie ze me deed denken, toen Mr Golems vriend uit Tel Aviv in eigen persoon de trap afkwam.

Hij zag er net zo aardig uit als ze hadden gezegd, de rabbijn-kerstman of zoiets, en iedereen keek opgelaten een andere kant uit. Echt, het is niet goed om het gordijn voor de verdorvenheid van het mensdom weg te trekken. Ik bedoel, oké, ieder zijn meug als het licht uitgaat, en laten we het daarbij laten.

'Ik wil degene die mijn foto's heeft opgehaald een fooitje geven,' zei hij.

Dat was ik, uiteraard.

Shit.

Ze wezen allemaal halfhartig naar mij en keken weer de andere kant uit, blij dat zij het niet waren geweest. Hij kwam naar me toe en gaf me een vijfje en zag dat ik rood werd en keek toen de receptie door en zei:

'Jullie hebben de foto's zeker allemaal gezien?'

'Nou, ja,' knikten we allemaal.

'Vond je ze goed?' vroeg hij aan mij.

'Eh, nou, ze waren niet al te scherp, weet u...'

'Ja, je hebt gelijk, ze zijn niet erg goed geworden. Het is wel merkwaardig, want ik heb eigenlijk best een goeie camera en ik had het rolletje geschoten tijdens het eten, van een stel mensen bij een meer in Zwitserland, en deze foto's...' (hij bekeek ze weer en fronste een beetje). 'Misschien heb ik mijn bril nodig, maar zie jij bergen?'

Op de terugweg met de goeie foto's (je had moeten zien hoe ze de grond in kropen bij Kwik Pix toen ik hun vertelde voor wie ze waren!), moest ik opeens stilhouden en tegen een muur leunen; terwijl ik was gedwongen mijn bewuste brein een paar minuten van het plannenmaken af te halen en aan de foto's te denken, had het Plan zich aan mijn Id geopenbaard of hoe je die andere, onbekende plooien van de geaderde grijze massa ook noemt.

Het lag er helemaal. Voor het grijpen.

Suzy de Zwarte Weduwe die gekke UC-stemmen nadeed!

Dat was degene aan wie Janey Herzberg me had doen denken. En Suzy kon autorijden!

Dus dat is hoe en waarom ik vrijdagavond Brady en Chicho bijeenriep en we Suzy gingen halen en zij en ik het goed konden vinden en het met elkaar deden (zoals beschreven) en we zaterdag het Plan met z'n allen bespraken en Suzy en ik op strooftocht gingen en we de auto regelden met Mr Supaservice, wat ongeveer is waar ik ben begonnen, als ik me goed herinner, dus het lijkt erop dat we eindelijk terug zijn bij het begin.

Sorry voor al die omhaal.
Maar nu weet je tenminste het hoe en waarom van alles en dat lijkt me belangrijk. Dus nu kunnen we met z'n allen verder, hand in hand in de Ware Tijd. Oké dan: het Plan.

Locatie locatie locatie

De echte reden waarom het Plan is zoals het is, is heel simpel: om het geld te krijgen en tegelijk wapens en dus het doden van mensen te vermijden.

Ik wil één ding duidelijk stellen: ik kan best een pistool krijgen als ik dat zou willen.

Het leven zit vol met in schaduwen gehulde plekjes. Wie heeft er nooit aan een joint gezogen of zijn mond gehouden tegen de fiscus of handig een camera laten jatten op een verzekerde vakantie of gefoezeld met zijn onkosten? Kom op kom op kom op, wie heeft er nooit IETS gedaan waardoor hij zijn baan zou verliezen of zijn vrouw of zijn vergunning of zijn vrijheid als ZE er ooit achter kwamen? Het enige is dat de schaduwen dichter zijn als je in de bijstand zit en in een schuur woont; op een dag ga je illegaal in de uitkering omdat iedereen het doet en na een paar maanden denk je er niet eens meer over na, het is niet langer een Misdrijf en wordt iets vanzelfsprekends. Je koopt kiereweed bij een pub waarover je hebt gehoord, nou én, ieder verstandig mens is het erover eens dat blowen veel minder schadelijk is dan zuipen, alleen is het verboden en na een paar keer, als je die scene leert kennen, vraagt iemand die hem niet zo goed kent om wat voor hem te kopen en strijk je een flinke portie van zijn dope op omdat dat normaal is, dat is de gewoonte, en dan word je op een dag wakker en realiseer je je ineens dat je zonder het te willen een dealertje bent geworden. Of je koopt een gestolen auto omdat hij goedkoop is en dan vragen ze hoe je er zo goedkoop aan bent gekomen en je stelt ze voor aan Mr Supaservice of wie dan ook en die vraagt via jou wat voor auto ze precies zouden willen voor het geval hij er opeens toevallig eentje aangeboden krijgt en dan ben je opeens betrokken bij autodiefstal. En buiten dat alles om is iemand die je kent misschien in financiële moeilijkheden geraakt en heeft nogal hard geld nodig en geeft je zijn chequeboek en pasje, en terwijl hij doet alsof hij ernaar op zoek is en zijn rekening laat blokkeren ben jij cheques aan het verzilveren om het geld 60-40 met hem te delen, dus wat is nou helemaal het verschil?

(Ik ken een man, een van Augustus Johns buitenechtelijke kleinkinderen met een gedegen UMC-achtergrond, die heeft een huis van een woningbouwvereniging en verhuurt een ander huis dat zijn eigendom is en vertelt het niet aan de woningbouwvereniging noch aan de fiscus noch aan de hypotheekmensen. En toen een meisje dat in zijn huis woonde en hem haar huur betaalde in de uitkering wou en huursubsidie wou aanvragen omdat haar sieradenkraampje in Portobello Rd. niet genoeg opleverde om van te leven, en ze om een bonafide huurcontract vroeg, was Augustus John Jr ontzet: maar dat is fráude, piepte hij. Ik vroeg hem wat het verschil was en hij zei dat het oké was om het niet aan de fiscus+woningbouwvereniging te vertellen omdat het zíjn geld was, hij stal niet van de staat zoals zíj wou doen. Ik bood aan om Brady zijn armen te laten breken maar ze was te beschaafd om ja te zeggen, ze at gewoon droog brood en bleef de huur betalen. Goeie ouwe LMC-ethiek; mazzelende ouwe UMC.)

Dus waarom, hoor ik je vragen, steek ik niet gewoon een pistool in mijn broekriem als ik er toch aan kan komen, loop daar dinsdag naar binnen met Fred zoals altijd en overval ze allemaal?

Geloof me, ik ben echt niet bang voor vijf of zes jaar in de gevangenis, wat ik maximaal zou krijgen als ik voor de eerste keer gepakt zou worden met een ongeladen echt pistool.

Kijk, gewapende bankoverval is de Aristocratie van de Misdaad. Ik heb een voorsprong bij dat spelletje. Ik ben totaal niet flink, ik heb die studentenkapsones pas na mijn achttiende geleerd, het is geen aangeboren trekje van me, het kan op elk moment zonder spoor verdwijnen en ik heb vaak genoeg met mannen met tatoeages gedronken om precies te weten hoe ze zich gedragen. En Fred heeft me de beste tip van allemaal gegeven, en ik stel voor dat je die opschrijft voor het geval je ooit een van Hare Majesteits bajessen komt te bezoeken.

De eerste keer dat iemand in je gevangenis iets probeert, als ze je proberen te beroven of aan te randen of te intimideren of publiekelijk te vernederen of aan zich te onderwerpen of wat dan ook (wat ze uiteindelijk zullen doen, zelfs als je voor sexy Gewapend Beroven zit), moet je de allereerste keer Nee zeggen. Niet Krijg de Tering of iets stoms+stoers, alleen maar Nee, langzaam en zelfverzekerd, alsof je tatoeages hebt. Dat betekent dat je ze uitdaagt en dan zullen ze zeker proberen (want dat zullen ze moeten) om je te laten doen wat ze willen, wat inhoudt fysiek en publiek, en in de trant van publiek fysiek geweld overal ter wereld zullen ze eerst kijken wat er gebeurt als een van hen je eten omkiepert of je in je gezicht slaat of je een stomp in je buik geeft of zoiets; hoe goedkoper de overwinning hoe groter ze is en hoe kleiner jíj bent. Als dat gebeurt – je moet wachten tot het echt gebeurt, je moet onder geen beding de eerste zet doen – moet je degene die de fysieke intimidatie uitvoert meteen slaan, zo hard je kunt, je schopt hem niet in zijn ballen of zoiets stoers, je slaat hem alleen maar zo hard je kunt op zijn bek, zorg ervoor dat je hem verwondt, hoe licht ook, hoe groot hij ook is of hoeveel steun hij ook heeft. Er zullen dan zeven kleuren stront uit je geramd worden, dat staat buiten kijf, je zult ingemaakt worden, je zult weken aan diggelen liggen en waarschijnlijk je hele leven nu en dan tandheelkundige hulp nodig hebben maar ze zullen je niet doden of voorgoed invalide maken, en zolang je leeft en loopt is de rest gewoon een kwestie van gradatie, dus dat maakt niet uit. Je zult er weer bovenop komen. En als het zover is en je weer rondloopt zonder al te veel pijn, zullen ze naar je toe komen en het weer proberen, weer publiekelijk, en dan heb je het pas echt moeilijk want je zult het allemaal nog een keer moeten doen, precies hetzelfde, net wanneer je weet hoe zeer het echt doet. Je zult weer Nee moeten zeggen en ze weer terug moeten slaan en je weer door hen af moeten laten tuigen, zij het meestal (zegt Fred) niet half zo erg als de eerste keer, tenzij ze een speciale reden hebben om de schurft aan je te hebben of je te verachten. Maar dan is het praktisch zeker dat ze je voorgoed met rust zullen laten en het gaan proberen met iemand die makkelijker is, dan heb je je eerste Respect verdiend, wat een voorwaarde is om te overleven in de gevangenis. Kwalijk maar simpel.

En als ik dan weer op de been ben en iedereen weet dat ik niet over me heen laat lopen, zal ik mijn training tot oer-MC-student weer kunnen opstarten met aardige maatschappelijk werkers die *The Guardian* lezen (ik lees hem ook vaak, wat zullen we een hoop te kletsen hebben!) en voor me op zullen komen. Ze zullen me vragen om een boek te schrijven over hoe een keurige afgestudeerde MC-achtige jongen in de nor belandde wegens een gewapende overval. Dat zal ik doen en ik zal iedereen vertellen hoe gevoelig en/doch hard ik ben.

Begrijp me niet verkeerd, ik heb totaal geen zin om naar de gevangenis te gaan en ik wil niet bagatelliseren hoe beroerd het zal zijn. Maar ik wil ook mijn vooruitzichten niet bagatelliseren. Laten we de keuze eens rationeel bekijken:

I) je zit op je vijfendertigste nog steeds in je schuur en je neefjes die naar je opkeken zijn tieners met terminale acné geworden die Oom nu een zielige ouwe knar vinden en waarom mogen zij de schuur niet hebben om zich ongestoord af te trekken, dan wel

II) je probeert je leven te redden, en hetzij (a) je krijgt je fijne appartement met tuin of (b) je komt op je vijfendertigste de bajes uit met een paar littekens, sterke spieren van alle bodybuilding die je hebt gedaan om de tijd te doden en jezelf te verdedigen, massa's krankzinnige verhalen om te vertellen, een boek om te schrijven, honderden leuke MC-vrouwen die je willen neuken omdat je zo ongewoon bent. En je hebt het onontkoombare punt bereikt waar we allemaal zo doodsbenauwd voor zijn, namelijk het punt vanwaar je niet terug kunt keren.

Ik ruik smeulende schepen.

Dus je begrijpt dat het niet de angst is om met een ongeladen pistool gesnapt te worden waardoor ik er geen wil hebben.

Het probleem is dat een ongeladen pistool gewoon niet geschikt is voor Michael Winners privé-bank. Slechter dan ongeschikt. Daar zijn twee redenen voor:

(a) locatie locatie locatie en

(b) nogmaals Fred.

Het probleem van de locatie locatie locatie is dat Michael Winners privé-bank in Crown Court WC2 is gesitueerd (zoals je al weet) en dat is (zoals je misschien niet weet) een piepklein straatje met paaltjes aan elk eind dat tussen Russell St. en Bow St. ligt geknikt.

Die paaltjes zijn zo listig en nauwkeurig geplaatst dat een auto, zelfs een auto met Suzy achter het stuur, maar met een kilometer of acht per uur het straatje uit kan kruipen. Ik weet niet of dat echt is gedaan om een eind te maken aan ontsnappingen met hoge snelheid, best mogelijk, of dat ze alleen dienen om te zorgen dat voetgangers niet meer worden platgereden, maar daar staan ze. Dus het is heel moeilijk om er snel vandoor te gaan uit die bank, en je zou snel weg moeten wezen want daar in Covent Garden is het een heel eind van een weg zonder oponthoud vandaan, laat staan een snelweg.

Als je niet voorbij Trafalgar Square bent voor ze achter je aan komen, heb je vrijwel geen kans om te ontsnappen.

Maar wat denk je dat Fred doet terwijl je probeert om met acht kilometer per uur de steeg uit te komen?

Die rukt de portieren van je auto.

Oké, dus je moet Fred afschrikken met een pistool, zelfs Fred is niet zo hard als een kogel.

Maar denk eens even na: dat betekent dat je zult moeten bewijzen dat het pistool echt is en geladen, want als Fred denkt dat het dat niet is – en dat zal hij denken tenzij het tegendeel wordt bewezen – zal hij vast en zeker iets ondernemen, en als blijkt dat het pistool onecht of ongeladen is knalt hij gewoon je kop eraf als een champagnekurk.

Oké, dus stel je schiet een kogel in een bureau of zoiets om te bewijzen dat het pistool echt is. Nou én? Fred zal op de loer liggen voor elk kansje zodra je je rug hebt gekeerd, zoals wanneer je in de auto stapt of wegrijdt, je knippert met je ogen en je hebt een brandblusser in je kont of Fred komt als een dolleman achter je aan door de voorruit of bijt je banden eraf of zo. Zelfs Suzy in een automatische slee zou vrijwel geen kans hebben om ons voorbij de paaltjes te krijgen als Fred ontketend is.

Dus zouden we hem neer moeten schieten.

Maar dan zou het trouwens te laat zijn, want hoe zit het met Joe en de drie Buitenaardsen? Wat ga je met hen doen? Hoe weerhoud je hen ervan hun alarmknopjes in te drukken? Waren we dat vergeten? Houden we ze onder schot en binden we ze vast? Tuurlijk, tuurlijk, oké: met z'n hoevelen zijn jullie, zei je? Ieder met een pistool? Wie bindt Fred vast en wie houdt hem intussen onder schot en wie weerhoudt elk van de drie Buitenaardsen, eentje in elke hoek van die grote kamer, weet je nog wel, ervan om snel haar knopje in te drukken, hè? En Joe? Ja? Hoeveel man zei je dat we nodig zouden hebben? En hoe krijgen we zoveel mensen in de bank?

Nee, nee, nee. Ik kan er drie in krijgen, denk ik, maar niet snel, niet tegelijk, en met maar drie man is de redenatie heel simpel:

We zouden ze allemaal neer moeten schieten voor ze de knopjes konden indrukken. Gewoon naar binnen lopen met een Uzi in mijn riem en het hele zootje neerknallen. Zoals Brady zou zeggen op zijn directe+onomwonden wijze: Boedeboedeboedeboedeboede, einde verhaal.

Ik bedoel, fuck, waarom niet?

Iedereen kan dat te allen tijde doen, je zou op de minister-president af kunnen lopen en hem neerschieten als het je niks kon schelen wat er met je gebeurde, daarom zijn de moslimterroristen zoveel gevaarlijker dan de IRA, het kan hun echt niks schelen als ze ook gedood worden. Als het je echt finaal aan je reet kan roesten kun je iedereen te grazen nemen en overal overvallen plegen.

Maar het kan mij wel schelen.

Een hoop.

Zeker, ik zou waarschijnlijk een Uzi kunnen krijgen of een Carl Gustav of een Heckler'n'Koch of iets dergelijks kleins+snels, het zou een paar pegels kosten maar ik zou hem waarschijnlijk wel kunnen krijgen, misschien zelfs voor dinsdag, misschien zelfs met een geluiddemper, en dan zoals gewoonlijk met Fred naar binnen lopen met die pistoolmitrailleur in een holster onder mijn colbert, zoals die vent in *Schuld en Boete*, en ze dan gewoon allemaal neermaaien (Fred eerst, natuurlijk). Boedeboedeboedeboedeboede. Ik heb dat idee ook gehad, uiteraard, en zodra ik me realiseerde dat ik, al was het maar vaag, met de gedachte had gespeeld wou ik de hele zaak laten varen en in therapie gaan en de benen nemen om accountant te worden.

Kijk, ik probeer mijn leven te redden, godsamme, ik ben geen gnuivende Doggie-pistoolfetisjist, ik denk niet dat de wereld onder de slow-motion bloedspatten zit. Ik ben niet van plan om de bank binnen te gaan en iets te doen wat me tot nachtenlange angst en huiver veroordeelt die doorgaan tot ik op een dag om drie uur 's morgens wakker word met die doldraaiende tape in mijn hoofd en besef dat het vandaag net het goeie soort dag is om vlak voor de vroege trein van het perron te stappen.

Nee, nee, als ik een pistool mee zou nemen moest het ongeladen zijn, dus daar gaan we weer, we weten het nu wel, een ongeladen pistool heeft eigenlijk niet veel zin als je iemand als Fred om je heen hebt, dus is een pistool hoe dan ook niet geschikt voor me.

Dus geen wapens.

Goddank, want er is nog iets met wapens: je moet naar zo'n Goeie Ouwe Schurk om eraan te komen, maar Goeie Ouwe Schurken zijn in wezen afgrijselijke geschifte mensen, het zijn merendeels mishandelde en mishandelende lieden en lafaards die van bungalows in Essex dromen, je hebt grote kans dat ze de politie tippen zodra je met het wapen je hielen licht want je behoort niet tot hun kwalijke kliek en ze zouden er totaal niet mee zitten om je aan de politie over te leveren teneinde de boel op orde te houden. Of ze zouden denken dat je een infiltrant was en wat zouden die fijne traditionele Schurken dan met je doen? Je in een vuilniszak stoppen, dat zouden ze doen.

Dus al met al is het mazzel dat we geen wapens nodig hebben.

Mazzel dat we het Plan hebben.

Het plan is heel simpel, maar heel riskant.

Op de dag zelf zal het niet riskant zijn want dan hebben we geen wapens en is er geen connectie tussen ons, dus zelfs als het fout gaat zullen we geen van allen lang moeten brommen (zoals uiteengezet). Dat is de hele schoonheid van het Plan. Hoe dan ook, zelfs als ik ergens niet aan gedacht heb, zelfs als we op de een of andere manier in de bank gesnapt worden, dan zullen we geen wapens hebben gebruikt, ze zullen ons niet in verband kunnen brengen met de rest van het Plan, we zouden maar hooguit een jaar of drie de bak indraaien voor een eerste, ongewapende, MC-achtige poging tot bankroof, dus (zoals ik al zei) dat is niet wat me angst aanjaagt.

Wat me angst aanjaagt is het beramen van het Plan zelf.

Want het enige Plan dat ik heb, het enige Plan dat ik tussen vrijdag en vandaag kon bedenken en dat dinsdag zou kunnen werken zonder dat er wapens mee zijn gemoeid, houdt in dat ik heel linke dingen moet uithalen, het houdt in dat ik een deal moet zien te maken met een paar heel erg heavy lieden.

Waar ik 'm wezenloos voor knijp want die lui zijn geen jongens om kersen mee te gaan plukken. Als ik ze te spreken krijg (wat me denk ik wel lukt) en het gaat fout (wat zou kunnen) dan zou ik best wel eens in diverse vuilniszakken in de Hackney Marshes gevonden kunnen worden nadat ik heel langzaam en gruwelijk ben gestorven.

Ik word misselijk.

Mijn angst neemt de overhand en zegt: Kap ermee, smeer 'm als de donder.

Dus moet ik heel erg hard aan het alternatief denken, namelijk ik die oud wordt in mijn schuur, en dan niet als een beeld van mij als ouwe knar maar een echte ik, ik met een echte kale kop om mee tegen een echte bakstenen muur te rammen.

En dus is het louter logica die me kracht geeft en waardoor ik De Bende op zaterdagavond plaats laat nemen (Brady heeft zijn Reservoir Dog-pak al aan, godsamme) nadat Suzy en ik de zaak met Mr Supaservice hebben geregeld (zoals beschreven) en hun vertel wat ik voorstel om ons leven te redden.

Ik wil ze niet afschrikken, dus breng ik hun eerst de buitengewone verdiensten van het Plan in herinnering, hoe we de bank in komen en hoe we allemaal tot de laatste minuut gedekt zijn enzovoort, voor ik langzaam en beheerst het echt akelige onderwerp aansnijd. Terwijl ik dat doe hou ik ze scherp in de gaten; ze proberen allemaal te kijken alsof ze zich echt concentreren maar ik voel wat ik al eerder heb gevoeld en wat me zorgen baart: dat ze geen van allen echt geloven, ik bedoel geloven zoals ze geloven dat dinsdag op maandag volgt, dat we het gaan doen. Brady zit kauwgum te kauwen (hij kauwt nooit kauwgum, de zak), Chicho zit peinzend in zijn oksels te krabben, Suzy zit oplettend naar me op te kijken terwijl ze een sigaret rolt. Maar dan kom ik ter zake en zet daadwerkelijk het hele Plan uiteen.

En voor het eerst van mijn leven zie ik de werkelijkheid achter iets zeggen waardoor mensen rechtop gaan zitten.

Ze gaan echt rechtop zitten.

Ze houden op met kauwen, krabben en rollen.

Brady ziet het niet zitten.

Chicho ziet het niet zitten.

Suzy ziet het niet zitten.

'Ik zie het ook niet zitten,' zeg ik. 'Wat heeft zien zitten ermee te maken? We hebben twee dagen, twee dagen om een bankoverval te beramen, dat is niks, we hebben geen grote bende en geen vier auto's en geen rugdekking, en we hebben geen wapens' (Brady schuift met zijn dikke reet op de stoel, ik steek mijn vinger zo dicht bij zijn gezicht op dat hij, als hij probeert op te staan, zijn linkeroog ermee uitsteekt), 'ik zei, we gaan geen wapens gebruiken!'

'Wat gebruiken we dan wel?' vraagt Suzy rationeel.

'Niks dat iemand kan bewijzen, dat maakt het zo goed. Er zal geen enkel verband zijn als het fout gaat. Ik bedoel, de politie zal misschien vermoedens hebben, maar ze zullen het niet kunnen bewijzen. Geen vingerafdrukken, geen chemische sporen, geen vezels, geen videobeelden...'

'Schiet nou eens op,' zei Suzy.
'Ja, wat gebruiken we godverdomme dan?'
'Je laat tollen mijn hoofd.'

Dus vertelde ik hun precies wat we gingen gebruiken en van wie.

En toen openbaarde het Plan zich aan hen in zijn volle glorie, en zie! ze stonden paf.

En dus werd er, met drie unanieme stemmen voor (ik stemde niet mee aangezien het mijn voorstel was), overeengekomen dat ik Sammy zou bellen.

De witte ruis

Sammy is een lichtelijk gestoorde journaliste, ze is een ouwe vriendin van me, ze is een jaar of achtendertig, ze heeft een grote bos prerafaëlitisch haar, ze kleedt zich UMC-SOL en kan dat nog net maken, en als mijn ex-goeroe Fergal F. Fitzpatrick er niet was geweest zou ze een gedoemde ziel met mottige ogen zijn die door Londen zwalkte en lukraak met iedereen naar bed ging, want als het waar is dat we allemaal op aarde zijn om één les steeds opnieuw te leren terwijl de Eeuwigheid zelve aan het ouwe pierement draait, dan zou het Sammy's les zijn om de kortstondige onvoorwaardelijkheid van het gestremde mannelijke geslachtshormoon niet abusievelijk aan te zien voor oprechte eerzaamheid.

Toen ik haar leerde kennen (in de bijbelse zin) hoefde je alleen maar een paar uur over een tafeltje in de pub naar haar te staren en verder iedereen te negeren en je over het algemeen te gedragen als Heathcliff in de bronsttijd zodat ze het gevoel kreeg dat ze het centrum van je universum was (wat ze natuurlijk was, maar alleen voor die avond en alleen voor één ding) en dan zat ze klaar om op het dichtstbijzijnde bed of substituut daarvan geworpen te worden.

Sammy is zo iemand die, door de een of andere tragedie van de natuur of van de opvoeding, nooit uit die fase van zeventienjarige lijkt te zijn gekomen waarin je half ophoudt met bestaan als je op jezelf bent teruggeworpen. Ze heeft geen Verhaal voor haar eigen leven en dus moet ze dat van iemand anders lenen, van wie dan ook. Dat betekent uiteraard dat ze op de glijdende schaal van SM helemaal aan de kant van M zit.

Het verhaal dat Sammy heeft geconfisqueerd om de achtergrond van haar bestaan te leveren is de Onderdrukking van Ierland en hoe het hele Bouwsel van het Britse Imperialisme, en zelfs het Wereldkapitalisme, ineen zou storten als Ierland Weer Een Natie was, en hoe de IRA (of welke splintergroepering van de Irish Republican Army of Irish National Liberation Army of wat dan ook die het volgens haar op dat moment helemaal is) eigenlijk een progressieve, socialistische beweging is die voor vrede en rechtvaardigheid en iedereen-lief-en-aardig is. Als de IRA of wie dan ook loopt te zemelen over de eeuwige ziel van het Gaëlische volk die is geworteld in het heilige bloed en de aarde en de oude taal van Ierland en zo, wat ze soms doen, zelfs in de Londense versies van hun kranten, om maar te zwijgen van de Belfast+Boston-versies, zegt Sammy dat geeft niks, dat is oké Op Dit Moment In De Strijd omdat ze een Kleine Natie zijn en Legitieme Vertegenwoordigers van Kleine, Bedreigde Naties mogen dat soort kul spuien (behalve als het Israël is, natuurlijk).

Sammy liet zich eens zo ver meeslepen door haar verhaal dat ze onder het dappere nationalistische volk van Newry ging wonen en daarover schreef, en in haar brieven had ze het over De Britz en zeurde ze uitentreuren door over Zusterschap en Rauwe Warmte en Solidariteit. Ze liep in demonstraties waarin werd opgeroepen tot de gewelddadige omverwerping van de Fascistische Militaire Junta in Ulster en was ziedend toen de Fascistische Militaire Junta haar arresteerde en een nacht opsloot. Ze diende een aanklacht in wegens onrechtmatige arrestatie omdat ze hadden vergeten haar op haar rechten te wijzen en kreeg 3000 pond toegewezen. Dat was allemaal heel heroïsch maar helaas nam ze niet alleen haar hunkering naar Rauwe Solidariteit mee naar Newry maar ook haar dito smaak wat betreft mannen, en na een maand of drie kwamen alle moeders van de plaatselijke IRA-mannen bij elkaar en zeiden tegen haar dat ze maar beter op kon rotten terug naar Londen met haar Engelse seksuele normen, want anders.

Ze was helemaal van de kaart toen ze terugkwam en ik probeerde haar zo voorzichtig mogelijk duidelijk te maken (ik was inmiddels gevorderd tot de wijsgeerachtige leeftijd van eenentwintig winters en zo pienter als wat) dat ze misschien in overweging moest nemen dat het de ruige mannen+tatoeages waren waarin ze was geïnteresseerd, niet de politiek. Per slot van rekening, bedenk eens hoeveel eenvoudiger dat het leven voor haar zou maken! Ze kon hier in het gezellige Sheps Bush makkelijk een jongen vinden die haar graag alle hoeken van de kamer liet zien.

Ze gaf me een klap in mijn gezicht en liep de pub uit.

Ze had gelijk.

Ik was stom.

Ze zat niet achter Ruige Mannen aan maar achter iets Zinvols. Dat ruige gedoe was de prijs die ze bereid was te betalen, niet de waar zelf.

Ik had dat moeten weten want ze gelooft tenslotte alleen maar in Ierse Vrijheid vanwege F.F. Fitzpatrick en dat is mijn schuld omdat ik ze aan elkaar heb voorgesteld, en ik had ze niet aan elkaar voor kunnen stellen als ik hem niet had gekend, en ik kende hem alleen maar omdat ik vroeger ook in dat gedoe had geloofd.

Echt waar.

En geen wonder.

Ik bedoel, kom op zeg, moet je nou de Speciale Dagschotel eens zien: je neemt eerst de waterdichte jezuïetenmoraal van het leninisme die je handig in staat stelt om tegelijkertijd een democraat en een elitaire bal te zijn, voegt daar de enige behoorlijke protestsongs in de Engelse taal aan toe plus toestemming om in dubieuze volksige emoties te zwijmelen die wijselijk zijn verboden voor Blanke Yanks, Engelsen, Duitsers en dergelijke (geen wonder dat Yanks en Duitsers het zo op leren hebben), klopt daar een imago van in Guinness gedrenkte subcultuur, David en Goliath-intriges en hippe stoerheid doorheen, garneert het met meren en landelijke idylles, maakt het af met een toefje roodharige revolutionaire geslachtsdrift en serveert het gloeiend heet op Channel 4-toon aan elke ongeduldige twintigjarige. Wat een Verhaal! Het enige wat me verbaast is waarom niet iedereen op zijn twintigste bij de Revolutionaire Communistische Liga zit.

Je kent die bijeenkomsten wel op het Rode Leeuw Plein of zo, waar ze doen alsof het een groot geheim genootschap is en iedereen vertellen dat ze uit moeten kijken voor mannen van de politieke veiligheidsdienst en dan de emmer doorgeven voor De Partij en de vent op het podium naar een kaderlid achter in de zaal wijst dat een twintigje in de emmer doet en roept:

'Nog veel meer van zulke biljetten, kameraden, laten we er nog veel meer van zulke trekken,' als Billy Graham of zo.

Nou, ik dacht ook dat het doorgestoken kaart was, ik dacht dat het Het Briefje Van Twintig Van De Partij moest zijn dat speciaal aan het kaderlid was gegeven om in de emmer te doen. Dat was voor ik begreep dat mensen echt 10% van hun geld (nou, zeg 7% eigenlijk, want de meesten sjoemelen een beetje) aan De Partij en zo geven.

En wat een koopje.

Want voor je armzalige kleine tiend van 7% geeft de Partij je 100% terug: je krijgt een heel splinternieuw leven.

Het ene moment ben je een losgeslagen aambei op de aars van de wereld en weet je niet wie of waarom je bent en het volgende moment, klabam! vertelt De Partij je niet alleen wat je in elke situatie moet denken (nuttig) maar zorgt er ook voor dat je 's morgens opstaat (heel nuttig) om kranten te gaan verkopen en (het nuttigst van alles) geeft je een vaste afspraak in de pub, waar je kunt zitten knikken en weet wat iedereen gaat zeggen, net als bij een stel voetbalsupporters, alleen kun je denken dat je ook nog Samenzweert. Als je er echt helemaal bijhoort mag je blijven als er Een Kameraad uit Derry door de achterdeur binnen gaat komen. Je zou de MC-Kameraden moeten zien opzwellen als die dag voor ze aanbreekt, ze weten dat ze net 1 000 000 kilopunten op de Sexy-geigerteller hebben binnengehaald; terwijl ze stoer rond blijven hangen en de arme sufkutten van tweederangs kameraden triest de zaal uit dolen, kunnen ze het geploink van slipjeselastiek horen, van mannen en vrouwen, wijd en zijd.

Ik vond het heerlijk.

Fergal F. Fitzp. was mijn hoofdmentor in de Revolutionaire Communistische Liga (waar ze heel goed zijn in het toewijzen van mentoren), hij was dertig en ik twintig, gedurende een maand of twee aanbad ik hem met alle hevigheid van ongerichte tienergeslachtsdrift. Ik wou hem zijn. Ik bedoel niet alleen lopen en praten en me kleden als hij maar echt hem ZIJN. Ik stond voor hem open op een wijze die mijlenver verwijderd was van zoiets als fysieke penetratie, ik sloeg hem gade en luisterde naar hem en imiteerde hem als een Method-acteur op amylnitriet.

F.F.F. is niet het soort man om aanbidding af te wijzen. Hij is het soort man dat erg vertroeteld moet zijn geweest door zijn moeder of zo want hij is er zo van overtuigd dat hij de navel zelve van het universum is dat hij alleen maar iemand nodig heeft om naar hem te luisteren en in zijn trant tegen hem terug te knikken en te praten, wat ik deed. Het zou nooit bij 3xF opkomen dat er iets mafs is aan iemand die als een spiegel tegen je doet want een kloon van Fergal Fintan Fitzpatrick zijn betekent voor hem gewoon dat je het enig mogelijke bent wat je kunt zijn; hoe meer je op hem lijkt, hoe normaler hij het allemaal vindt. Dus tussen mijn jeugdige behoefte om de Weg te vinden en zijn ingebouwde zekerheid dat hij het wist vonkte het als een brandend benzinestation.

Ik aanbad onvoorwaardelijk, hij accepteerde van ganser harte; binnen de kortste keren werd ik getipt voor rappe toelating tot de kern van de RCL, ik kreeg de snelste toegang tot de Kameraad uit Derry die men zich kon herinneren. (Helaas was het geen goeie avond voor de RCL omdat de Kameraad uit Derry in kwestie tijdens de lunch al een leuk UMC-meisje had versierd en al half in de lorem was en de eerbiedige kameraden voorts meedeelde dat de Irish People's Liberation Organization of wie het ook was er niet van was gediend dat een stelletje communisten hen in verlegenheid bracht en fatsoenlijke katholieken de stuipen op het lijf joeg, oké, dus ze moesten verdomme hun steun geheimhouden, oké?)

Maar ik was erbij geweest en had een Kameraad uit Derry in levende lijve gezien en dat bekrachtigde mijn status, wat de reden was waarom Sammy op me viel toen ze op haar eerste bijeenkomst verscheen nadat ze van de Socialist Workers Party naar de RCL was overgelopen.

Fergal F.F. was ergens naar toe dus was ik hem voor die avond op de donderdagse bijeenkomst in de pub. Ik kon Fergal al zo goed zijn dat zelfs ik de echte nauwelijks miste. Mensen praatten tegen me alsof ik hem was, ze trakteerden me zelfs op het bier dat hij dronk. Sammy zat te kijken, haar prerafaëlitische haar viel me in het oog en mijn oog viel op haar, en weldra hadden haar fijn afgestemde radarpanelen de signalen van zekerheid om me heen opgepikt zonder dat ze besefte dat die geleend was, ze zag dat de anderen míjn mond volgden met hun ogen en míjn woorden volgden, dus volgde ze me naar huis.

Na drie dagen had Sammy's behoefte aan zekerheden mijn eigen overtuigingen weggevaagd. Terwijl ze de Partijlijn uit het hoofd leerde was het alsof die uit mij in haar werd overgeheveld. Haar behoefte aan Het Verhaal was zo flagrant, ze was zo onverheeld in haar hunkering dat ik er na een poosje nauwelijks aan kon ontkomen om me af te vragen of ik ook zo was. Ik zag hoe haar ogen zich vulden en haar pupillen zich verwijdden met die nieuwe Waarheid, en ik zag mezelf erin weerspiegeld terwijl ik Fergals bullshit spuide met Fergals stem, als in een droom. Nu was ik degene die werd aanbeden en geïmiteerd, en ik vond het eerst vervelend en toen gênant en toen belachelijk. Opeens zag ik van die luchtfoto's van mezelf als de Ultieme Stakker, ik kreeg de IJlende Twijfel, na drie dagen met Sammy ontdekte ik dat ik gewoon nooit, fysiek nooit, meer in staat zou zijn om met een tas vol kranten te staan schreeuwen:

RevolutioNAIRE Communistische
RevolutioNAIRE Communistische
BesCHERM de arbeiders
ZELFbeschikkingsrechtvoorhetIersevolk

laat staan om 7% van mijn zuurverdiende geld af te dragen aan mensen op wie niemand ooit stemde.

Echt waar, als de witte ruis in je hoofd zo erg is kun je je net zo goed aansluiten bij de Krishna's of de Jonge Tory's.

Maar voor ik de Zaak de rug toekeerde stelde ik Sammy voor aan Fergal. Tegen de tijd dat ik, op de avond van hun eerste ontmoeting, terugkwam van de bar met de eerste glazen bier, was het duidelijk dat het al dikke mik tussen hen was, ze hadden hun onzichtbare snorharen verstrengeld, ze wisten dat hij het helemaal was, de grote spirituele S voor haar grote spirituele M.

Anders dan de meeste Ieren met wie Sammy daarvoor was gegaan, had Fergal geen littekens en tatoeages. Integendeel, hij had een lang droevig bleek gezicht als een jonge gekwelde priester (behalve dat hij veel grijnsde) en kort zwart haar met een scheiding opzij. Hij was eigenlijk blijven steken in de Punkzomer en de Hongerstakingen en zo, hij speelde bas in een ernstig kloterige SOL-grungeband die Partyline heette. Maar hij had innerlijke overtuiging. En als hij naar iemand luisterde deed hij dat aanvankelijk heel goed, dan hield hij op met grijnzen en liet zijn voorhoofd een ietsje zakken en zijn mond wat openvallen en trok zijn wenkbrauwen op en liet zijn ogen helemaal uitpuilen, alsof hij zijn hele gezicht voor je openlegde, en zat hij daar tegenover je bemoedigend te knikken, ja, ja, ja, en dan opeens nam hij het halverwege wat jij aan het zeggen was over en begon in jouw plaats te spreken.

Hij had een manier van spreken waarbij hij in lange cirkels met zijn armen en grote witte handen zwaaide, hij had altijd een pint lager (hij moest niks van Guinness hebben) in zijn hand maar op de een of andere manier richtte die zich de hele tijd waterpas. Als hij probeerde op gang te komen deden zijn armen me denken aan die ouwe films waarin iemand een tweedekker met de hand probeert te starten, ze gaven een ruk en stopten en gaven weer een ruk op de maat van zijn woorden en dan raakte hij op dreef en vloog, en zijn armen begonnen dan van die zwierige cirkels en achten te maken en de pint lager maakte bombardementsvluchten rond ieders hoofd, je moest de hele tijd duiken als Fergal F. Fitzpatrick op kruissnelheid lag en toch morste hij nooit een druppel, en hij sprak ongeveer als volgt:

'Ja, nee, wacht even, je hebt gelijk, ik bedoel nee, tja, dat snappen we allemaal, natuurlijk, ergens wel ja, maar elke revolutionaire strategie die de mogelijkheid van individuele inbreng uitsluit is natuurlijk met zichzelf in tegenstrijd, het is juist het revolutionaire karakter van de revolutie zelf dat individualiteit mogelijk maakt, volg je wel? De strijd kan alleen maar individueel zijn in de zin van individuele reacties die zich accumuleren tot de respons van de massa, dat is natuurlijk waar. Maar we moeten natuurlijk onderscheid maken, nietwaar, uiteraard, tussen individuele activiteit zoals gedefinieerd door de bourgeoisie en die andere individualiteit, die ware individualiteit van de socialistische actie, we moeten dat maar even een meta-individualiteit noemen, want zoals Trotsky zegt, we hebben geen idee, we kunnen nog geen flauw benul hebben, dus kunnen we geen woord hebben voor hoe die ware individualiteit optreedt, hoe die zal functioneren, onder de voorwaarden van de revolutionaire strijd in zijn massa-fase. Ja?'

Ik bedoel, jezus, geen mens praat zo. Er schrijven zelfs niet veel mensen zo. Maar Fergal Fitzpatrick kon het, hij kon zo volkomen uit de losse pols praten, hij kon zijn onversneden, driemaal gedistilleerde bullshit, die zo puur smaakte dat het wel meer dan bullshit móést zijn, op commando oplepelen. En het enige wat het allemaal betekende was heel eenvoudig: als je Het Antwoord wilt weten, blijf dan dicht bij me.

Wat precies was wat ze wilden horen.

Sammy nog het meest.

Ze verslond het gewoon, ze vond het zalig, ze luisterde ernaar zonder de woorden te horen, het was net een grote aria voor haar, ze zat naast Fergal en knikte in de maat en friemelde met een vinger in haar grote bos rood haar en murmelde Mmmmmmm om hem aan te moedigen, het was alsof ze half smachtte om hem ter plekke te neuken en half een moeder was die trots was op haar zoon die iets deed wat ze niet helemaal begreep, ze keek uit haar ooghoeken naar de geheime patronen die zijn handen voor haar tekenden en luisterde naar de brekende golven van zijn stem, dat was alles, alsof ze een lange, vloeiende melodie volgde, het lied van dat pure geloof in jezelf dat ze dolgraag in haar hoofd vasthield, maar ze wist uit ervaring dat ze het zich nooit zou herinneren zodra de zanger was gestopt dus kon ze maar beter de zanger zelf bij zich houden, in plaats daarvan.

Wat (a) aantoont dat er echt voor iedereen iemand is gemaakt als je eerlijk bent en toegeeft hoe je bent en ophoudt met zoeken naar het soort mensen die de soort persoon die je graag zou willen zijn volgens jou leuk zouden vinden, in plaats van naar het soort mensen die jíj echt leuk vindt, en (b) inhoudt dat ik, ook al ben ik al een jaar of vijf niet meer naar hun bijeenkomsten en zo geweest, elk moment contact kan leggen aangezien Fergal en Sammy nu een monument vormen als het gelukkigste, stabielste, georganiseerdste paar van de radicaal-linkse scene annex IRA-extremistenfanclub, en allemaal dankzij mij, de pientere koppelaar.

Ik kom die lui nu+dan nog wel tegen. Het mafste was wel toen ik op een keer uiteindelijk met Fergal en Sammy mee naar huis ging om nog wat te drinken en werd voorgesteld aan de weduwe van een IRA-lid dat pas door de commandotroepen van de Special Air Service was doodgeschoten. Met de eerste woorden die ze tot me richtte verklaarde ze dat Alleen Een Brit Zo Kon Lopen En Kijken, en de volgende kwamen veel later, toen wij tweeën nog als laatsten op waren en zaten te roken en te drinken, en ze luidden: Dus je denkt dat ik de een of andere Klotebrit zomaar tussen mijn benen naar binnen laat wippen, hè?

Ik heb het niet zo op droogneukspelletjes want meestal betekenen ze dat je de Fixatiezone betreedt en alle gefixeerde mensen zijn stierlijk banaal en vervelend, ze doen zo lachwekkend serieus over hun erbarmelijke fetisjen, ze zeggen bijvoorbeeld: Tja, nou ik kwam voor het eerst in aanraking met de terug-naar-de-luiers-scene in 1984, of was het 1985? Maar dit was duidelijk geen spelletje; de woorden kwamen recht uit haar binnenste omhoog door haar ogen, spontaan maar menens, vanwege wat haar overkomen was, het was de onvervalste verwoording van haar plotselinge klotetoestand en dus interessant. Niettemin had ik zo mijn twijfels over wat een Klotebrit precies geacht werd te doen toen ik achter haar de slaapkamer binnenging. Dus liet ik het aan haar over en het bleek dat hij (ik) geacht werd een fatsoenlijk katholiek meisje de verdorven horreur van een oraal opgewekt orgasme aan te doen, waarna (zei ze, met katteogen) ze veronderstelde dat hij haar hetzelfde bij hem wou laten doen, maar hij (ik bedoel, ik) kreeg het opeens Spaans benauwd van het idee dat ze misschien niet helemaal in staat was om de scheidslijn te zien tussen werkelijkheid (die van haar) en rollenspel (dat van mij), ik bedoel, stel dat ze opeens de doedelzakken en Ierse drums in haar nog rouwende hoofd hoorde schallen terwijl ze terzelfder tijd mijn pik tussen haar tanden voelde? In potentie onplezierig. Dus in plaats daarvan wendde ik alcoholische instorting voor en na een paar korte maar bijtende opmerkingen over de bedroevende verwijfde zwakheid van de Angelsaksische man huilde ze een hele tijd en viel toen in slaap terwijl ze zich dicht tegen me aan bleef drukken. Ik moest mezelf een eeuwigheid wakker houden met mezelf te vertellen hoe heroïsch ik was tot ik zeker wist dat ik me om kon draaien en kon gaan slapen zonder haar wakker te maken. Ik kneep er de volgende dag behoorlijk snel tussenuit, ik wist dat ik het niet meer op kon brengen om na mezelf het hoofd te hebben geboden ook nog aan dat soort dingen het hoofd te bieden. En toen ik echt wakker+nuchter was en het echt tot me doordrong met wie ik had geslapen, bestierf ik het haast van hartbeklemming.

Maar goed, dat is allemaal tussen haakjes, het belangrijkste is dat ik vanwege dat alles nu, zaterdagavond om twaalf uur, naar een ordinaire telefooncel in een gewone Londense straat kon gaan om Sammy en Fergal te bellen in de verwachting dat ik zodoende een bijenkomst zou kunnen regelen met de IRA.

Voilà.

Daar zei ik het.

De lui die ik te pakken moest krijgen voor het Plan waren de IRA.

Nou ja, welke splintergroepering van een cel van de radicale IRA of INLA of IPLO of Republikeinse Sinn Fein of wat dan ook waar die Fergal tegenwoordig connecties mee heeft. Laten we ze gewoon IRA noemen, want ik weet het echt ook niet meer. En ik zit er niet mee ook.

Ik zit er niet mee om de IRA te bellen?

Natuurlijk wel, sodeju.

Ik ben er als de dood voor. Waarom denk je dat ik er zo lang over heb gedaan om het te zeggen?

De gedachte alleen al doet me ineenkrimpen en geeft me stante pede amoebendysenterie, denk je dat ik achterlijk ben?

Ik gruw ervan. Ik kan er niet van slikken, de huid rondom mijn ogen wordt naar achteren getrokken, mijn voorhuid verschrompelt en mijn ballen worden naar binnen gekramd, mijn tong blijft aan mijn verhemelte plakken en mijn tanden klapperen, ik krijg een groot ijsbrok in mijn ingewanden, op weg naar de telefooncel vergeet ik steeds op onverklaarbare wijze hoe ik moet lopen, ondanks zevenentwintig jaar oefening moet ik steeds steun zoeken bij bushaltes en muren, ik word gedwongen om stil te blijven staan en mijn hand tegen mijn voorhoofd te leggen, ik moet als een idioot tegen mezelf praten om te voorkomen dat ik ga braken.

Wat kan ik verder nog zeggen? Dit is het ergste wat ik ooit heb gedaan. Dit is dag met het handje.

Dus hoe komt het dat ik nog steeds richting telefooncel ga? Waarom hou ik niet stil, draai me om en ga naar huis. Dat zou zo'n pak van mijn hart zijn.

Simpel: als ik mijn ogen dichtdoe, zie ik ook mijn mogelijke toekomst:

Ik zie de kale man in de zitslaapkamer, hij wacht op mij.

Ik ruik hobbyverf en muffe sokken, ik zie de ezelsoren van tweedehands pornoblaadjes onder het bed uit piepen, ik hoor de oranje gordijnen openschuiven en ik voel hoe hij vanuit zijn vettige leunstoel naar me kijkt op de dag dat ik eindelijk uit mijn schuur zal moeten vertrekken, en het zal een eenzame, eeuwige zondag zijn. Ik heb het meegemaakt toen ik twintig was, en ik ga het niet nog een keer doen als ik dertig ben, goedschiks noch kwaadschiks.

Ik voel me triest en ik voel me bang en ik voel me kaler dan ooit, en het enige wat ik wil doen is in een klein hoopje in elkaar kruipen en mezelf in slaap huilen Mammiemammiemammiemamamia hoe heeft het goddorie zo kunnen lopen, dit was niet de bedoeling, dit is niet Natuurlijk, dit is een eersteklas sof, ik ben opgevoed en opgeleid voor de MC-hemel, niet voor dit, dit is iemand anders zijn leven, geef me mijn eigen leven terug.

Onze Vader die in de MC-hemel zijt:

Ik wil alleen maar een week lang slapen en wakker worden tussen schone linnen lakens in een fijn appartement met hoge ramen en een tuin en tot de ontdekking komen dat al mijn bloed is ververst en mijn lever is getransplanteerd uit een zestienjarige geheelonthoudersmaagd en mijn haar weer is aangegroeid en mijn kleren zijn gewassen+gestreken en het is maandag en ik heb De Baan gekregen en een gedekte Mastercard met een maximale bestedingslimiet op mijn eigen echte naam, in mijn zak, in de tas, en vanavond heb ik een afspraak met een wondermooi, lief, normaal MC-meisje, en alles, alles is oké, oké?

> Ik wil alleen maar zoals iedereen zijn!
> Ik wil alleen maar zijn wat ik had moeten zijn!
> Ik wil nog een kans!

Maar er luistert niemand, uiteraard. Dat is het waardeloze van volwassen zijn. Dus ten langen leste hef ik mijn voorhoofd op van het metselwerk waarop het heeft gesteund en haal diep adem, twee, drie, vier keer, en ik hou mezelf voor dat ik daarom hier sta, om te proberen terug te slaan, om te proberen mijn leven te redden.

Dus kom ik weer overeind en ik recht mijn rug weer en snuif wat en brom wat en grom zachtjes en spuug, en nu heb ik die harde, kille, metalen lucht in mijn neusgaten; in mijn virtuele wereld hef ik de Uzi en knal ik de heimelijke *Guardian*-lezer in mijn hoofd aan flarden, boedeboedeboede, ik mol die stiekeme slappe lul met zijn trillende knieën die nog steeds op bepaalde knoppen reageert, zoals IRA MARTELDE HELDHAFTIGE LEGERKAPITEIN, hoeveel intelligenter we ook denken te zijn dan *Daily Mail*-lezers.

Als je je leven gaat redden, is het eerste wat je moet doen je abonnement op *The Guardian* opzeggen.

Ik kijk naar de telefooncel die mijn deur gaat worden naar iets waarheen ik ongewild al lang op weg ben, de andere wereld, en in de geest zie ik flarden van *The Guardian* ergens over een meer waaien. Iemand botst tegen me op bij het verlaten van het kantoor, een skinheadachtig type (ik vergeet steeds dat ik ook zo'n hoofd heb), hij stuitert gewoon van me terug en kijkt op alsof hem een ram voor zijn kop te wachten staat en is blij dat hij 'm kan smeren. Ik ben verrast want dat is volstrekt niet normaal, ik kijk naar mijn spiegelbeeld in een winkeletalage met een rolluik en ik zie een man naar me staren, iemand die er ernstig lijp uitziet, alsof hij net uit een windtunnel komt: ik.

En ik denk helder en recht voor z'n raap:

Het kan me geen sodeflikker schelen dat de IRA Engelse paracommando's opblaast, ik ben met diverse para's dronken geworden en ze hadden allemaal onuitroeibare licht ontvlambare machtsbeluste psychopatische neigingen, ik bedoel jezus nog aan toe, de para's zijn uitgevonden om gebruikt+vermist te worden bij het bespringen van SS'ers uit vliegtuigen, de halve gare die heeft besloten om ze in te zetten tegen semi-gewapende demonstranten en joyriders zouden ze een lans in zijn hersens moeten steken.

Aan de andere kant zou het mij niks kunnen verdommen

als elk IRA-lid op een mooie avond werd meegenomen en doodgeschoten, want para's omleggen is niet wat de IRA echt doet voor de kost, het is hun hoofdbaan om heldhaftig pubs en fish&chipstenten te bombarderen, gepensioneerde smerissen van hun tractor te schieten en mensen onder bedreiging geld af te persen.

Kijk, ik ben geen para-fan, maar ik ben ook geen IRA-extremisten-fan. Ik zou van de Schurken kopen wat ik wou hebben als ik ze kon vertrouwen (wat ik niet kan) en als ze het konden leveren (wat ze niet kunnen). Zie je, we hebben voor het Plan iets heftigers nodig dan een pistool, iets heftigers dan een Uzi, een AK-47 of zelfs een mortiergranaat: het geheim van de smid is afschrikking, we hebben iets nodig dat zo heftig+angstwekkend is, zo volstrekt macho, dat we de bank in kunnen en pakken wat we willen en er weer uit kunnen zonder daadwerkelijk iemand te hoeven doden. Ik zou iets van de para's kopen als ik kon, maar de para's doen niet aan geweld ten behoeve van particuliere ondernemingen (dat hoeven ze ook niet, ze krijgen een kapitale staatssubsidie) en dus is er maar één club in Londen die kan leveren, en dat is de IRA.

De IRA is mijn monopolistische leverancier.

En door de spelingen van het verleden heb ik een ouwe en heel bescheiden reputatie dat ik vroeger al een paar van de nietigste, minst belangrijke Handelsgeheimen van de IRA kende, dus is er, maf genoeg, meer kans dat de IRA zaken met me wil doen dan de Schurken.

Als iemand je ooit vertelt dat er geen uitwisseling is tussen de extreem-linkse partijen en het Ierse Republikeinse Leger, kun je namens mij zeggen dat hij uit zijn nek lult. Sammy moest eens haar vakantie in Ierland laten schieten, ze zou in de caravan van een vrouw die ze kende gaan zitten maar die werd in Gibraltar door de SAS doodgeschoten. Dat soort dingen gebeuren. De harde kern van Links is de plek waar academische theorieën over rebellie en ruige kerels met wapens samenkomen. De doctoren leveren de theorieën, de ruige kerels de wapens. De doctoren vinden het te gek om eindelijk wapens te hebben die hun theorieën ondersteunen en de ruige mannen vinden het te gek om eindelijk theorieën te hebben die hun wapens ondersteunen, en tring! ziedaar: Baader-Meinhof, Rode Brigades, IRA of noem maar op. Net zoals er een uitwisseling is tussen extreem Tory-Rechts en de echte fascisten; ik heb zelf rijke Jonge Tory's over hun rang in de Erewacht van het National Front horen praten.

Dus het was zo ver.

Uitwisselingstijd.

Tot kijk MC-hemel, adieu *The Guardian.*

Ik ging de telefooncel in en keek naar de telefoon alsof het een klein maar gevaarlijk beest was dat me elk moment in mijn gezicht kon vliegen en keek weer naar buiten naar het verkeer dat onverstoorbaar langsdenderde en dacht:

Dit soort dingen gebeuren, zoals het gebeurt dat sommige mensen uiteindelijk op een parkbank belanden of 's nachts plastic vliegtuigjes in elkaar zetten, en het gebeurt eenvoudiger dan je denkt. Het gebeurt binnen gehoorsafstand van Radio 4 en vlak om de hoek van de straat waarin mensen hun auto staan te zemen. Je gaat gewoon om met de enigszins verkeerde mensen en op een dag word je wakker en realiseer je je dat je net je laatste kans hebt verprutst en op weg bent naar de zitslaapkamer en de oranje gordijnen, of het schiet je te binnen dat die vrouw naast je de weduwe van een gewapende terrorist is, of je stemt erin toe om iemand die je niet kent een bed voor de nacht te geven of zo en daar sta je dan. De deur naar de andere kant is dichterbij dan je denkt, je loopt er niet heen om het waarom van de dingen die je doet, waaróm je dingen doet maakt niet uit, waaróm je dingen doet is een spelletje voor sufkutfilosofen op het internet, het enige wat uitmaakt is wát je doet en met wie je het doet, en je kunt door die deur slenteren nog voor je weet dat hij er is.

En daar stond ik dus.

Vertwijfeld, met vertwijfelde vrienden die op me zaten te wachten om het te doen, en aarzelde ik?

Ik voelde me zo klote dat ik wou overgeven. Ik stompte tegen het metaal van de telefooncel om me mezelf te laten voelen, om me eraan te herinneren dat het allemaal echt was.

Dus het zou kunnen dat we de IRA geld gaven om een bom te maken die misschien onschuldige mensen doodde? Nou en? Als ik in plaats daarvan wapens kocht van Schurken, schoten die misschien een omaatje dood bij hun volgende razzia. We betalen onze belastingen om de para's te financieren. En intussen zitten de tinmijnen van Bolivia en de slavenbedrijven van Taiwan vol twaalfjarigen die zich onder gewapende bewaking afbeulen om de pensioenfondsen keurig op peil te houden zodat we er allemaal zeker van kunnen zijn dat we genoeg tuinmeubilair en golftruien kunnen kopen als we oud zijn.

Noem het statistiekmoeheid, of noem het gewoon de weldadige afstand van de cockpit van de Enola Gay tot de straten van Hiroshima, ik weet het niet, ik kan alleen maar eerlijk tegen je zijn: het stond gewoon te ver van me af om me er echt druk over te maken.

Snap je wat ik bedoel met de oksels en dergelijke?

Dacht je dat ik een grapje maakte of loog? Dacht je dat het allemaal vrolijk geleuter was? Dacht je dat ik niet echt zo bang ben om de kale man in de zitslaapkamer te worden?

Dat ben ik wel, o, ik verzeker je dat ik dat wel ben.

En dat was het beeld dat ik me voor de geest hield toen ik mijn hand uitstak en de telefoon pakte en de munt erin deed. Toen drukte ik snel de toetsen in, zonder ergens aan te denken, zonder dat ik zelfs over het nummer hoefde te denken; mijn hersens hadden het al opgespoord+aangeklikt.

Het is een heel vreemd gevoel als iets wat je tien keer per dag doet, zoals de toetsjes indrukken om te telefoneren, iets is wat je lot bezegelt. Het lijkt daardoor heel onwerkelijk, het lijkt onmogelijk dat iets zo normaals zo eng kan zijn. Ik vermoed dat mensen daarom, als ze denken dat het tijd is dat ze het Ruimteschip Aarde ontruimen, dingen doen die ze elke dag doen: de radeloze forens start zijn auto zoals elke ochtend (hij laat alleen de garage dicht), het carrièremeisje dat op een dag wakker is geworden en zich realiseert dat ze veertig is neemt de slaappillen zoals elke avond (ze neemt er alleen twintig), de failliete vrijgezel-boer loopt het veld in, in zijn eigen voetstappen van gisteren, en hij heft zijn dubbelloops weer (alleen richt hij het achterwaarts). Op die manier is het eigenlijke moment dat toedeloe zegt, het omdraaien van de sleutel, het water dat de pillen doorspoelt, de zachte druk op de trekker, zo uitermate doodgewoon. De ogenschijnlijke regelmaat wordt niet verstoord, en dat is wat ons angst aanjaagt, niet ons einde maar het einde van de wereld die we kennen; het is makkelijker om jezelf van kant te maken dan jezelf echt te veranderen.

Dus ik wierp de teerling en drukte op de toetsen.

En wat kreeg ik?

Een antwoordapparaat, nondeju.

Het had geen zin om een boodschap in te spreken ('Hoi, Fergal, luister, ik moet de IRA spreken, bel me terug, oké?') dus wou ik net ophangen met een diep, schandelijk, stiekem gevoel van dankbaarheid en opluchting (nou, ik héb het geprobeerd, waar of niet?) toen het tot me doordrong wat het apparaat eigenlijk zei. Het zei:

'Hoi, kameraad-opbeller! Dit is Fergal F. Fitzpatrick, en het kan zijn dat ik in feite thuis ben want het huis is hoog en mijn werkkamer is bovenin, dus ik heb geprobeerd om dit bericht ongeveer zo lang te maken dat ik genoeg tijd heb om naar beneden te rennen en je aan te horen. Mocht me dat niet gelukt zijn rond nnnuuuu...'

'Hoi,' zei Fergal F. Fitzpatrick.

'Hallo,' zei ik.
'Hé, Grote Vriend. Hoe gaat het?'
'Gaat wel. Jezus, wat klink je maf. Hoe is het met Sammy?'
'Grandioos, gewoon. Bel je uit een cel?'
'Ben ik achterlijk? Kan ik praten?'
'Ben ik een telecommunicatie-nitwit? Vandaar de maffe geluidseffecten.'
'Ik heb je een zakelijk voorstel te doen.'
'O, ja.' (Pauze.) 'Aan mij?'
'Aan een stel mensen waarvan ik weet dat je ze kent.'
'Aha? Wel wel wel. Lang niet gezien en nu zulk listig gemanoeuvreer. Luister, nee, ja, weet je, ik, eh, even voor alle duidelijkheid, dus je klopt nu gewoon bij me aan als een donderslag uit het blauwe verschiet en je hebt een of ander belangrijk voorstel en het lijkt je aannemelijk dat mensen die ik volgens jou ken, met wie je veronderstel ik bedoelt wie ik denk dat je bedoelt, erin geïnteresseerd zouden zijn? Ja?'
'Ja.'
'Luister, weet je, ik bedoel, we kennen elkaar, ja, ik, je moet dit niet als een, eh, weet je wel, belediging opvatten, maar, tja, het is mogelijk dat mensen, in de stille oorden van hun eigen verbeelding, het belang van waar ze over zitten te prakkizeren overschatten, het kan best zijn dat wanneer het idee in top wordt gehesen, dat niemand het dan een saluut brengt.'
'Zouden ze een saluut brengen aan honderd ruggen waar geen enkel risico aan is verbonden? Ik dacht dat een dergelijke hoop poen wel van pas kwam, met al die afscheidingen en hergroeperingen van tegenwoordig.'
'Wel wel. Ik hoor dat je de vinger nog aan de pols houdt.'
'Ik lees kranten, ik hoor praatjes.'
'Hmmm. Maak er een kwart miljoen van, dan zie ik een kans op enige algemene interesse, afhankelijk uiteraard van wat je wil.'
'Honderdvijftigduizend.'

'Je maakt me nieuwsgierig. Begrijp me niet verkeerd, maar het is nogal onverwacht van uzelve. Ik moet bekennen dat ik dacht dat je nu wel accountant of zoiets zou zijn.'

'Ik woon nog steeds in mijn schuur Fergal, en de tijd begint te dringen. Ik heb nog één kans.'

'Godsallemachtig, Raadsel der Raadselen! Je weet dat je ergens anders een leuk schiettuigje kunt krijgen voor een massa minder geld? Zelfs een zware jongen?'

'Dat weet ik.'

'Dat dacht ik al. Nou, wat wil je?'

Dus vertelde ik het hem.

'Shit, dat kan ik niet leveren, jongen. Ik zit niet zo dicht bij het vuur. Ik bedoel, schei uit, zelfs als ik het had zou ik niet bevoegd zijn, snap je wat ik bedoel? De autorisatie hiervoor moet van het hoogste plan komen.'

'Fergal, dat weet ik. Daarom moet ik je vrienden spreken.'

'Honderdvijftigduizend?'

'Is mijn bod in cash.'

'Het moet misschien opgetrokken worden.'

'Daar valt over te praten.'

'Oké, oké, oké, ik stel voor dat we afspreken in de laatste tent waar we elkaar hebben gezien. Weet je dat nog?'

'Ja.'

'Goed zo, jochie. Maandag?'

'Als ze ter plekke kunnen leveren, anders is het te laat.'

'Steeds nieuwsgieriger. Maandag om acht uur?'

'Oké.

'Nog één dingetje, jongen. Hoe zal ik het zeggen? Ik ga nu nummers bellen die ik niet vaak bel, om met mensen te praten waarmee ik niet zonder goeie reden praat. Dus het is je verdomme geraden dat dit serieus is. Als vrienden onder elkaar zeg ik je: zorg dat je er bent, of berg je! Dag!'

Ik zweette toen ik ophing.
Het was allemaal opeens heel werkelijk geworden.
Het Verhaal nam het roer van me over.
Duizelingen.
Ik keek naar buiten naar alle bussen en auto's en taxi's die, zoals altijd, voorbijkwamen. Ik dacht dat iedereen wel met grote ogen naar me zou kijken, alsof ze verwachtten dat ik voor hun neus zou wegrotten of zoiets waanzinnigs, maar dat deden ze natuurlijk niet. Niks zichtbaars was veranderd, ik was door de deur gegaan en ik was nog steeds mezelf en de wereld was nog steeds dezelfde ouwe wereld.
Dus ging ik terug naar Suzy's huis en zei tegen Chicho en Brady en Suzy dat het erop leek dat het echt doorging en ze werden allemaal heel stil tot Suzy zei:
'Te gek. Te gek. En wat gaan we nu doen?'
'Eh,' zei ik.
'Ja?' vroeg Suzy.
'Oké, eh, goed, morgen moet ik Dai spreken over Jimmy's Testament, jij moet aan dat Verhaal beginnen, denk ik, het moet dinsdag klaarliggen voor het geval we het verknallen, het is jouw dekmantel.'
'Ik heb een kennis die advertenties verkoopt bij de *News Of The Screws*, ik zal haar bellen, alsof het echt een serieus idee is.'
'Klasse. Laat er een hoop berichten over op je antwoordapparaat zitten en zo, dingen die je als bewijs kunt gebruiken mocht dat nodig zijn.'
'En wat doe ik?' vraagt Brady.
Hij is onnatuurlijk stil.
'Nou, jij moet het met de Doggies regelen. Maak een afspraak voor dinsdag. Ga je zondags met de Doggies uit?'
'Naar Hampstead Heath, zondags.'
'Dan doe je dat.'
'En ik?' vraagt Chicho.

‘Wat doe jij op zondag?’

‘Ik eet met de Pilar en de familie van zijn man, daarna ik slaap,’ zegt Chicho.

‘Oké, dan ga jij eten en slapen. En leen dat pak dat Pili’s man op de bruiloft aan had, je weet wel, dat afgrijselijke glimmende Armani-geval.’

‘O, is heel makkie voor me. Zo’n leuke zondag. Zo’n leuke plan.’

‘En we komen maandagochtend bij elkaar, om acht uur, bij Brady, tenzij jullie iets anders horen.’

Er viel nu een lange stilte, alsof we zaten te wachten tot er een aambeeld uit de lucht kwam vallen of zo. Suzy zat rookringen te blazen en naar iets ver weg in haar hoofd te staren.

‘Jezus Fietswiel!’ zei Brady opeens, alsof hij per ongeluk zijn adem veel langer had ingehouden dan de bedoeling was. ‘Ik moet wat drinken.’

‘Neem er een,’ zei Suzy. ‘Neem er zes. Doe normaal.’

‘Geen probleem,’ zei Brady. Voor één keer was Brady te beduusd om ruzie te maken, zo erg was het. Chicho stond ook op om te gaan.

‘Ga niet naar dezelfde tent,’ zei Suzy. ‘Geen connectie, onthou dat.’

We schudden handjes en ze gingen met z’n tweeën weg, zodat Suzy en ik achterbleven. Ik stak een saffie op, ik kon haar nauwelijks aankijken maar ik dwong mezelf ertoe.

‘Ik wil hier blijven. Shit, ik weet dat we gezegd hebben geen connectie...’

‘Hé, wat maakt het uit? Zolang je morgen maar vroeg weggaat? Iedereen die je binnen heeft zien komen heeft je al binnen zien komen. Het is al gebeurd.’

‘Ja, je hebt gelijk. Ik begin het overzicht te verliezen. Ik bedoel, shit, Suzy, ik ben bang.’

‘Ik niet. Het is een goed plan, het kan best werken. En als

het niet lukt is er nog niks aan de hand voor ons.'
'Toch ben ik bang.'
'Hé, wie is hier bij je?'

Dat was alles wat ze zei.

Waardoor ik ontdekte dat er hier, midden in Londen, aan het eind van de twintigste en aantoonbaar ergste eeuw, iemand was die, niet te geloven, graag over grootse dingen praatte en droge grapjes maakte en reed als een snelheidsgodin en neukte als een gek, en allemaal met mij mijzelf in eigen persoon, en alsof dat allemaal nog niet genoeg was kon ze als ik bang was, zoals ik nu bang was over het Plan en over de ontmoeting met de IRA, God sta me bij, en voor het eerst bang was voor niks dat ik kon benoemen behalve om terug te gaan naar mijn fijne schuur, ik was bang voor niks, zeg maar, niks lag op me te wachten, niks zou me bij de strot grijpen, NIKS had opeens een schaduw en klauwen en slechte adem, dan kon ze gewoon langzaam naderbij komen en de wereld te slapen leggen voor de nacht, ze hoefde dat alleen maar te zeggen, en gewoon door dat te zeggen en daar te zijn kon ze de witte ruis uitzetten.

Suzy op de Planeet Aarde

Ik droomde dat ik een grote ouwe teddybeer had, helemaal omwonden met wit draad, en om de een of andere reden vond ik hem afschuwelijk, ik was er bang voor, het was voodoo of zoiets, ik zei tegen iemand die bij me was – ik weet niet wie – dat ik hem weg moest doen, en die persoon zei: dat heb je al geprobeerd, weet je nog wel, maar hij is teruggekomen, en ik was doodsbang, en toen keek ik op en zag mezelf, ik was de Milkybar Kid en voer langs op een enorme klipper met grote wanstaltige gele zeilen, en toen was ik op het schip, alleen was het nu onvoorstelbaar groot en het was alleen maar een reusachtig geraamte, een stalen skelet van een schip, maar het voer nog steeds, ik kon alle masten en zeilen mijlenhoog boven me zien, ik klampte me vast aan het allerlaagste gedeelte van de achtersteven van het geraamte, bij het roer, en het schip kliefde door een storm en de gewaarwording van al die onmetelijkheid om me heen en boven me verpletterde me terwijl ik me gillend vastklemde.

Ik werd naast Suzy wakker.

Nou ja, iemand werd wakker, het duurde een seconde of twee voor het tot die iemand doordrong dat hij eigenlijk mij was, en nog een of twee voor het tot me doordrong dat ik niet in mijn schuur was maar bij Suzy thuis.

Ik vind het heerlijk om bij iemand anders thuis wakker te worden, met dat rare gevoel van een onbekend leven om je heen. Ik zoog het op.

De zon kwam door de witte gordijnen, ze bewogen een beetje in de wind want we hadden die nacht ontdekt dat we alle twee graag met het raam open sliepen, nog zoiets belangrijks. Ik keek naar haar, het was de eerste keer dat ik naar haar keek terwijl ze sliep en ik echt wakker was. Het was raar; zo'n groot deel van de tijd zijn we met anderen bezig en aan het reflecteren en reageren, het is haast verontrustend om mensen die je een beetje denkt te kennen te zien slapen, in hun eigen privéwereld die niks met jou te maken heeft en waarvan je geen idee hebt wat er zich afspeelt.

Aan de andere kant is het soms het beste om niet te veel na te denken over wat er zich afspeelt, want als je te veel nadenkt over dingen kan het voor je het beseft makkelijk omslaan in nadenken over jezelf in plaats van waar je over geacht wordt na te denken: als je te scherp in het oculair van een camera kijkt, zie je alleen maar je eigen oog dat naar je terugkijkt. Ik denk dat dat het hele punt is van Suzy's fetisjistenval, waar mijn oog op viel terwijl ik daar lag.

Ze heeft een staande lamp met een kap die eigenlijk een ballettutu is op het draadframe van de oorspronkelijke lampekap. Dat (legde ze uit) is een val voor danseressenfetisjisten.

Blijkbaar moet iedereen die iets te maken heeft met dansen, zelfs een ongetrainde choreografe die vroeger af en toe half dans- half acteerrollen deed om geld uit te sparen voor het gezelschap, zelfs als ze al jaren niet meer gedanst heeft, op haar hoede zijn voor danseressenfetisjisten, wat inhoudt mannen die er in feite op geilen om te bedenken hoe te gek het is dat ze op het punt staan om MET EEN DANSERES TE NEUKEN, niet hoe te gek het is om op het punt te staan om met jou als persoon te neuken, wat inhoudt jij als danseres, ja, uiteraard, maar ook als alle andere dingen die je ook bent, bijvoorbeeld iemand die een taxi neemt om De Voorstelling niet te missen en haar theezakje altijd precies twintig keer onderdompelt of wat je ook voor andere banaliteitjes en normaliteitjes en geheime schuurtjes in je leven mag hebben. De danseressenfetisjist is eigenlijk alleen maar bezig met zichzelf die fantastisch opwindende truc te zien doen, zoals alle fetisjisten is hij eigenlijk alleen maar met zichzelf bezig. Dus de fetisjistenval werkt als volgt:

Suzy vraagt elke man die de kamer binnenkomt Wil je die lamp aan doen? en dan kijkt ze in een Victoriaans spiegeltje dat listig aan de muur ertegenover hangt om te zien of je er buitensporig gretig of buitensporig beschroomd uitziet om dat te doen, want om de lamp aan te doen moet je je hand in die roze ballet-tutu steken en als dat je waanzinnig opwindt of hevig geneert zak je voor de test, waardoor het hoogst onwaarschijnlijk is dat jij en Suzy ooit zullen neuken.

Tot mijn opluchting kan ik zeggen dat ik niet zag wat het was tot ze het me vertelde, ik dacht alleen maar Hmmm zonderlinge lampekap, dus ik slaagde met vlag en wimpel voor de test.

Ik lag daar net zelfingenomen over te glunderen toen me te binnen schoot dat ik morgen een ontmoeting met de IRA moest hebben en ik voelde duidelijke schijtkrampen in mijn ingewanden en een prikkend zweet, dus dwong ik mezelf te denken dat het eigenlijk niet zoveel voorstelde.

Een afspraak met de IRA niet veel voorstellen?

Maar daar hebben we het al over gehad. Het was gewoon het enige wat ik kon doen.

Dat bracht mijn karteldarm tot rust, ik stak geen grote nieuwe rivieren over, ik verhoogde alleen maar de inzet in een spel waaraan ik al bezig was. Ik keek de kamer rond en haalde diep adem, twee, drie, vier keer, en ik legde me erop toe om de dingen te zien zoals ze waren: let op de details en het totaalbeeld let op zichzelf.

Wat ik zag, toen ik rondkeek, waren Suzy's kleren.

Suzy heeft een speciale gewoonte met haar kleren: ze laat ze allemaal op kleerhangers aan de muren hangen, en niet alleen jeans en jassen en T-shirts en slipjes en dergelijke maar ook feesttenues en kostuums en spullen uit de tijd toen ze danseres was, er hangen allerhande materialen en kleuren, aaibaar diepdonker fluweel, knetterend metallic, verschoten deinend zijde, stijf kreukkatoen, pieperig glanzend plastic en natuurlijk een flinke bups klauwbaar zwart leer dat de lucht parfumeerde als in een gedistingeerde tuigkamer. Alle muren van de kamer zijn behangen met haar kleren, de laagste zomen strijken langs de vloer en de hoogste kleerhangers zitten aan spijkers vlak onder het plafond, ze zijn niet in rechte lijnen geordend maar gewoon overal waar ze goed uitkomen.

Suzy vertelde me dat het was om ruimte te besparen, om geen klerenkast meer nodig te hebben en om te voorkomen dat ze kreukten en muf werden, en dat was waarschijnlijk zo, al dacht ik half en half dat het misschien ook was om haar te herinneren aan haar tijd als danseres die nu voorbij leek. De kwestie is dat haar gezelschap op droog brood leefde en drie jaar lang geld bijeenschraapte in Glasgow en elke keer als ze iets op de planken brachten zei *The Scotsman* of zelfs *The Guardian* dat het Een Zinderende Avond was of zoiets, en iedereen vond het geweldig en er gebeurde niks. Drie jaar lang lazen ze elke keer de recensies en vierden het met drankjes en werden de volgende dag wakker in de verwachting dat de telefoon zou gaan en de Financiering zou afkomen.

Ze beseften niet dat de MC-hemel voorbij was.

En welke weldenkende open N.V. zou dingen sponsoren die radicaal-feministisch-revolutionair waren? In wezen zouden massa's zakenlui graag naar lenige meiden kijken die in een kluwen rondrollen of zonder veel aan rondspringen, vaak in leren jacks (wat vermoed ik Suzy's idee was), en ik weet zeker dat ze de onomwonden politieke boodschappen hadden kunnen negeren om in plaats daarvan naar de benen te kijken, maar daaruit blijkt gewoon dat open N.V.'s niet naïef zijn over wie ze sponsoren.

Afijn, twee jaar geleden schreef de Schotse Raad voor de Kunst een aardige brief dat ze The Department of Dance (Suzy's gezelschap) heel goed vonden, maar gezien de beperkte middelen vonden ze het van primair belang om in plaats daarvan een Gaëlisch-sprekende moderne dansgroep te hebben. Moet je nagaan. Dat deed Suzy. En ze besloot om naar Londen te komen en leerde de gehaktmolen kennen en raakte aan de drugs enzovoort, waarover je al net zoveel weet als ik toen.

Ik lag over dat alles na te denken, en over haar, en ik voelde dat ze met de seconde meer reliëf voor me kreeg maar dat ze ook met de seconde verder terugweek, het focus werd scherper maar de lens zoomde uit, hoe meer ik van haar wist hoe meer ik wist dat ik niks van haar wist. Ik had de encyclopedie opengeslagen bij het artikel SUZY om alleen maar een paar details na te lezen, alleen voor het Plan, en nu zag ik dat het artikel pagina's lang doorging, er stonden voetnoten en verwijzingen naar dingen in waar ik nooit van had gehoord, het ging maar door, uit het zicht, de eeuwigheid in.

Ik keek naar al haar kleren aan hun knaapjes die zachtjes in de wind bewogen, het was alsof dit al haar verschillende mogelijke manieren van leven waren, de hele bezetting van de show die SUZY OP DE PLANEET AARDE heette. Ze hingen daar te wachten om tot leven te komen wanneer ze opstond en in actie kwam, allemaal hoofdstukken van haar waar ik niks van wist of misschien in een flits iets van had opgevangen als ze voorbijschoten en misschien nooit iets mee te maken zou hebben, Suzy's waar ze elk moment in kon veranderen en verdwijnen.

Toen snoof ze zo'n beetje en draaide zich naar me om en sloeg haar arm over mijn borst zonder wakker te worden en ik keek weer naar haar en zag voor het eerst hoe lang haar wimpers waren en hoe volgepompt met slaap ze eruitzag, en toen ik de kamer weer rondkeek gaven al die kleren aan hun knaapjes me het gevoel dat ze voor me klaarhingen om te leren kennen, een mooi, lang verhaal dat ik beetje bij beetje te horen zou krijgen.

Ik was een grote windzak, ze kon me alle kanten op blazen door alleen maar te zwaaien in haar dromen.

Het volgende moment werd ik wakker, dus ik gok het erop dat ik weer in slaap moest zijn gevallen. Terwijl ik tot bewustzijn kwam dacht ik dat ik de echo van een mannenstem hoorde die Dag Prinses zei en ving ik half de laatste klik op van het antwoordapparaat dat afsloeg.

Suzy was uit bed en zat aan haar tafel achter het Amstrad PC-museumstuk met haar handen in haar schoot naar het scherm te kijken.

'Hoi,' zei ik.

'Hoi,' zei ze. 'Wat een stom gekloot is dit, ik kan niet eens een titel verzinnen.'

'Nou ja, dat maakt toch niks uit?' zei ik. 'Het is alleen maar een dekmantel, voor ons part is het allemaal klinkklare onzin.'

'O ja, dat was ik vergeten.'

Ik keek een tijdje naar haar terwijl ze naar het scherm staarde en keek toen naar het antwoordapparaat en zag het lichtje van BERICHTEN flikkeren, dus ik had het niet gedroomd.

'Er is geloof ik een bericht voor je,' zei ik.

'Och, laat maar,' zei ze zonder om te kijken. 'Dat is zomaar iemand.'

'O,' zei ik en vroeg me af wie die iemand was.

Ik keek naar haar toen ze begon te typen, klikkerdeklik gingen haar vingers, en ik voelde me een beetje overbodig. Daarom moest ik denken: we zijn niet getrouwd of zo, ik zit nog in het tandenborstel-lenen-stadium, godsamme, waarom zou ik hier eigenlijk rond blijven lummelen?

Snel: doe alsof je een leven hebt! Doen alsof is al het halve werk.

'Ik moet ervandoor. Ik moet wat dingen regelen.'

'Wat ontzettend traditioneel van je,' zei ze en glimlachte.

'Nou.'

'Nou?'

'Ik weet niet.'

'Laat je me weten hoe het met Dai gaat?'

'Kan ik je bellen?'

'Uit een telefooncel.'

'Ja, uiteraard.'

'Okido.'

Toen ik wegging voelde ik me als een amoebe die zich deelt, alsof ik ook een stuk van mezelf achterliet. Ik had dat heel lang niet meer gevoeld, het was afgrijselijk maar heerlijk.

En dus ging ik ervandoor, om mijn eigen leven weer op te pakken.

Het leek nu erg onbenullig.

Behalve dat ik het Plan had, goddank.

Fijn om een Plan te hebben.

Het Plan betekende dat ik Dingen Te Doen had, en wat ik eerst moest doen was met Dai Substantial over Jimmy's Testament gaan praten.

Een dikke del met tatoeages

Dai Substantial is mijn geestelijk adviseur. Hij kan door mijn leven heen kijken alsof het een kwal is en vertellen wat zich in me afspeelt, dus was ik van plan om hem zowel over Jimmy's Testament te vragen (het Plan) als hem over Suzy te vertellen (mijn leven).

Natuurlijk krijgt niemand bij zijn geboorte de naam Dai Substantial, hij is geboren als David J. Evans, maar op zijn paspoort en rijbewijs en creditcards, al die dingen die bewijzen dat je bestaat, staat Dai Substantial. Nou moet je niet denken dat daaruit blijkt dat hij een fluim is die bij eenzijdige akte zijn naam heeft veranderd om interessanter te klinken, zoals iemand die ik ken die eigenlijk Albert Scraggs heet maar zijn naam heeft veranderd in Joey 8. Ja, 8. Ik ken Joey 8 de Nobelprijs voor Zieligheid toe, ik bedoel, wie is er nou zo in en in suf dat hij zelfs de naam op zijn chequeboek interessant moet proberen te maken? Dat is een goed principe in het Leven: hoe maffer het kapsel of de kleren of de politieke overtuiging of wat dan ook, hoe suffer de persoon waarschijnlijk is als je hem leert kennen.

Dai heeft zijn naam niet met opzet veranderd, wat er gebeurde was dat hij nu 38 is dus is hij net oud genoeg om van de laatste generatie te zijn die in de mijnen in Wales werd aangenomen, en hij begon als mijnbouwkundig ingenieur-in-opleiding ondergronds in Merthyr Mawr, en op zijn eerste dag nam iedereen hem nogal in de zeik omdat hij de nieuweling was, al die ouwe rotten met blauwe littekens vroegen hoe hij genoemd wou worden omdat er al drie Dai Evansen in zijn ploeg zaten, ze hadden alle drie een nieuwe naam gekregen, overeenkomend met hun opvallendste kenmerk. Dus zeurde iedereen op Dai's eerste dag: hij moest toch ook iets genoemd worden, welke naam wou hij? En de jonge David J. Evans, die het nogal te verduren kreeg, antwoordde haastig en (naar bleek) onbezonnen dat het hem geen reet kon schelen hoe ze hem noemden, zolang het maar iets substantieels was. Dus dat was (natuurlijk) dat.

Die valleibewoners, zegt Dai, vonden iedereen een mietje die in het openbaar met een meisje werd gezien of er niet op was gesteld om met rugby zijn hoofd in de kont van zijn maten te duwen. Dus toen Dai erachter kwam dat hij eigenlijk homo was leek het hem verstandig om zijn valleien de rug toe te keren en naar een ietsje progressievere, zij het veel meer Tory-gezinde omgeving te komen. Tegen die tijd heette hij echter al zo lang Dai Substantial dat het zijn echte naam was geworden.

Ik was 19 en hij was 29 toen we elkaar ontmoetten. We waren alle twee net ontsnapt uit oorden die het eind van het liedje hadden betekend als er al een liedje had geklonken, we wilden alle twee onze aders volspuiten met de attracties van de grote boze metropool, we draafden door Fitzrovia en West End en Holborn als twee labradors in de lente, Dai met een reisgids waaruit hij op de toon van een priester uit Wales de historische parels van Londen opsomde, en drie maanden lang bouwden we een hechte vriendschap op door volgens Dai's gepatenteerde driedaagse ritme te leven, dat als volgt gaat.

DAG EEN: blijf in coma tot een uur of twee 's middags, ploeter rond, geteisterd door leed en wroeging, tot een uur of drie, decanteer jezelf vanaf een uur of vier in de metafysische fase van de kater, als het Lijden is verdwenen maar de Werkelijkheid nog niet werkt. Begin tegen zevenen het mirakel van herstel te voelen. Begeef je rond tien uur te bed met Klassieke Roman en kruik als jaargetijde dat vergt.

DAG TWEE: word verkwikt wakker voor een dag vol discipline en deugdzaamheid. Stop je de hele dag vol met biologisch-dynamische tomaten en dergelijke. Handel stapels werk af (wat voor werk dan ook) dankzij gevoel van hernieuwde gezondheid. Bekijk 's avonds Franse film op video, ga uit naar theater of zoiets, drink bronwater tijdens bespreking van toneelstuk met vrienden. Als je Satans Karnemelk krijgt aangeboden sla je het af en zeg je: Ik gehoorzaam geen wetten dan mijn eigen. Naar bed rond middernacht.

DAG DRIE: te vroeg wakker, werk enigszins maniakaal de hele morgen. Als de Middagblues weer neerdaalt rond een uur of drie en het leven een lege+zinloze slikgroeve lijkt, een cocktail van gelijke delen banaliteit en ergernis, hou je dan voor dat het (jij) binnen acht uur absoluut uit zijn (jouw) bol gaat. Dat geeft de moed en het doorzettingsvermogen voor nog een paar uur werk voor het Nieuws. Daarna kun je de paar resterende wegterende uren vullen met eten, haar wassen, scheren en sexy outfit kiezen voor de DERDENACHTSGEKTE.

DAG VIER: zie Dag Een.

Ten slotte besloot ik dat ik aan de boemel wou wanneer ik er zin in had, niet wanneer een of ander geschift rotrooster zei dat het mocht. En Dai antwoordde:

'Ieder zijn meug, jongen. Als ik aan de boemel zou gaan wanneer ik wou, zou ik de hele tijd aan de boemel zijn. Maar ik zoek dan ook geen wereldlijke verlossing en jij nog wel. Dat is het verschil tussen ons.'

Dus vanaf die tijd dronken we minder vaak samen, we troffen elkaar alleen als zijn driedaagse cyclus en mijn zin om met hem te drinken samenvielen. Maar daarvóór stelde Dai me voor aan de Vrienden van Mrs King.

Nog een gratis tip voor succes in het Leven: mocht je ooit een baan willen bij de Opera in Covent Garden of Glyndebourne (het werkt niet bij het Coliseum, dat non-UC wordt geacht door de Vrienden) of de Bastille of de Met of Sydney of zelfs Toronto, dan moet je altijd als je solliciteert vermelden dat je een Vriend van Mrs King bent.

Daarmee geef je te kennen dat je
(a) homo
(b) een insider
bent, wat een ijzersterke combinatie is in de operawereld.

De Vrienden van Mrs King zijn een kliek als elke andere mannenkliek, alleen rijker en Uit, ze zitten met elkaar in bars en clubs, je slentert erheen, je gaat zitten en je weet precies waarover je kunt praten, en hoe, en wat verboden is.

Iedereen heeft een kliek nodig.

Als je geen kliek hebt ben je niks, niemand komt naar je feesten en je begrafenis, je slijt je leven gewoon in een geestelijke zitslaapkamer.

(Ik heb eens een zitslaapkamer in Acton gehad, met oranje gordijnen uiteraard en een ouwe leunstoel. De leunstoel had een soort grauwe vettige holte boven aan de rugleuning waar mijn hoofd precies in leek te passen, alsof hij speciaal voor mij op maat was gemaakt. Brrr. Als ik 's avonds alleen was en me afvroeg wat ik met mezelf aan moest, dacht ik de hele tijd dat er iemand binnen zou komen die zei:

'Nou, zoals je ziet hebben we alles voor je in gereedheid gebracht, zelfs een op maat gemaakte stoel, dus welkom in je leven.'

Dat was de tijd toen ik besloot om Grote Zus te vragen of ik een schuur in haar tuin mocht bouwen. Ik liet het klinken als een Geinig Plan maar in feite was ik behoorlijk radeloos, ik dacht dat ik, als ik weer in die stoel ging zitten, misschien gewoon weg zou smelten in die klamme plek, als in zo'n stomme griezelfilm: Als Je Wilt Blijven Leven, Mijd Dan DE ZITSLAAPKAMERSTOEL.)

Het is dikke pret om kliekgeheimen en -codes te leren. Ik bedoel, wie weet, misschien is er wel ergens een kliek voor ons, en die vinden we niet als we niet zoeken, dus we moeten gewoon aanklooien en onszelf steeds herscheppen door hier en daar stukjes toe te voegen, alsof we een soort bouwpakketmens zijn:

> Zoek en kit FERGALS GRIJNS (onderdeel 362) op DAI'S KIJK OP DE WERELD (onderdeel 157) en monteer het resultaat op GEVOEL-VOOR-HUMORPAKKET (onderdelen 127-144).
> Uw persoonlijkheid is nu compleet en kan geschilderd worden.

Overigens, bij de meeste kliekjes zijn de eigenlijke geheimen nogal onbeduidend als je ze ontdekt, maar de Vrienden van Mrs King hadden wel degelijk een paar geheimen over mensen van wie je werkelijk had gehoord. Ik wist het jaren eerder dan iedereen van Pat van *EastEnders*, ik vernam waarom hamsters in Hollywood Richards Gear worden genoemd, ik kwijlde om te horen met wie Ian McKellen de week ervoor was gezien en moest lachen dat ze allemaal op Peter Lilley en Michael Portillo vielen (de Vrienden van Mrs King stemmen allemaal Tory). Ik smulde ervan terwijl de gelaagde bundels van groene lasers van witte singlets of met doping opgepepte spieren kaatsten of de transseksuele nichten hof hielden, net zoals ik het te gek had gevonden toen Barrington-Charrington me vertelde hoe je de verhulde overlijdensberichten van SAS-mannen kon opsporen in de *Torygraph.*

Ik vond het te gek om de roddel uit De Hemel te horen, het

gaf me allemaal het gevoel alsof een aardige Stewardess om onverklaarbare redenen had besloten me te promoveren naar de grote brede stoelen in het voorste gedeelte van de wereld.

Maar al gauw rees natuurlijk de vraag naar mijn neukbaarheid.

Je kunt niet van de voordelen van de kliek genieten zonder je ten slotte als volwaardig lid aan te melden, je kunt niet verwachten geborgenheid te krijgen maar je vrijheid te behouden, geen enkele kliek maakt die deal met je.

Zoals alle mannen en vrouwen met macht over mannelijke of vrouwelijke acteurs, zangers, dansers en dergelijke hadden de Vrienden, onder al hun cultuurgeile gefladder en rituele theatraliteit, een behoorlijk genadeloze aanpak als het op neuken aankwam. Je kunt het ze niet kwalijk nemen; wat is per slot van rekening het verschil tussen een acteur en een hoer?

Acteurs zoenen.

Maar goed, op een avond zat ik aan een tafeltje op het terras van Halfway to Heaven lichtelijk gedrogeerd met (onderhand) een bezittersoog Trafalgar Square te bewonderen en op mijn gemak pils te hijsen, toen Jeremy van het Corps de Ballet met haast wiskundige helderheid voorstelde: een voltijds tijdelijke baan als assistent-toneelmeester voor mij = regelmatige seks met hem. Ik was gevleid, want de gebruikelijke deal voor bipstoegang bij Jonge Knapen is een deeltijds zomervakantiebaan achter de kassa, maar dit scheen het goeie moment om te zeggen dat ik eigenlijk niet zat te wachten op een goed bod, ik was gewoon geen homo. Waarop Jeremy antwoordde: 'Echt waar? Hoe weet je dat?' Hij was totaal niet uit het veld geslagen (want dat ik dat zei was natuurlijk een onovertroffen tactiek om de prijs op te drijven, het was zoiets als zeggen dat ik een maagd was met allemaal headhunters achter zich aan) en ik antwoordde dat ik het twee dagen eerder had geprobeerd, zo wist ik het.

Tja, ik vond dat ik het maar eens moest proberen.

Het is belangrijk in het Leven om het verschil te ontdekken tussen wat je wilt en wat je denkt dat je zou horen te willen, vooral met zoiets als homoseksualiteit, dat een van de rages van onze tijd is. Over twintig jaar vragen de mensen je: Wat? Je was in de jaren negentig een vrije jongen van in de twintig en JE HEBT NOOIT GEPROBEERD OM HOMO TE WORDEN?, zoals wanneer je twintig was in de jaren zeventig – toen Aids Hulp bij Huwelijksproblemen betekende en Vrij inhield meisjes die dachten dat ze met iedereen moesten neuken die aardig deed – en op de een of andere manier de seks was misgelopen. Welnu, de enige manier om zeker te weten of je iets ziet zitten is eraan te sabbelen en dan maar te zien.

Ik legde dit voor aan de persoon die naar ik vermoedde de meest sexy+knappe van mijn kennissen was (ik wist het niet zeker, het concept was nieuw voor me) en die vond het ook wel een goed idee om het te proberen, gezien de geest van de tijd en het feit dat dit geen repetitie was en zo, dus deden we het.

De opwinding was het opwindende eraan, als je snapt wat ik bedoel, het was alsof ik Zestien Was (reprise) toen ik tussen de lakens en in de armen van een ander gleed zonder eigenlijk een idee te hebben wat er ging gebeuren met mijn lichaam+geest.

Niet veel, helaas.

Met het harige had ik geen moeite, zoals ik al zei hou ik van harige oksels en dergelijke. Het raspgezicht was raar maar geen probleem. Het eerste probleem waren de botten, er zitten gewoon te veel botten in een man. Maar het grote probleem was, net waar de buik van de ander zacht omlaag zou moeten welven naar een mooie kut vind je alleen maar een suffe ouwe pik net als de jouwe. Ik bedoel, wow, spannend. Geef mij maar een chorizo.

En als je er geen kick van krijgt om eraan te sabbelen (pik, niet chorizo) kruis dan aan wat van toepassing is en neem de volgende bus terug naar Heterostad, want pikaanbidding is waar het bij homoseksualiteit vooral om draait. Ik bedoel, natuurlijk heb je ook aarsen, en een fijne gevoelige ader of zo in die buurt, zoals in het Speelplaatsliedje:

Ze stak haar vinger in mijn kont
Ik spoot mijn kwakkie in het rond

Of, zoals in Chicho's lied van het Oude Zaragoza (inzet flamenco-achtige gitaren): *Las putas te tocan al culo*, wat betekent dat hoeren hun vinger in je kont steken om de omzet te verhogen, maar dat heeft niks te maken met homoseksualiteit, dat heeft alleen te maken met het bezit van een extra Y-chromosoom; aarsen zijn vaste prik waar geen vrouwen voorhanden zijn of wanneer mannen te dronken, stoned of gestoord zijn om op een andere manier klaar te komen.

Vraag het maar aan een dokter.

Ik zat eens te drinken met twee dokters, twee jonge deskundigen op het terrein van de menselijke gestoordheid, en ik vertelde hun over mijn accountant-neef die op een zondag onverwacht naar zijn werk ging met het voornemen om de oudste vennoot te verbijsteren met zijn ijver+toewijding en toen Mr O. Vennoot aantrof in neefs gasgeveerde directeursstoel met zijn benen om zijn oren en het mondstuk van de stofzuiger van de werkster in zijn kont met de schakelaar op BLAZEN. Een netelig sociaal/beroepsmatig moment.

Hé, zeiden de Jonge Dokters, Verras ons, Vertel ons nieuws, geen ouwe kost; want het bleek dat als Mr Doorsnee opeens het bonkende bloed in zijn oren krijgt en wild rondzoekt naar iets om in zijn gat te stoppen, hij heel vaak een stofzuiger grijpt om op te zitten. Pikachtige vorm en moederlijke associaties, wellicht? Hoe dan ook, de ziekenhuisdokter moet alleen maar geeuwen als het zoveelste stofzuiger-in-gat-geval wordt binnengereden. Een van hen had een vent met een raap in zijn reet die in situ met een scalpel in stukken moest worden gesneden voor ze hem eruit konden krijgen. Toen de kerel weer naar buiten werd gereden, kon Jonge Dokter 1 het niet nalaten om te roepen:

'Laat er verdomme de volgende keer wat blad aan zitten zodat we hem eruit kunnen trekken!'

Dokter #2 vertelde op zijn beurt dat hij pas een vent had gehad met een buste van Beethoven in zijn kont.

'Hmm. Levensgroot?' vroeg Dokter 1 en nam met welwillende buitendienstinteresse een slok van zijn 6% Old Fruity ale.

'Nee, driemaal verkleind, zou ik zeggen. Maar hij zag er wel erg scherp uit bij die jaskraag.'

Dokters 1&2 waren het erover eens dat ze in de National Health Service het meeste lol hadden als er een zeventienjarige Jonge Haan binnen kwam stappen, pet achterstevoren, halftrots op zijn eerste druiper, die zei dat hij een spermamonster af moest geven en zich voorstelde dat hij een stapel pornoblaadjes en een jampot ergens in een stille plee zou krijgen maar daarentegen opgevangen werd door Zuster Alisdair MacLeman, een ex-arbeidster op een olieboorplatform van over de honderd kilo uit Aberdeen, die de goeie ouwe ingevette latex handschoenen aantrok en met Schotse wraakzucht gromde:

'Knieën tegen de kin en aan Engeland denken, jochie.'

Dus toen repliceerde ik met mijn eigen Prostaatverhaal, dat als volgt gaat. Ik kreeg eens zo'n optisch vezelding ter grootte van een balpen in mijn pik geschoven omdat mijn dokter er een potje van had gemaakt en dacht dat ik prostaatkanker had (fijne dokter). Ik kwam bij uit de verdoving en buiten uit het ziekenhuis, alles kits, de medische stand vervloekend maar de Heer lovend, met de verzekering dat ik alleen maar Een Licht Ongemak zou ervaren bij het pissen. Ik ging een paar pinten drinken om het te vieren, met het gevolg dat de arme sodemieter die twintig minuten later de pech had om naast me in de plee te staan verreweg het vreselijkste moment tot dan toe in zijn leven kreeg toen de opgewekte+neuriënde jongen naast hem (ik) opeens een straal helderrood bloed over het witte porselein spoot en veranderde in een gillende, panische debiel. In de pub hoorden ze het kabaal, ze draaiden zich om en zagen (a) Mr A. Sodemieter als de sodemieter de pub uitrennen waarbij hij een prima imitatie deed van een nummertje afgrijzen uit een geweldsfilm, en (b) mij te voorschijn kruipen, krijtwit en huilend.

Maar wat prostaten betreft, je komt dus klaar als je prostaat wordt geprikkeld, nou en? Als je twee weken in een onaftrekbare positie werd vastgebonden zou je zonder wat dan ook klaarkomen, vanzelf. Vraag het maar aan een monnik. Gewoon biologie.

En alle nichten hebben, omdat het jongens zijn, steeds hun groene licht aanstaan als een schijnwerper, iedereen gegarandeerd bevredigd, jezus, de wereld zou een stuk gelukkiger zijn als alle mannen van 16 tot noem maar wat, wanneer de hormonen rondjagen en grommen WATVALTERTENAAIENWATVALTERTENAAIEN? werd opgedragen om meisjes met rust te laten en zich te redden met de rolmodellen en pikorden en spieraanbidding en het uniformfetisjisme en zeggen hoe elkaars voeten+scheten stinken en elkaar voorhouden hoeveel ze de laatste keer hadden gedronken en een hoop hard, snel, wat-kan-het-schelen, leve-de-lol geneuk achter de knopen krijgen en al dat soort testosterontoestanden. Geen wonder dat zoveel jonge duffe hetero's zo vol stiekeme jaloezie+haat zitten tegenover Jongens Die Voor De Verkeerde Kant Kiezen; terwijl zij zich in een opgefokte fantasiewereld persen waarin jongens niet huilen en meisjes die ja zeggen tegen de een of ander ja zeggen tegen iedereen, kan het hun nauwelijks ontgaan dat de homojongens veel meer plezier hebben in het hier+nu.

Wat mezelf betreft, ik denk dat ik misschien te laat ben begonnen, ik vond het nogal saai om een lichaam net als het mijne te voelen, er kwam geen enkele fantasie aan te pas, geen vreemde, vage, halfgeraden gevoelens. Niet onprettig, paard of jockey, met aanwending van een heleboel hi-tech glijmiddel, maar hé, en het metafysische dan?

Moet je horen, ik was eens in een club met Dai en hij zei dat hij naar de Dark Room ging, en ik vroeg wat daar gebeurde en hij keek me alleen maar aan met zijn Nero-van-de-Vallei-en blik en zei:

'Wat je maar wil.'

Wat ruig en spannend klonk. Maar het zou niet echt WAT JE MAAR WIL zijn, het zou zijn wat er kan gebeuren tussen onbekenden met één pik, één mond en één aars de man, half uit hun bol in totale duisternis, wat behoorlijk beperkt is als je nagaat, hoe wanhopig je ook mixt+matcht. Iedereen zou naar huis gaan als hij klaar was gekomen (het zijn nou eenmaal mannen) en precies had gedaan wat hij van plan was geweest toen hij het huis uit ging, wat ongeveer net zo ruig+spannend klinkt als een avond met een Net, Geëmancipeerd Stel in Sidcup.

Maar laat degene die niet opgefokt is het eerste oordeel vellen.

Dai denkt dat alle heteromannen eigenlijk hun moeder willen, dertig jaar jonger en met jarretels.

Ik ben me daar bij mezelf niet bewust van, maar dat zou ik ook niet kunnen zijn, nietwaar, want het zou onbewust zijn, nietwaar? Ik bedoel, mijn moeder heeft geen Schots accent en draagt geen zwart leer, zoals Suzy.

Mijn oma wel (het Schotse accent, bedoel ik).

Wie weet, wie weet?

Het ziet er allemaal uit als vrijheid tot je het meemaakt en je omdraait en terugkijkt en denkt: natuurlijk!

Ieder zijn meug, zeg ik maar.

Dus besloot ik dat ik niet tot de kliek behoorde en bleef gewoon goeie maatjes met Dai, mijn seksloze broeder in de grote vrijmetselarij van de lichtelijk gestoorden, die mensen die shit als shit herkennen maar slechts tot het volgende feest.

En als het je om een feest te doen is (en wie niet?) is Dai Substantial ongeëvenaard.

Dai is zo populair niet omdat hij het lijf van een mijnwerker heeft, de stem van Dylan Thomas en de lever van een ijsbeer, maar omdat hij de grote meester van het in stand houden van de droom is. In zijn leven is de pose de werkelijkheid geworden, wat je ziet is wat je krijgt en wat je ziet+krijgt is (zoals Dai het stelt) een dikke del met tatoeages.

Die tatoeages zijn behoorlijk beroemd, ze zijn een eerbetoon aan het Middelbare-Schoolsysteem dat, zegt Dai, de wereld J.P.R. Williams heeft gegeven en op z'n minst een paar WC-jongens en -meisjes de kans op een tamelijk redelijke imitatie van een echte UMC-opleiding; waar slaat het (vraagt Dai) in godsnaam op om scholen te hebben die doen alsof er een revolutie is geweest als dat niet zo is? Het is alle twee of niks, zegt hij. Maar goed, de tatoeages luiden:

BORN TO BE CHEAP (linkerschouder)
ARS NATURAM ORNAT (rechterbil)

en

ARS LONGA VITA BREVIS (linkerbil)

en waar je ze te zien krijgt, als je ze ooit te zien krijgt, is in zijn unieke appartement in Camden Town dat hoofdzakelijk schijnt te zijn bedoeld als een doperokers- en cokesnuiversbazaar, het is er vol grote, dikke sofa's en kussens, er liggen overal modetijdschriften, er hangt een levensgrote uitgeknipte foto op karton van Maria Callas waarom ik eens een half uur heb staan schooien in de EMI-winkel in Oxford St. om Dai voor zijn verjaardag te geven toen ik helemaal blut was, er staat een springverenframe uit een ouwe matras tegen een muur om glazen en flessen in te steken, er hangen raamkozijnen zomaar aan de muren en een reusachtig draagstel met engelenvleugels uit *Der Himmel über Berlin* aan het plafond en midden in de kamer staat het altaarstuk uit een produktie van *Parsifal* in Bayreuth, een geschenk van een verliefde Duitser, compleet met een met namaakedelstenen bezette Graal met deksel waarin Dai zijn coke en dope bewaart en waarnaast een enorme met koper beslagen bijbel uit Wales ligt.

De kamer staat ook altijd vol malve en ridderspoor.

Dai is grootgebracht met een voorliefde voor Wagner en malve en ridderspoor omdat zijn moeder Duitse is, ze ontmoette zijn vader in 1945, Dai Evans sr werd op een ochtend wakker en ontdekte dat de bewakers van het krijgsgevangenenkamp voor het naderende Rode Leger waren gevlucht, dus ging hij op weg naar het westen om Britten of Amerikanen te zoeken, maar het eerste wat hij vond was Dai's toekomstige moeder, Gretchen, die in een greppel zat te huilen met haar hele familie allemaal dood om haar heen door een ss-mijn op de weg, en ze besloten samen verder te gaan, alle twee negentien en de kluts kwijt, en de hele weg door half Duitsland in mei 1945 hadden ze geen eten, maar de heggen en bermen, dat jaar vrij van ordentelijke Duitse boeren, zaten vol malve en ridderspoor en toen ze zich ten slotte in Cwmdoom, Wales, vestigden om Dai jr + kroost te krijgen, was dat het enige wat ze in hun tuin lieten groeien, malve en ridderspoor.

Ik weet niet of het waar is, want dat weet je nooit bij Dai, maar het zou het moeten zijn, dus wat maakt het uit?

Dai vermoedt dat die familiegeschiedenis de reden is waarom hij niks om eten geeft maar wel om bloemen. Hoe dan ook, het is waar dat niemand hem ooit iets voedselachtigers heeft zien openmaken dan een pak melk, laat staan hem echt iets heeft zien koken, hij woont eigenlijk in cafetaria's en pubs en clubs, dit is alleen maar de plek waar hij zich aankleedt en slaapt en hof houdt en neukt. Dus toen hij het appartement kreeg besloot hij om er een keukenvrije zone van te maken, hij+ik smeten gewoon alle makkelijk schoon te houden keukenbladen en -kastjes en alles naar buiten in een container en braken de muur door om de extra ruimte te gebruiken voor zijn enorme badkamer met een bad op klauwpoten, een tweede in de vloer verzonken met waterspuiten en een douchekop met een superkrachtige straal die midden in de ruimte aan een vrijstaande verchroomde stang hangt. De hele vloer loopt van de hoeken een ietsje af naar een groot centraal afvoergat. Dai zegt dat hij het heeft gepikt uit Scandinavië, je kunt de hele ruimte als een reuzendouche gebruiken als je wilt, wat mensen veelvuldig doen.

Afgezien daarvan is er alleen een naar verluidt goed uitgeruste slaapkamer waarin ik, om voor de hand liggende redenen, nooit ben geweest, dus alles wat ik erover zeg zou gissen zijn dus dat doe ik niet, ik zal het raden aan jou zelf overlaten.

De hele toestand was bekostigd door de Vrienden van Mrs King, die allemaal rijk zijn en zich (uiteraard) niet druk hoeven te maken over schoolgeld of echtgenotes. Hoewel zij ervoor gedokt hebben is het huis alleen van Dai, niemand heeft een sleutel of komt binnen tenzij hij het wil, het staat helemaal op zijn naam met alles erop en eraan en is zijn volledige eigendom, hij neemt alleen cadeaus aan, zegt hij, geen betalingen, en een cadeau met ketenen is als een bondage zonder.

Dai gaat nooit ergens heen behalve eens per maand naar Milton Keynes om zichzelf eraan te herinneren hoe de Hel eruitziet, zegt hij. Hij zegt dat als een nicht genoeg heeft van Londen, dat hij dan een vrouw moet nemen. Hij hoopt dat zijn appartement in de Nichtenannalen geboekstaafd zal worden als de geboorteplaats van post-aidskunst. Hij denkt dat over vijf of tien jaar, als er geen remedie komt, hiv is wat tuberculose honderd jaar geleden was: mensen met hiv schrijven dan stapels poëzie en muziek, maar niet over hiv. Chopin en Keats en Kafka wisten dat ze met veel pijn aan tbc zouden sterven maar ze schreven niet over tbc, ze schreven over het Leven, zegt hij. Net als toen zullen een hoop mensen weten dat ze vrijwel zeker binnen vijf of tien jaar dood zullen gaan maar pas op het laatst door pijn of mismaaktheid gesloopt zullen worden. Dat kan de mensen een wonderbaarlijk focus geven, zegt Dai. Hij hoopt het eerste indrukwekkende boek of grootse oratorium nog mee te maken dat wordt gedreven door hiv maar het er nooit over heeft.

Hij mag er zo over praten omdat zijn test natuurlijk positief was, twee jaar geleden, ik was een van de eersten aan wie hij het vertelde, ik belde hem uit een cel in Hammersmith, bij het metrostation, over iets anders, ik weet niet meer wat, en uiteindelijk stond ik een uur en tien minuten met hem te praten in die cel, het was afgrijselijk om zo'n eind weg te zijn maar ik denk dat hij dat liever had omdat iedereen die hij ontmoette hem begon te knuffelen, het was weer eens iets anders om gewoon een uur tegen een stem te kletsen zonder de ander te hoeven zien en je door hem te laten knuffelen zodat die ander zich er beter over voelde, dus schikte ik me erin dat hij me zo liet lijden omdat hij degene was die zich beter moest voelen, niet ik.

Toen mijn test negatief was een jaar of zo later, trakteerde hij me op Krug-champagne. (Ik moest me laten testen, ik neukte een paar jaar geleden met een semi-junkiemeid die zwoer dat ze nooit vuile naalden gebruikte, ze zei dat ze spoot zoals ik, elke keer een nieuwe naald, ik was gevleid en dus geloofde ik haar, maar een jaar geleden zat ik toevallig bier met haar en een hoop andere mensen te drinken en iemand zei hé, of we hadden gehoord dat Bill de Italiaan net aan aids was doodgegaan, en ze werd helemaal wit, ik had nog nooit echt iemand wit zien worden, ik had er alleen maar over gelezen, ik dacht dat het alleen maar dichterlijke vrijheid was, maar dat is het niet en zij deed het: totaal wit en zonder botten werd ze. Ze was ook negatief, bleek, maar ik kapte natuurlijk met haar toen ik erachter kwam dat ze erover had gelogen. Dat was een heel erge rottijd, dat wachten. De grootste fout die ik maakte was dat ik naar Ierland vloog om een week te gaan drinken om het te vergeten, want Ierland is de beste plek om een week te gaan drinken, maar toen ik in Dublin landde was het eerste wat ik zag de parkeerplaats, en de helft van de auto's daar had kentekens als 567 HIV, wat daar heel gewoon is. Brrr.)

Dus daarom mag ik zo met Dai praten over hiv en hoe dat de wereld gaat veranderen.

Daarom mag ik ook zeggen wat ik wil dat zijn vriend Jimmy, die nu behoorlijk snel aan aids aan het doodgaan is, doet voor het Plan.

Goed, ik wachtte tot een uur of halfeen omdat Dai nooit voor die tijd op is, op z'n vroegst, had een goor ontbijt met kankerachtige gebakken eieren en spek, stouwde mijn hersens tot bonkens toe vol met de onzin uit de Zondagse Kwaliteitsbladen en kuierde naar het appartement in Camden Town, belde aan en hield mijn oor omlaag om boven het verkeerslawaai aan de intercom te luisteren.

Maar eerst sprong het deurslot open, ik duwde tegen de deur en pas toen kwam er een stem uit het roostertje, een diepe maar diep-aanstellerige stem die klonk alsof hij uit de onpeilbare diepten van de wanhoop opsteeg:

'O, goddank, eindelijk iemand aan de deur, ik was al bang dat ik dood zou gaan van zintuiglijke onthouding! Kom binnen, kom binnen, wie je ook bent, en breng de wereld mee!'

Dus ik stap naar binnen zonder te zeggen wie ik ben, wat me een beetje zot lijkt, ik bedoel, waarvoor heb je een intercom als je gewoon iedereen binnenlaat? Maar goed, ik kom bij de deur, die heel keurig is, op een poster in zwart-wit na met de tekst:

en Dai doet open. Hij is gekleed in een zilveren latex broek en verder niks, hij heeft een dikke harige buik die neerhangt maar zijn harige borstspieren en forse armen zien er zwaar doorgetraind uit.

'Goddank, eindelijk een hetero,' zegt Dai en geeft me paradoxaal genoeg een zoen. 'Ik ben gewoon doodziek van Kunst.'

'Kunst?'

'Nou, dat is makkelijker om te zeggen dan neurotische cokenichten die mijn hele huis bezaaien met hun in- en uitstortingen, en mij ook, trouwens, wat ze natuurlijk voornamelijk deden dankzij mijn weergaloze erotische vaardigheden, het zal wel allemaal bij de banale pijp kaneel van het leven horen, een man kan niet alleen van afrukken leven, maar ik wel voor de duur van het bezoek van iemand met een slappe lul en een stijve bovenlip, ik vind dat die goed samengaan, vind je niet, iemand die aardig en geremd is voor de verandering, ik kan dat Californische emoties spuien geen seconde meer verdragen, dus als je bent gekomen om emoties tegen me te spuien, niet doen, verlossing is afgevoerd van het menu, we zijn vandaag niet Thuis voor Mevrouw Wanhoop. Ik ben zo blij dat je er bent, pop, ik ging dood van verveling.'

'Is dit Dag Drie?'

'Nee, Dag Twee nog maar, en ik ben écht van de drank afgebleven gisteravond, ook al kreeg de cocaïne me te pakken toen ik even niet keek, maar HET IS ZONDAG! Gadsie, ik zou niet tegen zondag in mijn eentje kunnen, ik zou me uiteindelijk ophangen omdat het behang niet deugde. En moet je kijken, de helft van mijn malve moet vervangen worden, ze zijn gewoon verdomme té biologisch afbreekbaar, maar wie niet, trouwens?'

Zoals bij een heleboel mensen is hetgeen waardoor je met Dai zoveel lol kunt hebben ook hetgeen waardoor hij soms zo onuitstaanbaar is. Ik bedoel, het was de bedoeling dat ik hier voor Operatie Jimmy's Testament kwam maar Dai zit altijd zo met allerlei ingevingen te jongleren en zich te verzetten tegen wat hij noemt de Brute Ernst van de Werkelijkheid dat je, wanneer je eigenlijk wat serieuze goeie raad van hem wil hebben, uiteindelijk drie uur lang over niks zit te kletsen en eindeloos zit te ouwehoeren, hem te voeren, hem te helpen de bal hoog te houden, als aangever te fungeren met zinnetjes als:

'Wat is er zo erg aan zondag?'

'Heb je een saffie, jongen? Mmmmmm, geef op geef op, het recept van de Natuur voor gezonde darmen. Ik weet het niet, ik denk gewoon altijd dat als ik ooit besluit om een stuk af te snijden naar dat grote Pissoir in de hemel, dat er dan op de laatste filmfoto van mijn leven een klok te zien is die drie uur 's middags aanwijst en een kalender waarop staat: Dit is de dag des HEREN. O, god, ik geloof dat je haargrens begint te wijken! Echt waar!'

'Dank je wel.'

'O, wat jammer, je was vroeger best wel knap op een soort saaie manier. Kaalheid staat je niet.'

'Ik heb er niet voor gekozen.'

'Als je iets toestaat, jongen, dan kies je ervoor met elke ademtocht. Maar aan de andere kant veronderstel ik dat de Tijd zoiets is als naar een leerlingkappersavond bij Vidal Sassoon gaan: je krijgt het kapsel dat ze je geven. Ik heb ten minste nooit een knap uiterlijk te verliezen gehad, goddank, ik ben altijd gewoon een dikke del geweest, wat tamelijk makkelijk op peil te houden is. Maar ik ben wél de erfgenaam geweest van tweeduizend jaar onderdrukking en verdoemenis. We hadden ten minste iets om tegen te vechten. Nu gelooft iedereen in Levensverzekeringen en Winkelen. Er is maar één remedie: we moeten iedereen de hele tijd aan de dood laten denken.'

'De dood?'

'De dood.'
'De hele tijd?'
'Elke dag, de hele dag. Ik hunker naar de dag waarop we allemaal, met een glimlach, bij elke sociale gelegenheid zeggen: En vergeet niet: je gaat dood! Laten we het eens proberen. Kom op.'
'Hoe dan?'
'Je bent een klant in een hamburgertent, oké?'
'O ja?'
'Ik zie het allemaal zo duidelijk als ik het lang geleden zag.'
'Nou oké. Een hongerige klant.'
'En ik ben de geestdriftige hamburgermeester. Zie mijn vlekken en vettige haar. Kom op, kom op.'
'Eh, oké. Hallo.'
'Dag meneer. Wordt u al geholpen?'
'Nee, nog niet, eigenlijk.'
'Zeg het dan maar, schat.'
'Nou, ik denk dat ik wel trek heb in een hamburger alstublieft.'
'Dan bent u op het juiste adres, meneer.'
'Met kaas.'
'Een fijn origineel idee, meneer. En kijk! daar is hij al, vers voor u klaargemaakt.'
'Op een vuurtje gegrild, mag ik hopen?'
'Vijf dagen geleden, meneer.'
'Nou dank u wel. Hier hebt u wat virtueel geld.'
'Bedankt, chef. Hier is uw virtuele wisselgeld.'
'Merci. Tot kijk.'
'Nog een fijne dag – en vergeet niet: U gaat dood!'
'O, oké, bedankt, en u ook!'
'Dag meneer. Nou? Wat vind je ervan. Ik bedoel, stel je voor! Vrolijk Kerstfeest lieveling – en vergeet niet dat je dood gaat!'
'Tamelijk deprimerend.'
'Integendeel, ranzige ouwe rukzak, daardoor zouden de

mensen ermee ophouden om banaal en suf te doen en te denken dat het allemaal dikke mik is als je de afbetalingen maar blijft voldoen, want het is geen dikke mik, dit is de enige kans die je krijgt en ik ben het zat – spuugzat! – om mensen met een wezenloze blik over de wereld te zien dolen alsof ze er zeker van zijn dat ze nog een tweede beurt leven krijgen. Dat is alles voor vanavond, het volgende nieuws is om tien uur dus graag tot dan en vergeet niet: u gaat allemaal dood! Veel beter. Lieve god, het schijnt dat ze in de Middeleeuwen nergens anders aan dachten dan aan doodgaan, maar toch ontwierpen ze kathedralen waarvan de bouw honderd jaar zou duren! Ik hunker naar de dag wanneer het schoolreisje voor kinderen naar Tintern Abbey voor een plechtig moment wordt onderbroken om te zien hoe de een of andere arme ouwe knakker de injectie krijgt omdat hij heeft besloten dat hij graag nu zou willen sterven terwijl hij met zijn vrienden om zich heen naar de abdij kijkt en niet over anderhalf jaar op een afdeling voor senielen met Peter klote Frampton op Radio 2. En de kinderen zullen ernstig toekijken met hun grote ogen en de onderwijzer zal, met veel tact en gevoel, zeggen: Hier wou hij doodgaan. Op een dag gaan jullie ook dood, kinderen, jullie zullen ook deze plek kunnen kiezen als jullie willen. En laten we nu allemaal een heerlijke ijsco gaan halen en genieten van de zon die in de blaadjes speelt. En weg met winkelen! Nou, dat heeft me behoorlijk uitgeput, pop, al heeft het me ook een beetje opgefleurd. Fijn om een maatje te hebben om mee over de tragische grondslagen van het bestaan te praten, hè? Maar kom op, je bent niet gekomen om over zondag te kletsen, schiet op dan, doe maar wat je niet laten kan, vertel arme Dai je ellende, ik voel me nu weer zo'n beetje sterk genoeg.'

'Ik ben helemaal van slag,' zei ik.

'O, goed zo. Kom op kom op kom op, we zitten allemaal lekker, vertel ons iets opwindends.'

Dus toen vertelde ik hem over Suzy, wat geloof ik behoorlijk lang duurde.

Het duurde in elk geval een hoop sigaretten.

'Nou,' zei hij toen ik klaar was, 'ik moet zeggen dat dat buikje van haar me wel iets lijkt. Is het echt zo plat?'

'Ja,' zei ik weemoedig.

'Als een jongensbuikje?'

'Nee,' zei ik beslist.

'Ik plaag je maar. Tja, nou, het wordt tenslotte tijd dat je je settelt, weet je.'

'O ja?'

'We moeten allemaal op een gegeven moment de feestneus inleveren, pop, en niemand heeft er ooit zin in, maar wie wil de oudste swinger van de stad zijn? Nekstuk Opgetuigd als Lam. Half-Om-Half-Gehakt Opgetuigd als Lam. Als je op het goeie moment gaat, zwaaien de mensen je lief uit en zeggen ze als je weg bent hoe leuk je was en menen ze het nog ook. Het is allemaal een heel delicaat evenwicht, waar of niet? Je kunt niet zomaar naar huis hollen met de eerste de beste die je G-plek vindt, want al die andere mensen dan die je misschien leuk had gevonden? Maar anderzijds, stel dat je te lang doorgaat met zoeken zodat je gewend raakt aan het zoeken, niet aan het samenzijn met mensen? Ze zeggen zet het van je af, schat, maar ik vraag me af of je dat wel doet? Stel dat je het je eigen maakt? Ikzelf heb pas nog de mogelijke voordelen afgewogen om me met een leuke landelijke huisbezittende homo te settelen voordat alle bubbels uit de champie zijn en de grauwe ochtend aanbreekt. Dus mijn eigen advies zou zijn om er werk van te maken, pop, maar dat zeg ik altijd, waar of niet, en kijk wat ik ermee ben opgeschoten, louter gebruikt en misbruikt door neurosende maniakken zoals jijzelve, geen melk om een lijdende vriend het reanimerende LKT – Lekkere Kopje Thee – aan te bieden en ook geen saffies meer, zo te zien.

Hemeltjelief, was het hiervoor dat Socrates het dollekervelgif dronk?'

'Sorry, ik heb ze allemaal opgerookt. Ik haal wel even nieuwe, en melk.'

'Sigaretten en Melk en Lekkere Wilde Wijven.'

Het was krankzinnig, ik bedoel, ik was al bij de deur toen ik me het Plan herinnerde en waarvoor ik eigenlijk was gekomen, dat (zoals ik al zei) is het probleem van kletsen met Dai. Ik bleef staan en leunde tegen de muur en keek hem aan.

'Er is nog iets,' zei ik.

'Wat, iets anders dan liefde? Kom kom.'

'Het is serieus, Dai.'

'Dat is het allemaal, lieverd, dat staat in het vak bekend als Leven. Des te heilzamer is het om er niet te zwaar aan te tillen, mmm?'

'Het heeft met Jimmy te maken, Dai.'

Dai keek me aan en zijn blik zwabberde geen moment, hij werd alleen maar dieper, zeg maar.

'Ja? Nou? Echt waar, ik heb je nooit aangezien voor iemand die zwaarwichtigheid met diepzinnigheid verwart, pop, dus stel me alsjeblieft niet teleur. Wat heb je met onze arme Jimmy van doen?'

'Is hij nog steeds geld aan het witwassen met zijn Testament?'

'Ja,' zei Dai.

Laat me dat uitleggen.

Jimmy is sinds jaar en dag Dai's part-time partner en heeft nu volop aids en geen geld. Dat is geen plezierige combinatie. Er zijn nu te veel mensen met aids, het valt niet mee om iemand te vinden die Jimmy's rekeningen betaalt zodat hij in een fijne particuliere kliniek kan verblijven met een mooi uitzicht en boeken en bloemen en spannend eten en zo. De enige die voor hem zou betalen als hij dat kon is Dai, maar Jimmy wil geen geld van Dai aannemen ook al had Dai het omdat Jimmy zijn hele korte leven grotendeels heeft gespendeerd aan geld bietsen van mensen die hij niet echt mocht door te doen alsof hij ze mocht, en hij is doodsbang dat hij Dai ook als een geldmachine gaat zien en zodoende zijn enige ware liefde verspeelt net wanneer dat het enige is wat hem rest en het enige is wat hij nodig heeft.

Dus heeft Dai een plan bedacht dat inhoudt dat Jimmy kan leven van het feit dat hij doodgaat.

De afgelopen drie maanden is Jimmy de eerste prepostume geldwitwasser ter wereld geworden.

Wat er gebeurt is het volgende.

Je gaat naar Dai en vertelt hem – zoals iedereen die kapitaal wil witwassen – dat die en die je geld schuldig is of van je krijgt voor dit of dat maar dat je niet wilt dat iemand ooit te weten komt om wie het gaat of wanneer of zelfs dat diegene ooit voor wat dan ook geld aan je betaald of van je gekregen heeft enzovoort. Dan kijkt Dai eerst of het geen punt voor je is om een half jaar tot een jaar te wachten voor je je schone geld krijgt, wat het niet is voor de mensen, geld witwassen kost nu eenmaal tijd, en dan geef je je geld aan Jimmy en die zet jou (of wie je maar wil) voor dat bedrag in zijn Laatste Wilsbeschikking, minus tien procent voor zijn overlijdensdiensten. Het Testament is volstrekt wettig en eenduidig, niemand zal het aanvechten, Jimmy wordt keurig aangeslagen voor successierechten en alles zodat de fiscus geen reden zal hebben om de zaak uit te pluizen. En zelfs als ze dat wel zouden doen, zelfs als de politie ooit lucht kreeg van het Testament, zelfs als ze zouden proberen om een connectie aan te tonen tussen jou en wie dan ook via Jimmy, dan zal dat ze moeilijk vallen omdat Jimmy (die zich al lang niks meer aantrekt van bedreigingen) er weldra gewoon niet meer is. De connectie zal doorgesneden worden door de Dood, het mes dat alle connecties doorsnijdt.

Je zit helemaal gebeiteld met je investering omdat het allemaal via Dai loopt, en Jimmy zou nooit de pijp uit willen gaan in de wetenschap dat hij Dai een loer heeft gedraaid, wat zou Jimmy er in hemelsnaam mee opschieten om zijn leven in leugens en wroeging te eindigen? Natuurlijk worden mensen vaak psychotisch in de laatste stadia van aids, maar Jimmy en Dai weten dat en ze weten dat Dai gewoon weigert om Jimmy's testament te veranderen als die gaat malen, op grond van het feit dat hij gek is. Je mag het testament zien als je wil, Dai bewaart het voor hem, het wordt elke week opnieuw gewaarmerkt voor het geval iemand erover inzit, je kunt zien dat je legaat aan wie dan ook voor je is toegevoegd. Jimmy's tarief steekt (heb ik gehoord) gunstig af bij andere vormen van geld witwassen, zelfs als je rekening houdt met successierechten.

Afgezien van de kolossale rekeningen van de kliniek laat Jimmy Dai het geld vooral besteden aan bloemen voor zijn kamer. Dai heeft hem verslaafd gemaakt aan bloemen, ik ben eens met Dai naar de bloemenmarkt geweest om vijf uur 's morgens, lekker half high op coke en met het lijf los van het dansen, om een autovol malve en ridderspoor voor Jimmy te kopen. Dai deed er uren over om ze uit te zoeken, ik zat gewoon op m'n akkertje stoned te wezen in m'n eentje en keek hoe Dai bloemen uitkoos terwijl de nacht overging in de dag. Ik denk dat het misschien wel het beste staaltje van gelukkigzijn was dat ik ooit bij iemand gezien heb.

'Oké,' zei Dai toen ik schetste wat Jimmy voor het plan moest doen, al vertelde ik hem niet waarom. 'In jouw geval zal ik Jimmy een uitzondering laten maken, je wordt nu toegevoegd en betaalt later. Schrijf de naam van de dame maar op, pop. Heel goed, laat het maar aan mij over. Ik kom morgen een kopie van het Testament brengen. Ben je dan Thuis?'

'Ik werk weer.'

'Wat vreselijk onverstandig van je. Kom je morgenavond een Dag Drie-drankje halen?'

'Ik kan niet, ik heb met iemand afgesproken.'

'Wat laat je dat vreselijk angstwekkend klinken.'

'Dat is het ook.'

'Lieve help, wat heeft het voor zin om waanzinnig verliefd te zijn als je er geen kick van krijgt?'

'Ik ben niet waanzinnig verliefd, het is alleen...'

'Ja, doorzichtig liegebeest?'

'Ik heb het niet over Suzy. Ik heb met iemand anders afgesproken.'

'Dubbel spel spelende slet.'

'Het is een man.'

'Ik heb het altijd wel geweten!'

'Godsamme! Luister, ik ben ergens mee bezig, ik kan het je nu niet vertellen, maar dat doe ik nog wel eens, ik beloof het. Ik ben zeg maar... aan het proberen mijn leven te redden.'

'Nog steeds? Sufferdje. Het leven is er niet om te redden, het is er om te spenderen, voordat de grote belastingontvanger met de zeis het terug komt snaaien. Spenderen spenderen spenderen, pop. Nou, maak dat je wegkomt, ik moet terug naar mijn bed, ik voel een aanval van zwaarmoedigheid opkomen, ik voel me niet langer geschikt voor menselijke consumptie. Adieu. Doe de deur dicht als je weggaat, jongen.'

Dus dat was dat. Ik nam afscheid en liep naar de deur. Maar toen ik daar was, vroeg ik hem wat voor zin het had om een intercom te hebben als hij zomaar iedereen boven liet komen.

'Ik bedoel, je weet maar nooit, het had iedereen kunnen zijn, een afgrijselijke vent.'

Hij keek me aan vanuit zijn slaapkamerdeur en snoof:

'Nou ja, kom op, afgrijselijker dan ik zouden ze toch niet kunnen zijn, pop? Adieu.'

Ik keek toe hoe hij zijn slaapkamer in wankelde. Ik bleef nog even in zijn woonkamer staan en merkte dat ik rondkeek alsof het voor het eerst was, maar Dai heeft nu eenmaal altijd dat effect op iedereen: als hij weg is, wordt de wereld een beetje minder 3-D.

Als hij doodgaat, zal het zijn alsof iemand een hap uit me heeft genomen.

Ik deed de deur dicht en liep naar beneden en naar buiten de wereld weer in. Dai zegt dat het vervelende van verliefd zijn, of van beste vrienden zijn, is dat een van de twee zal moeten toekijken als de ander wordt begraven.

Ik wil dat de wereld gelukkig is.

Ik wil dat niemand doodgaat.

Las God *The Guardian* maar.

Zoete koek en zonneschijn, MC-hemel.

Terwijl ik dat bedacht merkte ik dat ik de straat was overgestoken naar de dichtstbijzijnde telefooncel en ik kon er niet achter komen waarom. Ik liep eromheen en keek ernaar en ging ten slotte in een eethuisje zitten waar ik hem gade kon slaan vanuit het raam, alsof het de enige was in Londen en hij in rook zou opgaan als ik ophield met ernaar kijken.

Toen drong het tot me door dat ik Suzy ging bellen.

Een brandend kampvuur in de verte

Mijn hersens draaiden te snel stationair.

Ik zat te denken:

Kut, dit is waanzin, dit is zo heavy, dit wordt se-ri-eus, straks schrik je haar af, hou je gedeisd, Mr Kopzeer, jezus, ik heb haar een paar uur geleden nog gezien, ze ligt waarschijnlijk nog in bed, ik bedoel, hoe zou ik het vinden als iemand dat bij mij deed, als iemand zo vertwijfeld was?

Vlucht vlucht vlucht vluchteling?

Luister, als ze zoveel om me geeft, als ik zoveel om haar geef, dan is het toch nergens voor nodig om zo door te drammen? En als we niet zoveel om elkaar geven dan slaat het nergens op. Duidelijke zaak. Ik bedoel ze houdt echt niet op met om me te geven alleen maar omdat ze me een paar uur niet gezien heeft, als ik nu opbel dan blijkt daaruit dat ik steeds aan haar loop te denken en zo, heel heavy.

Dat wil geen mens, je moet jezelf op een rijtje hebben voor je dit soort dingen gaat doen, dat is het punt, het is gewoon niet meer mogelijk om zeg maar gewoon te zíjn of zo, dat zit er niet meer in, dat heeft er misschien nooit in gezeten, dat is waar het om draaide in de Hof van Eden, godsamme, we weten wie we zijn, we denken na over wat we doen, we kunnen het niet helpen en we kunnen het niet ontkennen ook al zouden we dat willen, en in die richting ligt smack, dus moeten we het er maar mee doen, we moeten gewoon meer denken en nog meer en nog meer tot we het op een rijtje hebben, zoals met de Opwarming van de Aarde en zo, je kunt de machine niet stilzetten, je moet meedraaien en het verhelpen, een stel hippies kunnen niet herstellen wat wetenschappers hebben verkloot, alleen een ander soort wetenschapper kan dat doen.

Ik bedoel jezusmina, al die onzin over De Oude Wijsheid en zo, weet je wel, De Eeuwenoude Ritmes van het Leven en de Aardemoeder Gaea, beseffen die neo-hippies in Glastonbury Tor niet dat die Eeuwenoude Wijsheid allemaal klinkklare onzin was? Jezusnogantoe, ze dachten dat de zon terug zou komen als je iemands ballen afsneed en de velden met het bloed besprenkelde. Heel wijs. Niks mystieks, alleen maar fout, alleen maar onzin. Dus we kunnen niet teruggaan, anders zitten we voor we het weten weer met fakkeloptochten en zo.

En hetzelfde geldt voor seks+liefde, je kunt niet instinctief zijn, we zijn niet instinctief, we zijn opgehouden instinctief te zijn toen we begonnen Homo Sapiens te zijn, dat is wat menselijk zijn betékent, niet-instinctief zijn, uit de bomen omlaag komen was een enkele reis, we moeten steeds minder instinctief worden en meegaan met wat we zijn, wat inhoudt overdenken, afwegen, uitkienen, vooruitplannen, daar zijn we goed in, dat moeten we doen, dat moet ik nu doen, gewoon zitten en het uitknobbelen, net zoals met het Plan.

En dat moet alleen gebeuren, ik bedoel, we hebben er toch zeker af en toe behoefte aan om alleen te zijn, het is goed voor je om nu en dan alleen te zijn, als iedereen werd gedwongen om eens per jaar een week in eenzame opsluiting te zitten of een week ergens op een eiland te wonen, zouden we misschien allemaal betere mensen zijn, de Indianen stuurden mensen vroeger weg om veertig nachten of zoiets in het woud te leven, je moet laten zien dat je alleen kunt leven voor je als volwassene tot de stam mag toetreden, alleen kunnen zijn is een aspect van volledig mens zijn.

Waar of niet?

Hoe kun je vrij zijn als je er niet tegen kunt om alleen te

zijn, en is vrijheid niet wat we willen, is dat niet waarvoor mensen pal voor tanks gaan staan en hun borst ontbloten? Vrijheid betekent nu eenmaal op jezelf zijn, hoe dan ook, en eenzaamheid is de prijs die je moet betalen, dat is het waard.

Oké, dus dat is duidelijk. Goed. Ik ga gewoon naar huis en ga in mijn schuur zitten en probeer het allemaal uit te vogelen, in mijn eentje, zoals het hoort.

Alleen, ik weet niet wat ik denk omdat ik niet weet wat zij denkt en ik ben niet meer alleen maar ik!

Maar ik moet het uitvogelen voor ik erachter kan komen wat ze denkt. Je moet het eerst op een rijtje zetten, je moet iemand iets te bieden hebben als je bij haar komt, je moet, zeg maar, met volle handen komen, niet met lege handen, met lege handen en.... en kruiperig! Gadsie! Kruiperig!

Wat een woord.

Kruiper.

Rijmt op gluiper.

En zuiper.

Of sluiper, zoals in bordeel.

Kuiper? Kuiper zoals in egoïstische konkelaar, want zo ambitieus en gluiperig?

Stuiper – bestaat dat?

Fuiver, altijd in voor een feest, altijd met zijn groene licht aan, omdat hij zo wanhopig is? Shit, dat rijmt trouwens niet goed, ik word mesjogge.

Druiper?

Van iedereen neuken die hij kan, omdat hij zo'n gluiperige stuiperige kruiperige sluiperige zuipschuiterige kalende zieligerd is?

Nee! Nee! Nee!

Ik ben geen kruiper!

Ik zal niet kruiperig doen!

Ik heb mijn eigen leven. Ik heb mijn schuur in Shepherd's Bush en Londen zit vol mensen die ik ken, mijn leven loopt als een tiet, het heeft nog een lange APK ondanks het hoger dan gemiddelde aantal jaarkilometers, het Kruipt beslist niet!

Terwijl ik dat allemaal zat te denken roerde ik in de thee en keek ik naar de telefooncel en toen pakte ik mijn adresboekje en begon het door te bladeren en dacht aan alle mensen die ik op kon bellen, hier en nu, in plaats van Suzy, als ik echt iemand op wou bellen was dit mijn reservebestand, mijn stam, een lijst van alle mensen met wie ik de laatste vijf of zes jaar een tijd had gedronken of gekletst of geneukt. Ik kon ze allemaal bellen, al die tientallen mensen, en allemaal zouden ze, als ze thuis en vrij waren, vanavond iets met me gaan drinken als ik wou, zeg maar als Suzy het bijvoorbeeld vandaag met me had uitgemaakt en ik iemand nodig had om iets mee te gaan drinken, of anders zouden ze snel iets afspreken als ze het druk hadden. Als ik berichten insprak op antwoordapparaten, Hoi, ken je me nog, ik bel alleen maar om te vragen hoe het met je is, bel me een keer terug, dan zouden ze allemaal binnen een dag of twee terugbellen. Een stuk of wat van hen zouden waarschijnlijk ook met me neuken, als bleek dat ik dat eigenlijk wou.

Dat hoorde er allemaal voor te zorgen dat ik me lekkerder ging voelen en minder gestresst en geschift over een telefoontje met Suzy terwijl ik nog maar een paar uur geleden bij haar weg was gegaan en haar morgen sowieso weer zou zien.

Alleen deed het dat niet.

Hoe meer ik aan al mijn vrienden dacht hoe neerslachtiger ik werd. Het is afgrijselijk als je zo'n grote lijst met mensen hebt die je zou kunnen bellen maar je doet het niet, niet omdat je ze niet wílt zien, ik bedoel als er nu eentje binnenkwam zou je opgetogen zijn, je zou een eind weg babbelen, je zou hem graag voorstellen aan degene met wie je was, als je met iemand was, en je zou koppen thee zitten drinken en saffies roken en het nieuws bespreken en afspreken om te gaan stappen of naar de film te gaan of zoiets, maar je zou, je zult ze nooit bellen, niet omdat je ze niet wílt zien maar omdat het gewoon geen enkele zin heeft om ze te zien, ze zijn opeens een couplet van een oud liedje geworden, en als je ze wel zou bellen en met ze afsprak dan zouden alleen maar je herinneringen aan hen ontmaskerd worden voor wat ze zijn: alleen maar herinneringen, ouwe beelden waarvan je bent afgesneden door een doorzichtige muur die het Nu heet, en als je probeert om te dichtbij te komen zal alles wat je te zeggen hebt niks om het lijf hebben, het enige wat je doet is dat je klamme handafdrukken op het glas achterlaat.

Maar wat is de zin van vrienden die je nooit zult bellen? Als je iemands nummer niet meer weet, of het nummer van iemand die dat van die ander weet, betekent dat dat het net te dun is geworden, de parachute is te lang opgeborgen geweest en de motten hebben hem te pakken gekregen, het liedje is stilgevallen.

Dus stapte ik het eethuisje uit en pakte mijn aansteker en stak het adresboekje in de fik en keek hoe het brandde.

Ciao ik.

En daar stond ik, in de telefooncel, en draaide haar nummer al.

Het enige wat ik kreeg was een kort+onlief antwoordapparaat, alleen maar Er is nu niemand dus spreek een bericht in als je wil.

Na de piep zei ik alleen maar Hoi Suzy, met mij, en verwachtte dat ze toch op zou nemen, ik wist dat ze naast de telefoon zat te werken, als het tot haar doordrong dat het leuke ik was, niet vervelende iemand, zou ze opnemen.

Maar dat deed ze niet. Dus sprak ik een lang bericht over niks in omdat ik niet kon bedenken wat ik moest zeggen. Ik had het niet meer.

Ik had getelefoneerd en ze had domweg geweigerd om op te nemen.

Ze zat aan haar prehistorische PC te werken en wou gewoon niet praten. Met mij. Ik had het helemaal verprutst. Onze gelijkheid was voor altijd naar de maan. De balans sloeg door.

Tenzij ze de deur uit was.

Dat was mogelijk. Dan zou ze nog steeds mijn bericht krijgen, ze zou nog steeds weten dat ik had gebeld, wat niks cool was, maar ze zou me ten minste niet afgewezen hebben, daar kon ik nog overheen komen.

Maar hoe kon ik het weten?

Hoe kan iemand dat ooit weten, je moet het maar aannemen.

Oké, dan neem ik het aan. Ik neem aan dat Suzy de deur uit is.

Oké, dus Suzy is de deur uit.

Oké, maar waarnaar toe?

Samen met iemand?

Die iemand die een bericht op haar antwoordapparaat had ingesproken?

Wie was iemand, nondeju?

Ik hing op en legde mijn hand tegen mijn voorhoofd. Dit was krankzinnig, ik stond in de geest Virtuele Suzy's te construeren maar er was maar één echte en die woonde niet in mijn hoofd, ze woonde daarbuiten, op Aarde. Dus probeerde ik me voor te stellen dat Suzy, de echte Suzy, iets aan het doen was zonder mij erbij. Ik probeerde me voor te stellen dat ze gewoon alleen maar een eind ging wandelen om na te denken over dat valse-alibiverhaal dat ze probeerde om als journaliste Michael Winners privé-bank binnen te komen. Ik probeerde me voor te stellen dat ze naar een boom stond te kijken.

Het lukte me.

Alleen maakte dat het nog erger.

Ik bedoel, heel goed, ik had mezelf voorgehouden dat ze een echte persoon was, oké, ik kon me opgeven voor de Nobelprijs voor Nieuwe Mannen, ik kon onderscheid maken tussen de wereld tussen mijn oren en de Wereld, maar het enige wat dat betekende was: ik wist nu dat Suzy echt echt was en ECHT NIET BIJ MIJ en echt ademhaalde en at en dacht en ZO ZONDER MIJ. En ze nam echt niet de telefoon aan, of was echt ergens anders. Misschien met iemand, misschien echt.

Wie was iemand, nondeju?

Zonder Suzy zijn was opeens net alleen zijn.

Ik sjokte naar het Camden Town-metrostation en wachtte op een trein, maar toen ik op het perron stond was ik opeens mijlen en jaren ver weg, terug naar de tijd toen ik achttien was en op een keer 's nachts uit een bos kwam, op de terugweg van een pub dwars door weilanden en bossen, het was donker zoals het alleen donker is op het platteland, ik was met twee vrienden (god, waar zouden die nu zijn?) en we waren al een paar uur verdwaald en kregen een kater en hadden het koud en waren kwaad op elkaar dat we finaal verdwaald waren en toen we uit de dikke zomerbomen te voorschijn drongen en strompelden, zagen we opeens een brandend kampvuur in de verte waar we met z'n allen kampeerden, op een heuvel in de ruïnes van een kasteel, het was zeker nog drie kilometer ver maar zelfs van die afstand konden we de schaduwen van onze vrienden zien die heen en weer liepen voor de vlammen, midden onder de wijde zwarte hemel. We vlogen die drie kilometer, we lachten en maakten grappen en gingen naar huis.

Voor die klote-Indianen was dat geen punt.

De Indianen gingen het woud in voor hun veertig nachten en ze wisten, ze wisten zeker, zoals je weet dat dinsdag op maandag volgt, dat wanneer ze terugkwamen de Stam nog steeds daar zou zijn, in tenten op de prairie naast de rivier, bij de begraafplaats van de voorouders waarvan iedereen wist dat ze er op een dag heen zouden gaan, ze zouden er zijn om je weer te verwelkomen en in de stam op te nemen en naar je verhalen te luisteren over wat je had gedaan en welke geheimen je daarbuiten had geleerd, zoals de paramilitaire gevangenen in Ulster weten dat als hun straf erop zit de Stam op hen wacht en de kampvuren nog steeds voor hen branden.

Dat is voor ons niet weggelegd, wij moeten gaandeweg onze eigen stam vormen, we hebben de vrijheid om dat te doen, dat is oké, die vrijheid is heerlijk, dat is wat iedereen wil zodra hij de keus heeft, zodra de Grote Leiders doodgaan azen we op vrijheid, maar vrij zijn betekent ook dat je geen vangnet hebt.

Als wij het woud ingaan, kan het zijn dat we bij terugkomst ontdekken dat iedereen verder is getrokken en de sporen oud zijn, we zouden op het laatst in ons eentje bij de rivier kunnen zitten en ons geweldige nieuws alleen aan onszelf vertellen en door de koude as roeren waar de kampvuren waren en naar de huilende verdwaalde geesten luisteren.

Het gebeurt.

Het gebeurt elke dag, het leidt naar de bank in het park, het leidt naar mensen die het spoor zo bijster zijn dat ze alles doen om een stam te vinden, ze spuiten zich vol met naalden waarvan ze weten dat ze vol verontreinigd bloed zitten, alleen maar om ergens rond een kampvuur te mogen zitten met mensen die ze kennen en haten, ze geloven dat een paar duizend ouwe, verdwaalde joden die de SS op de een of andere manier over het hoofd heeft gezien in feite landen met 30 000 000 mensen bestieren, ze schreeuwen God Houdt Van Je Zoals Je Bent, of Eng-e-land Eng-e-land, of Allah Akhbar, of socialistischrevolutionairegroep, ze klampen zich vast aan elk onzinnig flutverhaal dat ze toegeworpen krijgen zolang het maar een klein beetje logisch klinkt, zolang ze maar ergens in de kille dolende wereld bij een vuurtje mogen zitten en op de wachtwoorden van de stam knikken en zeggen: Wij, Wij, Wij.

Een onrustbarend feit over reizen met de metro: een verpleegkundige in de geestelijke gezondheidszorg heeft me eens verteld dat 10% van alle gekken in Londen hun lijpheid voor het eerst uiten door te proberen mensen zonder onderscheid des persoons onder metrotreinen te smijten. Te veel mensen te dicht op elkaar en niemand noemt je Wij, vermoed ik. Ze worden allemaal Zij, dus wat doen we? Eenvoudig – smijt de klootzakken weg!

Terwijl het afval op het perron begon rond te wervelen in de wind van de naderende trein, keek ik naar rechts en naar links: wie was hier vandaag de Smijter?

De deuren gingen achter me dicht en ik ging tegenover acht ZIJ-en zitten, acht mensen die totaal geen aandacht aan me schonken, en waarom ook wel, ik was niet van hun stam, ik was ook ZIJ.

We kunnen geen Indianen zijn. De wereld is groter maar ijler voor ons, we kunnen verder zien maar aan de andere kant zouden we op onze bek kunnen gaan. Een zwaar leven, om te proberen je eigen stam te vormen, om te balanceren tussen vrijheid en geborgenheid en te proberen aan te voelen of je moet blijven of aftaaien.

En toen kwam ik thuis, ik liep door mijn eigen straat alsof ik naar mijn executie liep, ik moest op mijn lip bijten om op te houden met kreunen.

Jezus, kom op zeg, en wat dan nog? Een paar uur alleen in mijn schuur. In mijn fijne schuur met mijn eigen leven.

Het ging niet.

LVS (het Leven Voor Suzy), bedoel ik.

Mijn wereld kraakte in zijn voegen. Ik keek door het raam van mijn schuur, er viel licht naar binnen door de spleten en door dat licht bedacht ik opeens hoe donker mijn schuur eigenlijk was, en hoeveel stof er rond mijn leven zweefde. Mijn schuur leek wel een song van Leonard Cohen, godsklere. Ik voelde me kaler dan ooit.

Ik vroeg me af wie goddomme die iemand was die Suzy vanmorgen had gebeld. En waar was ze nu?

De man aan de overkant in de zitslaapkamer was vandaag een groot model van een Duitse bommenwerper aan het schilderen, hij was bijna klaar met dit exemplaar, Mr Kaal, hij hield het omhoog in het licht om met een minuscuul penseeltje wat kleine details aan te brengen die niemand anders ooit zou zien. Hij zat met zijn tong tussen zijn tanden, hij concentreerde zich op dat werkstuk dat niemand een moer interesseerde, alsof hij een technicus in een kerncentrale was die probeerde wat hachelijke regelstaven uit de Oekraïne opnieuw af te stellen.

Ik vroeg me af wat hij zou doen als hij het liet vallen. De gordijnen dichttrekken, waarschijnlijk.

Ik voelde me intriest.

Ik had het gevoel dat ik de lijminstructies voor mijn leven kwijt was, IK was een verzameling kleine stukjes die niet meer pasten. Ik liep naar de deur van de schuur en ik voelde hoe mijn voetstappen een afgrijselijk ritme stampten dat alleen maar dreinde:

Dit is het goeie nieuws: maandag wordt magnifiek.

Dit is het slechte nieuws: er komt geen eind aan de zondag.

Ik zei voor de laatste keer tegen mezelf dat ik moest kappen met mijn zielige gemier en me moest beheersen. Ik haalde diep adem, twee, drie, vier keer.

Ik klopte me op mijn toekomstige bierbuikje, om me ervan te vergewissen dat ik het nog niet had, ik streek over de toekomstige lege plek van mijn haargrens, om me ervan te vergewissen dat ik hem nog had.

Ik voelde me op het punt staan om als een rookkring te verwaaien.

Toen zag ik het briefje dat aan mijn schuur zat geprikt, van Grote Zus, en het briefje luidde:

TLFN BDSCHP VAN MSJE: WIL JE VNVND LNGSKMEN. JE WIST WEL WIE.

Ik dacht voor de laatste keer dat dit echt niet erg cool was en dat ik ten minste een uur of twee kon wachten, ik bedoel, shit, je moet iets achter de hand houden.

Maar toen ik dat dacht was ik al halverwege Goldhawk Road, in een stierengevecht gewikkeld met het verkeer en schreeuwend naar passerende taxi's.

Oestermaandag

Op maandag begint de wereld weer, de pleziertjes waarvoor gespaard was en de benauwende lege plekken van het weekend zijn achter de rug, de vriendjes en vriendinnetjes en weekendverloofden, alle goedkoop-tarief geliefden zijn teruggegaan naar hun leven nadat ze hun werk hebben gedaan, wat inhield opdraven op vrijdagavond, zaterdagavond en zondagmiddag, ze zijn niet meer nodig want de machine is weer opgestart en de lopende banden draaien, we gaan voort, we staan op, het liedje speelt weer en hé! voor we het weten is het vrijdagavond.

Was het maar waar.

Dat zat ik te denken, dat zat ik te proberen niet te denken, terwijl ik naar Brady en Chicho en Suzy keek.

We waren als dieven in de nacht bijeengekomen in Brady's afgrijselijke appartement en zaten koffie met biscuitjes te slobberen terwijl ik de voorlaatste dag van het Plan doornam, het Plan Min 1, en probeerde niet te denken waar doe ik dit allemaal voor, als vrijdag nu maar hetzelfde is, maar vrijdag zit ik waarschijnlijk in de gevangenis of erger.

Ik ben eens met een meisje gegaan dat zei dat mijn ogen gingen zwabberen als ik loog.

Zwabberen?

Toen we uit elkaar gingen keek ik nogal eens in de spiegel om te zien of het waar was, om te zien of mijn ogen echt gingen zwabberen, maar dat valt niet mee: hoe lieg je tegen jezelf? Hoe groot is de kloof tussen de waarheid in je hoofd en de leugenaar in de spiegel? In elk geval gaf ik daarna het liegen eraan omdat ik er klaarblijkelijk niet zo goed in was; de wereld is een harde noot en je moet je sterke kanten uitbuiten. Maar er is verschil tussen niet liegen tegen mensen en ze bejegenen als een soort biechtstoel, dus besloot ik dat ik mijn twijfels+onzekerheden niet aan iedereen moest opdringen.

Ik had ze natuurlijk al aan Suzy opgedrongen, ik bedoel niet door over ze door te dreinen maar door eraan te denken en ze in mijn stem en zo te laten doorklinken, ze wist er alles van en ze had ze gisteravond uitstekend verjaagd door superwaarderend te doen terwijl we neukten om me een lekker gevoel te geven. Dat hoefde ik niet zelf te ontdekken, het was geen geheim, ze zei (terwijl ze haar kont iets opstak zodat ik in haar kon glijden op z'n platte hondjes, zodat ze het gedeeltelijk in het kussen zei, uiteraard):

'Ik wil dat je je lekker voelt. Voelt dat lekker?'

'Dat voelt te gek, ik voel me te gek, je ziet er te gek uit.'

(Dat was zo, met haar handen omhoog bij haar gezicht en haar gezicht op haar ene wang op, of in, het kussen, ik liet mijn hand tussen haar platte buik en het harde bed glijden en kromde hem door haar schaamhaar omhoog tegen haar clitoris en ik knabbelde aan haar oor en kon alleen maar haar haar zien voor mijn ogen en alles voelde te gek, vooral ik, dus vond ik het heerlijk, zodra we zo goed opgesteld lagen begon ze te kronkelen en door haar neus te neuriën, dus vond zij het ook heerlijk, al gauw begon ze te bokken en kramde ze haar nagels in mijn kont, dus beet ik haar in haar hals en gromde ik van ergens onder in mijn keel, ik voelde mijn bekken tegen de botten van haar kont bonken en ik voelde hoe het puntje van mijn pik diep in haar tegen iets aan kwam aan het eind van elke stoot, een soort spiertje of zoiets, maar dat was zo'n beetje alles wat ik voelde, de rest was alleen maar warme olie en toen kwam ze en ik dus natuurlijk ook en dat was allemaal heel heerlijk.)

Dus sliep ik de slaap van de triomf, niet die van de neurose, en ik werd maar amper wakker omdat ze mijn ballen lag te likken, of liever iemand likte iemands ballen, ik was nog driekwart in slaap, in die vreemde rimboeachtige staat als je hersens nog niet zeker weten of ze aan een hogere primaat toebehoren, met ledematen en huid en botten en alles in een ingewikkelde architectonische harmonie, of dat ze al woelend zijn teruggegleden in de oersoep terwijl ze lagen te pitten en nu de hersens van een amoebe zijn en de leiding hebben over een vormeloze klont zenuwuiteinden en kloppend bloed, zoals wanneer je in je dromen onmogelijke houdingen aanneemt. Ik had geen idee met wie ik neukte, of liever, ik wist dat het Suzy was zoals je bijvoorbeeld in een droom op de een of andere manier weet dat je op het station van St Pancras staat terwijl het totaal niet is zoals St Pancras in werkelijkheid is, daar leek het op, die vormeloze persoon naast me heette Suzy en ik schreeuwde Suzy maar ik weet niet wie het was, het was Suzy voor ze Suzy heette, ze was het en tegelijk was het niemand, en ik was ik maar ook niemand. Het waren niet onze ego's die neukten, niet dingen met een naam en een verleden en plannen, maar alleen onze lichamen en de vreemde, flakkerende, lichtgevende diepzeedrijfnetten van ons onderbewustzijn, de trailers van ons leven, onze ids.

(Ik heb één id-verhaal. Toen ik als uitzendkracht bij IBM werkte met Barrington-Charrington hadden we van die pasjes om ons te legitimeren op het hoofdkantoor op de South Bank, en er stond een bewaker bij de deur met een enorme plank voor z'n kop, een uniformfetisjist die in het leger had gezeten en die dacht dat je heel cool en snel leek als je ID uitsprak alsof het een woord was, zoals Navo of Unprofor, dus elke ochtend hield hij ons staande en zei:

'Oké, jongens, laat even jullie ids zien.')

Hoe dan ook, REM-slaap neuken is fantastisch, het is echt joehoe, daar zijn we, wie ben ik, wie is die ik trouwens, hier ben ik, daar ben je, ik wil Suzy, daar gaan we, en dan klamp je gewoon aan en laat je helemaal opslokken door je breedbeelddromen.

Als een instantvakantie.

En dan gaat de wekker natuurlijk want het bed is geen afgezonderde wereld, en al voelde ik me patent door dat heerlijke id-neuken toen ik Suzy's huis verliet (ik ging vóór haar weg, ingeval van Gestapo-buren) en al zat ik in de metro te denken haha, al die mensen moesten eens weten wat we morgen gaan doen en dat soort dingen, toch kwamen, tegen de tijd dat ik bij Brady's afgrijselijke appartement in Acton was, al het lawaai en de uitlaatgassen en de rotzooi op straat weer op me af, het hele Plan hing afwachtend en klappend met zijn vleugels boven mijn hoofd, dus wist ik geen innerlijke overtuiging+zelfvertrouwen uit te stralen naar Chicho en Brady, ze zaten me aan te kijken en op Het Verhaal te wachten maar ik was het vergeten, pas toen Suzy kwam kreeg ik een beetje de geest om te zeggen wat ik zei, en dat was:

'Oké allemaal, wat moeten we vandaag doen?'

Chicho geeft als eerste antwoord:

'Die zo leuke Armani-kleren halen, ik krijg ze van mijn zus Pili echtenoot, is makkie voor me vandaag.'

'Oké.'

Dan vraag ik het aan Brady. Ik probeer te negeren dat hij eruitziet als een in elkaar gezakte vuilniszak in een R. Dog-Pak en de kamer vult met kommer+kwel. Hij antwoordt:

'Zorgen dat een hoop mensen me in mijn Dog-Pak zien.'

'Oké.'

'Nee, dat is het niet.'

(Stilte)

'Hoe bedoel je, het is niet oké?'

'Er kan verder niemand vandaag.'

'We hebben ze vandaag niet nodig, we hebben ze morgen

nodig. Vandaag kun je gewoon in je eentje rondrijden, je zorgt dat je gezien wordt, je zet je alibi op zodat je als alles mis loopt kunt bewijzen dat je alleen maar een zielige malloot bent.'

'Is makkie voor je,' zegt Chicho.

'Krijg het schompes,' zegt Brady.

'Hé, schei uit. Dus je rijdt gewoon een beetje rond.'

'Daar gaat het goddomme juist om. Dat kan ik niet.'

'Kun je dat niet?'

'Oké, ik doe het niet. Het is godverdomme niet hetzelfde. Er is niks aan de hand als je met z'n zessen bent, dat is lachen, maar je kunt het niet in je eentje doen. Dan voel je je... stom, godverdomme.'

Shitfuck!

Ook al kan ik Brady's schaamte waarderen, ook al vind ik het (zoals ik al zei) het enige goeie aan die grote kutfluim, dit is niet, NIET het goeie moment voor hem om zich te realiseren dat zijn hobby zowat even zielig is als treinen spotten. Niet vandaag, alsjeblieft God, niet vandaag.

'Maar je ziet er te gek uit,' zegt Suzy.

'Is makkie voor je,' beaamt Chicho.

'Het maakt geen reet uit hoe ik er in mijn eentje uitzie, godverdomme. Jullie snappen het niet. Ook al was ik Harvey Keitel dan zou ik er verdomme nog uitzien als een stomme zak als ik in deze kleren rondrijd IN M'N EENTJE!'

Dit is absoluut serieus, ik snap wat hij bedoelt, hij is niet zomaar trammelant aan het maken, ik had eraan moeten denken. Hij kan het niet doen zonder de kliek, dat begrijp ik. Maar ik kan niet met hem meegaan, Chicho kan niet met hem meegaan, Suzy kan niet met hem meegaan...

'Ik ga wel met je mee,' zegt Suzy.

'Ja?' vraagt Brady.

'Dat kan niet!' roep ik. 'Je moet om tien voor een in Wardour Street zijn om Janey Herzberg te zien.'

'Dan ben ik daar toch om tien voor een,' zegt Suzy.

'Nee, nee, nee,' schreeuw ik. 'Jullie mogen vandaag niet samen gezien worden.'

'Hij heeft gelijk,' zegt Brady somber.

'Is makkie voor Suzy,' zegt Chicho.

'Ben je mesjokke?' gil ik.

'Nee, ik niet mesjokke, jij mesjokke, is makkie voor haar. Je ziet meisje in Dog-pak, met zonnenbril en al de dingen, je geef haar de haar op de gezicht, de baard en snor, is geen Suzy wat mensen zien, is meisje in mankleren.'

'Je zou Mr Pink kunnen zijn!' roept Brady. 'Die heeft lang haar.'

'Ja, de man met lange haar, sí, is makkie voor Suzy.'

'O jezus.'

'Oké,' zegt Suzy tegen Brady, 'je gaat naar die etnische haarwinkel op de markt en koopt een baard en een snor voor me, heb je geld?'

'Nee, sorry,' zegt Brady.

Ze geeft hem een vijfje en hij vertrekt, zo mak als een schaap.

'Chicho, ga zo'n spuitbus met zwarte haarverf voor me halen bij de drogist op Goldhawk Road.'

Ze houdt hem ook een vijfje voor, maar hij slaat het weg alsof hij in slow-motion een vlieg mept.

'Is makkie voor me,' zegt hij en vertrekt ook.

Zodat Suzy en ik achterblijven met de eerste ruzie van onze relatie.

'Shit,' zeg ik.

'Wat is er?'

'Niks, alleen...'

'Ik weet het, ik weet dat het jouw Plan is. Sorry. Maar het maakt niks uit en Brady heeft het nodig.'

'Je moet eigenlijk de auto gaan regelen.'

'Dat kan ik vanmiddag doen. We krijgen wat hij voor ons heeft, daar kan ik niks aan veranderen. Moet ik oefenen met rijden?'

'Nee.'

'Nou, ga dan niet simpen.'

'Dat doe ik niet.'

Er viel toen een stilte. Geen fijne stilte. Deze stilte zei:

onze eerste ruzie. Wat vaak eigenlijk betekent:

het begin van de laatste ruzie.

Ik zag dat Suzy dat ook dacht, maar toen werden haar ogen helemaal verstandig en zei ze:

'Het is niks onoverkomelijks.'

En ze glimlachte, ernstig maar lief, alsof het ernstig was maar wat dan nog? wat is er niet ernstig? en dus accepteerde ik de glimlach en dat was het einde van onze eerste ruzie want ik zei:

'Je hebt gelijk, sorry,' wat niks voor mij is om te zeggen en enige moeite kostte.

En Suzy zei:

'Trouwens, ik vind het best wel leuk in een Reservoir Dog-outfit.'

'Kun je er eentje regelen?'

'Ik heb een zwart herenpak. Wacht maar tot je me daarin ziet, dan kom je deze keer wél klaar in je jeans.'

'Hoe bedoel je deze keer wél?'

'Nou, het scheelde niet veel de eerste avond.'

'Ik wist niet dat je het in de gaten had.'

'Ik probeerde je op te geilen. Ik keek of ik het kon. Je moet het zwaar gehad hebben.'

'Het was vreselijk,' zei ik. 'Een strakke jeans is geen lolletje,' en ik begon haar knopen los te maken.

Knoop knoop knoop.

Maar ze houdt me tegen.

'Daar hebben we geen tijd voor, dus maak me nou niet hitsig, ik ga niet de hele dag met mijn hand tussen mijn benen zitten.'

En ze begint mijn knopen los te maken, met haar tanden, want ze zit nu geknield voor me. Als ze er twee open heeft likt ze mijn pik tussen de knopen door en zuigt hem naar buiten. Ze haakt haar vingers in mijn riemlussen en zegt tegen mijn pik:

'Als hij één spier vertrekt, behalve jou, dan bijt ik je er als een braadworst af, oké?'

'O-ké,' zeg ik. Ik doe mijn ogen dicht en bereid me voor op genot. Na een paar seconden beginnen mijn knieën al te schokken maar Suzy houdt op, dus ik doe mijn ogen open en zie haar naar me opkijken, wat er heel lief uitziet, haar ogen krijgen zo'n amandelvorm, ik vermoed dat dat betekent dat de mijne er voor haar als nauwe gemene spleten uitzien, maar nou ja, en ze zegt:

'Ik heb geloof ik toch mediterraan bloed.'

'Hoezo?' (stamelde ik)

'Omdat ik opeens een warme golf vreugdehormonen voelde omdat ik het grietje van de baas ben.' (Ze nam me weer in haar mond en stopte toen weer.) 'Dat ben jij, tussen haakjes.'

'O, ja,' zei ik en dat was het laatste wat ik zei tot ik schreeuwde AAAAH SUZYSUZYSUZY en vergat wat ze had gezegd over me niet verroeren en haar bij haar haar greep en haar mond neukte tot ik kwam, en daarna zakte ik in elkaar op de vloer en ze rochelde en gaf me een zoen vol met mijn zaad, en toen snokte ze het rond in haar mond en slikte het door.

'Net een rauwe oester,' zei ze.

'Suzy,' zei ik...

'Werk,' zei ze.

'Ja,' zei ik, 'ja... Suzy, wie is die iemand die je belt en zo?'

'Zomaar iemand. Iemand die iets met mij te maken heeft maar niks met jou en mij. Oké?'

'Oké.'

'Hé, probeer vandaag normaal te doen.'

'Hoezo, bedoel je dat ik SUZYSUZYSUZY moet schreeuwen midden in Wardour Street?' (Ik knoopte mijn jeans weer dicht.)

'Ja, dat klinkt goed, dat lijkt me wel wat. Dat noem ik normaal. Nou, taai af anders kom je te laat. Ik sta om tien voor een buiten, maar ik wil jou niet zien.'

Dus gaf ik haar een zoen en ging naar buiten.

Ik liep naar de Central Line. Ik botste steeds tegen mensen op en werd de hele weg bijna overreden en ging toen in de trein zitten en realiseerde me na een paar seconden dat ik niet eens gauw wat gedronken had, ik kon mijn eigen zaad nog in mijn mond proeven.

Dus zo smaken oesters, ik had het me altijd al afgevraagd.

Een prachtig schaalmodel van het leven

Fred zat op het bureau van de receptionettes duimen te draaien.

(Ik heb me nooit eerder gerealiseerd dat die uitdrukking gewoon een beschrijving is van wat mensen werkelijk doen, hij zat echt met zijn duimen te draaien. Ik heb eens een jongen gezien die rondhing bij een groot hotel in Piccadilly, hij had een heel keurig pak aan maar hij zag er gespannen uit, ik kon er niet achter komen wat er fout aan hem was tot ik zag dat hij een beetje verlopen was, ik bedoel zijn schoenen waren oud en goedkoop en afgetrapt, je wist dat niemand die zich dit hotel kon permitteren dat ooit met zijn schoenen zou laten gebeuren, dus moest Mr Scheefhak wel een huurjongen of zoiets zijn. Ik vraag me af wie als eerste woorden als Verlopen zegt die dan worden opgenomen in het taalgebruik? Iemand als Dai, misschien.)

Goed, het was nu dus maandagmorgen tien uur in de hal van Baron Films en Fred zat op het bureau van de receptionettes duimen te draaien en in zalig nietsdoen voor zich uit te staren met de blik op oneindig en ik zat op een verchroomde stoel met ribfluwelen bekleding Freds *Daily Mirror* te lezen.

(Brady werkte eens in een schoenfabriek in Coventry waar ze een heel Modern Flexibel Personeelsbestand hadden, zei de directeur, en toen het lunchpauze was op de eerste dag dat hij er was pakten ze allemaal, alle driehonderd of zo, hun boterhammen en krantje, ook Brady, en al die driehonderd Flexibele Arbeiders hadden de *Sun*, behalve Brady, die de *Mirror* had, en zodra hij zijn krant te voorschijn haalde ging er een luid South Midlands-gegrom op en zei een stem:

'Zeg, makker, je bent toch niet... politíek, hè?')

Ik concentreerde me erop om normaal te doen.

Dat is eigenlijk best moeilijk, probeer het maar eens, ik bedoel zodra je eraan moet denken is het dat niet meer, waar of niet, normaal, bedoel ik? Normaal betekent iets waar je niet aan hoeft te denken, de norm, dus hoe meer je denkt aan normaal doen hoe minder normaal je bent. En je kunt er niet aan ontkomen door tegen jezelf te zeggen oké, ik denk gewoon níet aan normaal doen, want doelbewust ergens niet aan denken is hetzelfde als eraan denken, dus doe je nog steeds niet normaal: normaal betekent dat er geen kloof zit tussen iets denken en het doen.

Terwijl ik de krant las zat ik te denken:

Lees ik altijd Fred zijn krant?

Ga ik hier altijd zitten?

Ben ik altijd zo stil?

Zit ik hier altijd te denken aan normaal doen?

Het was allemaal om de zenuwen van te krijgen.

Maar toen liet Fred zich van het bureau glijden en kwam naast me zitten, wat een opluchting was, en hij fronste en rimpelde zijn gezicht en toen kwam ik erachter waar hij het laatste halfuur aan had zitten denken, namelijk aan mij, hoorde ik tot mijn verrassing.

'Je bent niet aan het proberen om een van die Pakken te worden, hè?' begon hij, om het zeker te weten.

'Nee,' zei ik, 'geen denken aan.'

'Ook al zou je dat kunnen, bedoel ik?'

'Nee.'

'Waarom doe je dit dan? Je hebt toch middelbare school gedaan?'

'Tja, inderdaad,' zei ik, blozend om mijn leugens.

(Ik moest het uitzendbureau vertellen dat ik geen universitaire opleiding had, de dag dat ik me inschreef had ik al drie uitzendbureaus geprobeerd en daar zeiden ze allemaal dat ik te hoog opgeleid was voor alles, dus toen ik naar het vierde ging was ik een sappelende acteur met een kantjeboord middelbare schooldiploma, en ze gaven me meteen net zoveel werk als ik wou.

Het was heel griezelig zoals alles wat ik toen had gedaan nu helemaal beraamd leek om te zorgen dat ik na de bankroof onvindbaar was voor de politie, tot me door het hoofd schoot dat ik wel rationeel moest blijven en oorzaak en gevolg niet door elkaar moest halen; naar de letter van de wet was ik al een crimineel toen ik onder een valse naam ging werken, al het andere was daar gewoon uit voortgekomen; ik ging Michael Winners bank alleen maar beroven omdat ik wist dat ik onvindbaar was, niet andersom.

Mensen halen vaak Oorzaak en Gevolg door elkaar: een van mijn vrienden van de universiteit zei eens dat het prima was dat ik in schuurtjes woonde en veel dronk en rondneukte en zo, hij had Zijn Portie van dat gedoe ook gehad! Maar hij kon het niet meer maken omdat hij zich nu moest concentreren op zijn accountantsopleiding. In wezen was het andersom, hij had DUS moeten zeggen in plaats van OMDAT.)

Maar goed, dus Fred zat me te vertellen dat ik middelbare school had gedaan, dat imponeerde hem, maar een universitaire opleiding zou hem niet geïmponeerd hebben, een middelbare-schooldiploma was goed, slimme jongens uit The Elephant haalden ook soms het einddiploma, dat betekende dat je op kantoor kon werken en geen baantjes hoefde te nemen waar je doof van werd, waarvan je onder de kankerverwekkende pus kwam te zitten en die je van tijd tot tijd vingers en happen vlees kostten, wat bij de meeste WC-baantjes nog steeds zo is, zonder dat *The Guardian* er weet van heeft. Een middelbare-schooldiploma was goed.

'Maar waarom doe je dan dit soort werk? Voor mij ligt het anders, ik was nooit veel soeps op school, ik ben altijd alleen maar goed geweest met deze' (hij zwaait een beetje rond met zijn vuisten), 'ik ben handig in een donkere kelder, dat is het enige, maar waarom zoek jij niet iets behoorlijks?'

'Ik ben aan het rondkijken, Fred, maar het valt niet mee.'

'Onzin, klets toch niet, ik zie je niet aan voor zo'n dreinebabbel, je weet net zo goed als ik dat je morgen een goeie baan kan vinden als je het echt probeert. Snotverdorie, dit is Londen, niet Jarrow, verdomme. Ik begin te denken dat je een luie lamstraal bent, echt waar, sorry hoor.'

Dit werd riskant. Als Fred besloot dat hij me niet zag zitten, besloot hij misschien dat er morgen iemand anders mee moest naar de bank. Ik wist niet of Fred mocht kiezen, maar het zou kunnen. Maar ook al nam hij mij toch mee dan zou het een stuk moeilijker worden als hij me niet meer zag zitten, want het hele Plan hing af van zijn vertrouwen in mij.

'Moet je horen, Fred,' zei ik. 'Je hebt gelijk en ik ben ergens mee bezig. Echt waar. Ik ga proberen om hierna nooit meer uitzendwerk te doen. Na morgen gaan de zaken veranderen. Ik zweer het je. Je zult het zien. Je zult de eerste zijn die het te horen krijgt.'

'Dat lijkt er meer op! God, als ik half zoveel hersens als jij had, zouden Reggie en Ronnie voor mij werken in plaats van ik voor hun!'

Hij brulde van het lachen bij de gedachte en liep met wiegende schouders naar de receptionette.

'Wat jou, Liz, ik als de grote baas, hè? Terwijl ik langs het Bois de Boulogne kuier met zo'n houding van wie doet me wat...'

'Moet je hem horen. Hoe is het met je nieuwe kleinzoontje, Fred?'

Ze leunde voorover en steunde haar kin in haar hand, haar

ogen keken op en speurden zijn hele gezicht af, ze zat duidelijk te denken dat hij een leuke opa zou zijn. Of vader, zelfs.

'Geweldig kereltje.'

'Ik zou wel kinderen willen.'

'Dat is geen kattepis, Liz, je moest eens weten hoeveel eten ze nu al voor hun vieren moet inslaan, om nog maar te zwijgen van deze laatste. Crimineel. En dan met die man van haar in de bak, die heeft nooit gedeugd, ik heb die Simon Leefe uit meer nesten gehaald dan Houdini, Liz, maar hij heeft nooit geleerd om met fatsoenlijke mensen te werken, snap je, in een echte baan, hij is gewoon in de wieg gelegd voor klein kruimelwerk, hij ging met die maat van hem de grote koperen spoelen jatten uit een ouwe vleesverwerkingsfabriek achter de Smithfield-vleesmarkt, oké, o hij dacht dat ze duizenden ponden waard waren, je had hem moeten horen, Duizenden, Fred, zei hij, alsof het miljoenen waren, de druiloor, en hij en zijn maat, ene Skanky, sneden de stroom naar die fabriek af en gingen naar binnen en die Skanky gaat op de spoelen liggen om ergens bij te kunnen, ik weet niet wat, en natuurlijk gaat de elektriek weer aan, christus mag weten hoe, miljoenen volts of ampères of wat dan ook voor alle machines die ze daar vroeger hadden, nou, die Skanky wordt gewoon geroosterd, als een worstje, zeiden ze, levend gebakken. De oen. De volgende morgen vindt de bewaker die Simon van mijn Jean, mijn schoonzoon, hij zat daar nog steeds te snotteren, te bang om zich te verroeren, godsamme, en die bloedende Skanky zag eruit als een sjisj kebab op een slechte dag. Ik heb medelijden met mijn Jean, arm kind.'

Daardoor moet ik denken aan het Plan, ik word zenuwachtig, ik hou mezelf voor dat het de eerste aanwijzing is dat je lijp wordt als je begint te denken dat dingen door meer dan toevalligheden met elkaar samenhangen, het valt niet mee om de gedachten aan het Plan die door mijn hoofd schieten en me nerveus maken een halt toe te roepen, dus ben ik blij als de receptionette de laagste van de laagsten bij Baron Films (mij) vraagt om broodjes voor ons allemaal te gaan halen.

'En denk maar eens na over wat ik zei, over een baan en zo,' zegt Fred.

'Dat zal ik doen,' zeg ik oprecht en loop naar buiten Soho in.

Op straat vang ik de blik op van een vent die op het punt staat een pornowinkel binnen te glippen, hij draalt wat rond voor zo'n deur die geen deur is, enkel rood-witte plastic stroken die in de wind warrelen, zo'n non-deur die de arme fetisjisten in staat stelt om gewoon naar binnen te schuifelen zonder dat ze zichzelf hoeven te bekennen dat ze beslúiten om doelbewust door de deur naar hun privé-schuurtjeswereld te gaan. Misschien zou een echte deur al genoeg zijn om sommige van die lui aan het denken te zetten waar ze verdomme mee bezig zijn.

Ik zie dat hij me met elke zenuw in zijn lijf langs voelt lopen. Misschien is het een kinderpsycholoog met een stiekeme stapel kinderporno in zijn schuurtje, of zo iemand die op het laatst zijn hele leven verkloot omdat hij zo verslingerd is aan Billekoek voor Stoute Jongens of wat dan ook.

De meeste porno is hetzelfde als de stomme advertenties in de kleurenbijlage van de *Sunday Mirror* voor MAGNIFIEKE GEGOTEN REPLICA's van Ferrari's en Bentley's: Een Prachtig Schaalmodel van het Leven. Mensen die een Ferrari willen maar er nooit een zullen krijgen en mensen die graag met Candy Shandy willen neuken maar het niet mogen, kunnen zo DE VERBIJSTERENDE DETAILS BEWONDEREN van een Ferrari, of van Candy Shandy's schaamhaar of wat dan ook, en zich voor vijf minuten iets minder een waardeloze lul in een zitslaapkamer voelen. Gewoon een van de uitlaatkleppen om de tredmolen draaiend te houden en Mr Stakker ervan te weerhouden om schreeuwend om wraak en revolutie rond te rennen omdat hem is aangepraat dat hij iets wil wat hij nooit kan krijgen.

Daarom getreurd.

Maar de geheime paadjes en codes dan, wat ze ook mogen wezen, die van de bovenste plank bij W.H. Smith naar verscholen schuurtjes in Essex leiden waar mannen videofilms maken van kinderen die worden gemarteld?

Wanneer slaat Zielig om in Kwalijk?

Dat is een groot probleem voor aardige vrijzinnigen, want alle pornobaronnen zijn uiteraard zelf supervrijzinnigen met turbocompressie, die vinden dat alles moet kunnen. Dus wanneer besluiten de aardige vrijzinnige mensen dat aardige vrijzinnigheid op moet houden met aardig zijn? Zelfde probleem als met de British National Party.

Geen probleem voor Suzy.

Suzy is geen aardige vrijzinnige.

Aardig, maar niet vrijzinnig.

Suzy denkt dat als ze een stel ferme meiden bij elkaar zou kunnen krijgen, dat ze dan de pornobaronnen failliet konden laten gaan door pornofetisjisten te dreigen met bekendmaking.

Kijk, zegt ze, je neemt gewoon tien van die meiden met camcorders en linke vriendjes, en die lopen gewoon een week lang elke dag de hele tijd rond en maken opnamen in Soho, er is geen wet tegen filmen in Soho, je zou zelfs gewoon kunnen doen of je aan het filmen bent, en de Klantjes zouden niet weten waar ze het moesten zoeken, als ze de camera zien is dat al genoeg om de hulp in te roepen van (trompetten):

Fa. Angst & Beven
Advocaten van DE HEER

Het zou natuurlijk anders zijn dan met het bekendmaken van homo's, omdat deze soort onthulling bedoeld was om mensen óngelukkig te maken met wat ze zijn.

Het Slechte Nieuws is: Je leven is echt een hoop drek.

Nu het Goede Nieuws: Nou, nu weet je dat tenminste.

Ik bedoel, zie je dat voor je, de Prat-Op-Pornofetisjisme-weken? Nee, natuurlijk niet. Maar wie heeft er gezegd dat het goed is om altijd Gelukkig Met Jezelf Te Zijn? Afgezien van Californiërs dan.

Ik ken een stille accountant die ongelukkig met zichzelf was, hij raakte geobsedeerd door het feit dat hij te bang voor alles was, hij wou Zelfverzekerder zijn, Onverschrokkener, meer een Leider, Er Meer Tegenaan Gaan en al dat soort Succesgoeroedingen, dus aangezien hij altijd hoogtevrees had gehad besloot hij om te gaan parachutespringen om zijn Grootste Angst onder ogen te zien. Het was heel moedig van hem, hij kon wekenlang niet slapen, hij vermagerde, tijdens het oefenen kreeg hij bij drie verschillende gelegenheden gigantische huilbuien en ging hij elke keer over zijn nek, hij bestierf het zowat nog voor hij met het vliegtuig de lucht in ging, maar ten slotte ging hij springen, hij overwon zijn angst, liet de stang los en maakte zijn sprong in het absolute niets. Hij deed het. Nu is hij een stille accountant die ooit een parachutesprong heeft gemaakt en het er veel te vaak over heeft.

Maar het is altijd een beginnetje om niet tevreden met jezelf te zijn.

Daaruit blijkt een opbouwende schaamte.

Net als bij Brady met zijn schaamte over zijn Doggie-gedoe?

Hij is nu met Suzy aan het rondrijden in de metro, zij gekleed als Mr Pink.

Het Plan trekt.

De thee broeit.

Dat waren de gedachten die rondsnorkelden door mijn oververhitte hersens terwijl ik in de lunchroom zat, probeerde normaal te lijken en wachtte op de broodjes voor de receptionettes.

Op de terugweg langs Soho Market met 3 broodjes tomaat

en 3 garnalen/mayo liep ik een kennis tegen het lijf die Dim Sum-waarts trok met een mooi peroxydeblond meisje met een jas en hoed van supernep-luipaardvel. Hij is zowat 1 meter 95 en zij 1 meter 55, ze moest haar hand haast omhoogsteken om de zijne te pakken onder het lopen, hij stelde ons voor en het eerste wat ze zei was, met een Duits accent:

'Ik weet wat je denkt! Als je van iemand houdt maakt het niet uit, oké?'

Leuk, ik mag dat wel om zomaar mensen te ontmoeten, het is fijn om een klein wereldje in die grote drukke te hebben. En dus zei ik dat ik volgende week zou bellen om wat te gaan drinken, en ze liepen door om hapjes van knetterende karretjes te gaan eten en ik slenterde terug door Wardour Street en dacht, weet je wel, fijne dag, fijne buurt, fijn nieuw verhaal, hier loop ik, in het middelpunt van alles, en vanavond zie ik Suzy, mmm, tja, waar zou je anders willen zijn? Wie anders? Is alles zo'n beetje als het hoort? Ja Heer, deze wereld bevalt me prima zoals hij is.

Maar wat is er dan verdomme zo fout mee dat je banken moet gaan beroven en spelletjes met die klote-IRA moet spelen?

Wat zou er verdomme zo erg zijn aan gewoon doorklooien, wat had het voor zin om niet tevreden te zijn, ik bedoel, christus, dit is de enige kans die we krijgen, we kunnen er maar beter van genieten, er zitten geen zakken in lijkwades en als de Grote Accountant in de hemel ons saldo opmaakt en een streep onder ons zet spelen we allemaal quitte en brengt niemand het er beter af, hoeveel banken we ook beroven, waar ben ik op uit, jaag ik alleen maar achter plaatjes van geluk aan, als een pornofreak, zit ik me alleen maar te bevredigen met plannetjes uitbroeden over een prachtig schaalmodel van het leven terwijl Waar Het Om Draait voorbijsuist op rollerblades?

Ik had het zwaar.

Ik moest halverwege de straat blijven staan en tegen een winkelpui leunen, het overviel me zoals toen ik op de uitslag van mijn hiv-test wachtte, van tijd tot tijd vergat ik het echt, ik bedoel niet dat ik het ergens in mijn achterhoofd borg, ik bedoel dat ik echt een paar seconden vergat dat het bestond en dan kwam het terug, beng! alsof je in dichte mist tegen een ijzeren paal knalt, en dan blijf je staan en je wrijft over je hoofd en tast om je heen en vraagt je af wat die grote ijzeren stok daar midden in het park doet, en dan wijkt de mist een beetje, een windvlaag blaast hem even in flarden en het dringt tot je door dat je naast een stuk van een voet van de Eiffeltoren of zoiets staat, je weet dat boven je in de mist dat ontzagwekkende, kolossale Ding om je heen omhoogrijst en je voelt de grond onder je voeten wegzinken.

Raad eens wat ik toen deed.

Dit is serieus zorgwekkend.

Ik rende, ik bedoel niet jogde, rende helemaal terug en over Shaftesbury Av. naar het metrostation van Piccadilly Circus, ik stormde de trap af, schoof heupsgewijs door het tourniquet achter een dikke vrouw met een dikke koffer en holde naar beneden naar de Piccadilly Line, waar ik ging staan kijken of Suzy en Brady in een trein voorbijkwamen of wellicht overstapten op de Bakerloo Line of zo, ik bedoel dat hád gekund.

Elke keer als ik iets zag dat op een zwart pak leek wou ik erheen rennen en Suzy vastgrijpen en zeggen: luister, laten we het schudden, ik heb er geen zin in, de tering met het Plan, het was alleen maar een debiel idee, laten we nu alsjeblieft naar bed gaan en erin blijven tot woensdag, hé, Suzy, we zouden wat smack kunnen nemen en...

Dat gaf me een schok.

Smack?

Wat stond ik in jezusnaam allemaal te denken?

Ik keek op de metrokaart en zocht uit wat de beste route

was om van, zeg, Earl's Court naar Euston te gaan teneinde weer bij mijn positieven te komen, en toen ging ik weer naar boven de wereld in en probeerde er niet aan te denken dat Suzy ergens in Londen rondreed, gekleed als Mr Pink, en dat ik haar niet kon zien maar dat verder iedereen naar haar keek en terwijl ze keken, wat sommigen op ditzelfde moment ergens deden, zaten ze allemaal te wensen dat zij het waren die met haar neukten in plaats van Brady.

Zei ik Neuken?

Zei ik Brady?

Brady die met Suzy neukt?

Het was waar, ze zouden allemaal denken dat ze het met Brady deed, uiteraard, ik bedoel, als je een meisje bent ga je je niet uitdossen als Mr Pink en de hele ochtend rondrijden met Mr Rukporem of wie Brady ook denkt dat hij is als je niet ook met hem neukt, toch?

Zo zouden de gewone man en vrouw het zien.

Dat zou de voor de hand liggende conclusie zijn.

En Suzy was er nogal op gebrand geweest om met hem mee te gaan.

Er nogal op gebrand geweest?

Het was godverdomme haar eigen idee!

Deze keer was het een lantaarnpaal die me tot steun diende toen mijn benen niet meer verder wilden. Ik bedoel, stel dat zij het ook over smack hadden, net zoals wij tweeën? Nee, dat was oké, Brady gebruikte het eigenlijk nooit, hij had het één keer gesnoven en hij dacht dat hij er griep van had gekregen, de grote sufkut, dus dat had hij niet met haar gemeen. Auto's? Nee, Brady weet minder van auto's dan ik, wat minder dan niks is, hij is de slechtste chauffeur ter wereld, Brady zou gesponsord kunnen worden om rond te rijden met een bord met de tekst VERMIJD MIJ NEEM DE TREIN, hij rijdt als een uit de klei getrokken ouwe boer, hij zit in de stoel met zijn benen uit elkaar en zijn ene hand altijd op de versnellingspook met een peuk tussen zijn wijs- en middelvinger.

De grote oelewapper.

Hij heeft een reusachtige pik.

Echt, hij is zo zwaar geschapen als een karrepaard, en ik heb hem alleen maar een keer in ruste gezien, christus mag weten hoe hij is als hij stijf is, Brady heeft het uit moeten maken met een paar klein gebouwde meisjes omdat hij hem er gewoon niet goed in kreeg, beweert hij. Ik geloof het. Formaat mag dan geen punt van discussie zijn maar Brady is een speciaal geval, ik heb zelf eens aan het wortel-in-spoortunnel-syndroom geleden met een stalmeisje van 1 meter 90, dus ik weet dat het kan gebeuren dat mensen niet passen.

Suzy en ik passen prima.

Maar stel dat Suzy erachter komt dat Brady zo'n reuzepik heeft?

Jezus, dit is belachelijk, ze deed alleen maar aardig tegen Brady omwille van de Bende.

Ja.

Ja, én omdat ze wil dat ik, IK, haar als man gekleed zie, dat zei ze, ze wil dat ík in mijn broek klaarkom.

Als een klein jongetje?

Klein!

Ze was zelf opgewonden door dat verkleden en zo, wie niet. Dames+Herengenot.

Deed ze dat ook met IEMAND, wie dat verdomme ook mocht wezen?

Maar ze is niet met die iemand, idioot.

Nee, ze is met Brady, nondeju.

Stel dat ze opgewonden raakt nu ze met Brady is, het is een warme dag, stel dat ze iets gaan drinken en na een tijdje saffies uitwisselen, stel dat hij haar vraagt of ze een luchtje wil gaan scheppen? Zou ze ook zo snel haar platte buik tegen zijn pik duwen? Zou ze willen zien wat er met zijn reusachtige pik gebeurt als ze dat doet?

Belachelijk. Ze weet niet eens dat hij een reusachtige pik heeft, dus hoe zou ze dat kunnen willen?

Maar als het nu gewoon gebeurt? Stel dat Suzy gewoon besluit om met hem mee te gaan voor een vrijpartijtje en die truc met haar buik doet omdat ze dat nu eenmaal lekker vindt en zich dan realiseert hoe groot zijn pik is als die stijf begint te worden.

Zou hij stijf worden?

Natuurlijk zou hij dat, goddorie, het is een pik, elke pik zou stijf worden als Suzy's buikje ertegenaan wrijft.

Wacht even, wacht even, ik moest haar vragen om mee naar buiten te gaan, weet je nog wel, zij deed die zet niet, ik deed het.

Zou Brady dat doen?

Valt Brady op haar?

Natuurlijk wel, de klootzak. Daar zat hij naar te hengelen, hij wou dat ze met hem meeging vanmorgen, daarom zat hij zo te mieren, zogenaamd, hij was jaloers op mij, hij wil alleen maar met haar neuken omdat ze met mij neukt, jezus, ik zweer het, ik ontbal die grote schijnheilige...

Ik probeerde een visioen terug te dringen van Suzy die voor Brady knielt en zijn enorme pik in haar mond neemt.

Ik had me nooit gerealiseerd dat mensen echt met hun tanden knarsen, maar dat doen ze.

Ik deed het wel, in elk geval.

(Ian Paisley: En op die dag zal er veel geweeklaag en geknars van tanden zijn.

Bejaarde Man: Neem me niet kwalijk, dominee Paisley, maar ik heb geen tanden.

Ian Paisley: Voor tanden wordt gezorgd!)

Dus dat is het, Suzy ligt nu met Brady in bed.

Zij die leven bij rondneuken...

Op dat moment werd ik bijna tot moes gereden door een afzichtelijke ouwe Fiesta (een toepasselijke dood?) en kwam ik tot mezelf en realiseerde ik me dat ik (a) bijna bij Baron Films was en (b) eronderdoor aan het gaan was. Dus besloot ik om mijn hoofd in een kom koud water te gaan steken voor het uit elkaar knalde.

Ik was net bovengekomen uit het water in de herenplee en voelde me iets beter toen het tot me doordrong dat dit geclassificeerd zou kunnen worden als heel maf gedrag. Maar toen ik de wc uit kwam zei Fred:

'Ben je weer aan de emmers koud water? Ik heb nog nooit meegemaakt dat een gozer als jij oververhit raakte.'

Dus het bleek dat ik gewoon normaal deed.

Dat baarde me zorgen.

Deed ik altijd zo maf?

Misschien was maf doen mijn manier van normaal doen?

Fred kwam me echter weer te hulp want hij pakte de *Standard* en liet me samen met hem het Personeel Gevraagd doornemen en alle dingen bekijken die ik zou kunnen doen als ik ophield met rondlummelen en mijn verstand gebruikte. Terwijl hij ze voorlas sloeg ik hem gade, hij liep elke advertentie met een dikke stompe vinger na en ik bedacht

(a) dat ik hem echt graag mocht, ik wou dat hij mijn oom was of zo, en

(b) dat ik er zeker van was dat ik hem morgen kon strikken.

Gek, terwijl ik naar Fred keek en precies bedacht hoe ik het aan moest leggen leek het er allemaal minder toe te doen, alsof Fred het gevoel uitstraalde dat je het best redde, dat hier een man zat die zijn hele leven gevangenissen in en uit was gegaan, hij had nog nooit een hypotheek of een pensioenfonds gehad, waarschijnlijk had hij zelfs nog nooit een behoorlijke auto gehad, en hier zat hij dan met zijn baan en zijn vrienden en zijn verhalen en zijn vijf kleinkinderen nu al, en hij zou meer mensen op zijn begrafenis krijgen dan de lui die in een bungalow in Milton Keynes wonen en ze zouden een veel betere dodenwake hebben na afloop.

Dus het maakt eigenlijk niet veel uit wat er met je gebeurt, of je nou in Pentonville terechtkomt of in de MC-hemel, zolang je het maar naar je zin hebt en de essentiële dingen doet, zoals zorgen dat je de juiste mensen goed behandelt en kleinkinderen en hordes vrienden en respect krijgt en iedereen in die jaren een paar keer wat lol bezorgt en op een stel goeie verhalen vergast waarmee je hen bijblijft.

Dat ouwe kampvuur weer.

Ik besloot toen dat ik vijf of zes kinderen met Suzy wou hebben en de rest van ons leven op één plek wou wonen en nooit van de ene baan naar de volgende zou sukkkelen, het kon me niet schelen waar het was zolang het maar het woord Thuis verdiende.

En toch herkende ik haar haast niet toen ik haar weer zag.

Om tien voor een kon ik het niet laten om naar buiten te gaan om zogenaamd een luchtje te scheppen en te kijken of Suzy er echt was, en daar was ze, stipt op tijd, schouders naar achteren en hoofd opgeheven en gekleed in van dat imponerende zachte bruine tweedspul dat doorliep tot aan haar enkellaarsjes, met een sluike donkerblonde pruik en een attachékoffertje. Miss UMC-in-de-stad, jaar in jaar uit.

Ze keek dwars door me heen toen ik langsliep, wat de juiste houding was, het was stom van mij om naar buiten te gaan, maar toch blies die blik een kille bries door me heen, een zachte zucht over het feit dat we uiteindelijk allemaal alleen zijn.

(Duitsers praten graag over dat soort dingen. Spanjaarden doen alsof het nu eenmaal zo is en vinden het dus stom om erover door te zeuren. Kies nu wat wijsgeriger is.)

Om twee minuten over een kwam Janey Herzberg de trap af geklikklakt en stevende langs ons heen.

Ik ging niet meer naar buiten.

Ik durfde nauwelijks op te kijken toen Janey om halfdrie terugkwam van de lunch, niet dat ze het gemerkt zou hebben als ik het had gedaan, ze snelde gewoon door de receptie alsof het een lege ruimte was. Wat normaal was voor haar, dat was bemoedigend, het betekende dat haar niks al te opmerkelijks was overkomen, zoals iemand die haar opeens aansprak op straat en voorwendde een vriendin van een vriendin te zijn en Janey die haar niet geloofde, wat gebeurd zou zijn als Suzy het had verprutst.

De rest van de middag zat ik op hete kolen en rookte saffies en wou dat er meer werk te doen was en probeerde niet te denken aan de IRA en alle andere dingen die fout konden gaan met het Plan, en moedigde Fred aan om over zijn kleinkinderen te kletsen.

Tegen vijven was ik dat hele geëmmer over Brady en Suzy vergeten, ik kon niet eens bedenken waarom ik het ooit gedacht had, ik popelde om te horen wat er met Suzy en Janey Herzberg was gebeurd maar ik popelde ook alleen maar om haar te zien, alsof ik de batterij voor mijn pacemaker bij haar had laten liggen en ik gewoon om zou rollen en zou verschrompelen als ik niet snel terugging.

Er was natuurlijk niks aan de hand, Suzy neukte niet met Brady, ik wist het zodra ik haar zag.

Ik bedoel ik wist het sowieso wel, zoals je weet dat je de loterij niet gaat winnen maar je toch even je nummers controleert, maar toen ik haar zag wist ik het echt, ik wist het, vraag niet hoe, net zoals ik wist dat ik moest vragen of ze mee naar buiten ging die eerste avond, lichaamstaal, feromonen, oogcontact, weet ik veel, maar ik wist het.

Ze was gekleed als Mr Pink maar ze had haar overhemd onder haar ribben opgeknoopt om met haar buikje te pronken (natuurlijk, ik had het kunnen weten). Ze zag er zo bizar uit dat ik wankelde. Maar ik herstelde me snel want ik zag dat ze iets aan haar hoofd had. Toen zag ik dat ze dat allemaal hadden.

'Hoe ging het?'

'Welk gedeelte?'

'Nou, Janey natuurlijk.'

'O, goed. Je had niet naar buiten moeten komen, ik bestierf het zowat verdomme, maar nou ja. Heb jij wel eens gehoord van een afwachttoetje?'

'Nee.'

'Zeker slaapzaaltaal, denk ik. Ik liep tegen haar op en zei O Hullo Janey en zij deed haar proberen-niet-perplex-te-staan nummertje en ik zei alleen maar: Het feest van Ambrose? En zij zei O, O ja, en ik zei Nou, het lijkt erop dat Cat hem de wacht aan gaat zeggen, en Janey lachte een en al schalks en zei: Ja, maar me dunkt dat het voor ons alleen maar een afwachttoetje is, schat. En toen liep ze door.'

'Heb je daar genoeg aan?'

'Meer dan genoeg, schat, waar zie je me voor aan?'

'Christus, precies Janey.'

'Niet helemaal. Ik moet alleen haar gezicht nog hebben, daar komt je uitspraak vandaan, het zit in de vorm van je mond en neus. Ik krijg het wel te pakken nu ik haar ken. Ik moet morgen afwachttoetje zeggen, dat is geweldig.'

'Wat is dan het probleem? Dat is schitterend.'

'Het probleem zit 'm in de Doggies.'

'Wat is er gebeurd?'

'Niks, we zijn volop gezien.'

'Is makkie voor haar,' zei Chicho bedrukt.

'Heb je rondgereden met je hemd zo opgeknoopt?'

'Wat, en zo mijn enige bijzondere kenmerk laten zien? Geen denken aan. Ik heb mijn hemd omlaag en mijn baard om gehouden als een net meisje.'

'Goed zo. Eh, wat is er dan?'

'Is geen makkie voor Brady,' zegt Chicho.

We kijken allemaal naar Brady en dan valt me op dat hij onheilspellend stil is, hij doet zijn imitatie van een Menselijke Zeekomkommer weer. Ik probeer ertegenin te gaan:

'O. Tja, luister, shit, ik weet dat jij de lastigste taak hebt, ergens, ik bedoel, ik weet dat dat gedoe met de IRA niet echt...'

'De tering daarmee,' zegt Brady, 'dat stelt niks voor. Dat is een makkie.'

'De IRA is makkie voor hem,' zegt Chicho.

'Wat is er dan, godv... in jezusnaam?' vraag ik, gil ik bijna.

'Het gaat om de Doggies,' kreunt Brady.

'O shit, je zei dat ze morgen absoluut van de partij waren!'

'Is geen makkie voor Brady,' herhaalt Chicho terwijl hij Rustig-Rustig-gebaren maakt met zijn handen.

'Wat is er in godsnaam geen makkie?'

Ik kijk naar Brady. Hij zit te wiebelen en te steunen en zijn lange benen en handen wringen zich om elkaar heen en ontwarren zich weer als De Spaghetti Van Planeet X, en ten langen leste komt het eruit, tussen zijn grote kapotte tanden door:

'Ik ben gewoon verdomme geen leider van het stel, oké? Ik weet niet of ik die kanker-Doggies kan laten doen wat je wil, oké? Ik heb dat godverdomde charisma niet, snap je. Godsamme, waarom zouden ze doen wat ik zeg?'

'Maar luister nou even, jezus, je hoeft alleen maar te zorgen dat ze dronken worden.'

'Maar als ze nou godverdomme geen zin hebben om dronken te worden?'

'Nou...'

Maar dat was gewoon het punt.

Nou wat?

Wat is charisma, sodeju?

En als je het niet hebt, hoe breng je het dan over?

Hoe komt het dat het feest doodbloedt als bepaalde mensen weggaan?

'Het is een goeie vraag,' zegt Suzy.

'Ja, ja dat weet ik. Luister, we moeten een charisma-workshop doen. Luister, eh, ga staan.'

Brady verroert zich niet.

'Kom op, ga staan,' zeg ik.

'Waarom?' vraagt Brady.

'Nou, omdat ik het zeg.'

'Nou en?' zegt Brady.

'Nou en? Niks nou en, ik zeg het, dus, eh, nou...'

'Zie je wel?' zegt Brady.

'Nee is makkie,' zegt Chicho.

'Shit. Eh, Suzy, probeer jij het eens.'

'Nou, je moet om te beginnen ophouden met EH zeggen,' zei ze.

'Dat deed ik niet,' zei ik.

'Wel waar.'

'Echt waar?'

'Ja.'

'O, nou goed.'

'Het is jouw pakkie-an,' zei ze. 'Het is jouw Plan. Je kon het prima, laatst.'

'Ja, maar dat was wat anders, dat ging niet om mij, dat ging om het Plan, ik legde uit hoe we het Plan moesten uitvoeren, ik zei niet doe dit of doe dat omdat, gewoon omdat ik het zeg, het was helemaal uitgewerkt, het was gewoon logica. Laat jij het hem maar zien.'

'Wat?' hield ze aan.

'Jezus, hoe je mensen laat doen wat je wil.'

'Wat weet ik daar nou van, verdomme?'

'Nee is makkie.'

'Bedankt voor je bijdrage, Chicho. Sorry. O shit. Shit shit shit shit shit shit shit.'

Ik keek naar Brady. Hij zat ineengedoken in de doorgezakte leunstoel als een grote gore drol in een zwart pak. Er viel maar één ding te doen.

Dai Substantial bellen.

Dus dat deed ik.

'Hallo, Battersea Hondenasiel,' zei Dai. Zijn stem schalde de kamer in, iedereen kwam om de telefoon staan behalve Brady, die alleen maar kwaad vanuit zijn ziekenstoel naar ons loerde.

'Dai, ik ben het.'

'Dat zeg je nou wel, lieverd, maar kun je daar zeker van zijn? Jeetje, ik denk dat IK het ben, dus wie van ons heeft gelijk?'

'Luister even, dit is belangrijk.'

'O, wat vervelend nou.'

'Ik heb je nodig om Brady wat over charisma te leren.'

'O. Nou, dat klinkt heel onvervelend. Ik dacht even dat je weer over meisjes met platte buiken ging zeuren.'

'Wat?' zei Suzy.

'Aha! Ik hoor engelenstemmen,' zei Dai.

'Heb je het over mij gehad?' vroeg Suzy.

'Ik... nou, ja.'

'O, goed zo,' zei ze.

'Dit is lachen,' zei Dai.

'Is leuk,' zei Chicho.

'O, ik hoor nu de mediterrane zeeën. Is dat Pili's broer?'

'Is ik, ja is Chicho,' roept Chicho.

'O christus,' zei ik.

'Geen stress nu, lieverd, dat is erg slecht voor het afweersysteem. Ik kan het weten. Nou, vertel Dai alles.'

'Goed, je weet dat Brady een Doggie is?

'O ja, je hebt me over hem verteld.' (Zijn stem daalde tot een zacht, trillend gefluister.) 'Is dat degene met de kolossale tamp?'

‘Ja,’ zei ik, en kon niet nalaten om even naar Brady te kijken, die argwanend terugpruilde.

‘En?’

‘Hij gaat naar eh, een Reservoir Dog-bijeenkomst, morgen, ergens, oké, en hij wil, zeg maar, de ziel zijn, de leider van het stel. Maar hij weet niet hoe.’

‘Sodemieter op,’ gromt Brady en voegt er iets aan toe over adviezen van een dikke flikker aannemen.

‘Hou je kop, stomme...’

‘Nou ja, dat ben ik, per slot van rekening,’ zegt Dai, ‘en hij zal wel moeten. Hmm. Je bent echt een hopeloze leugenaar, schat, op een dag zul je boeten voor je pogingen om me om de tuin te leiden, maar voor dit moment neem ik aan dat je er een goeie reden voor hebt en zal ik het laten passeren. Dit is uitermate interessant. De man is een Doggie op zoek naar Charisma, zeg je. Nou, dat is makkelijk.’

‘Echt waar?’ stamel ik.

‘Natuurlijk, lieverd. Charisma bestaat niet. Het is een grote leugen, zie je, het is uitgevonden door machtige mensen opdat wij domme mensjes denken dat er een reden is om te doen wat ze zeggen. Wijs me maar eens iemand aan waarvan ze zeggen dat hij Charisma heeft, dan bewijs ik je dat hij is geboren met status en macht en weet dat hij daar altijd op terug kan vallen, of dat hij zich naar binnen gelikt heeft in de kring van intimi van mensen met status en macht. Het hangt er natuurlijk vanaf hoe hoog je op de maatschappelijke en evolutionaire ladder staat. Onder de mondaine ingezetenen van mijn eigen Cwmdoom, bijvoorbeeld, betekent Charisma dat je een hoop tatoeages en een geweer met afgezaagde loop hebt, terwijl het in mijn huidige bezigheden wordt gemeten in hoever vooraan je zit op het balkon in het theater en met wie, maar het komt allemaal op hetzelfde neer, macht en status. Neem mij nou, pop (niet dat je dat zult doen, maar alla), mijn totaal aan T-cellen mag dan hachelijk zijn, maar mijn Charisma onder de huurjongens van Covent Garden is onmetelijk, ze hangen aan mijn lippen nu ze gewend zijn om me in het gezelschap van rijke en beroemde nichten te zien. Ik moet mezelf voorhouden dat dit niet altijd zo is geweest, om te voorkomen dat ik ga denken dat ik wel God moet zijn. Of neem Hitler: Hitler diende in het Duitse Leger toen hij naam begon te maken en iedereen wist dat hij machtige vrienden had. Dat draagt ertoe bij dat er naar je wordt geluisterd, lieverd.'

'Dai, toe, wat heeft Hitler hiermee te maken?'

'Niet veel, misschien, maar Meester Tarantino dan?'

'Wat, Quentin Tarantino?'

'Wat?' gilt Brady en neemt onmiddellijk weer een menselijke gedaante aan.

'Wat is er met hem?' vraag ik.

'Geef me goddomme die telefoon!' schreeuwt Brady en hij banjert dwars door Suzy en Chicho en mij en tafels en stoelen en zo om de hoorn te grijpen.

'Met de dikke-flikker-advieslijn,' kabbelt Dai's stem.

'Sorry,' zegt Brady in de hoorn terwijl hij roze wordt. (Die schaamte weer, die reddende eigenschap weer!)

Toen luisterde Brady.

Zijn ogen stonden op steeltjes.

Zijn ogen deden tango's.

Hij bloosde en zei:

'Nou, ja, ja, ja, ja, ja!'

En toen hing hij op en wendde zich tot ons; hij had een metamorfose ondergaan. 'Ik moet naar Camden. Dai heeft de das die Tim Roth in Dogs droeg! Ik mag hem lenen voor morgen. Het nepbloed zit er nog op! Jezus Christus op een vlot!!! Hé, en wat denk je?'

'Wat?'

'Hij zei dat hij aan mijn stem kon horen dat ik een enorme pik heb! Ha ha! Ik ben over twee uur terug.'

En hij rende de deur uit.

We gingen naar buiten en zagen hem wegstormen naar de metro op Goldhawk Road waarbij hij de grote vuilnisbakken op wieltjes uit de weg ramde alsof het lege blikjes waren.

'Denk je dat dat echt waar was?' vroeg Suzy aan mij.

'Is waar,' zei Chicho tegen Suzy en gaf aan hoe groot.

'Ik bedoel dat van die das,' zei Suzy.

'Wie weet,' zei ik, 'maar hij wil het geloven en Dai zorgt er wel voor dat hij dat doet. Oké. Shit. Waar waren we?'

Mijn hoofd voelde aan alsof het vol watten zat, ik wou alleen maar ergens zitten en mijn gedachten op nul zetten.

'Chicho's kleren?' zei Suzy.

'O ja,' zei ik.

'Zo'n leuke pak!' zei Chicho zelfvoldaan. 'Armani, is heel mooi. Alle politie denken: O, zo'n hele rijke Espaanse man. Is heel goed voor dat brabbelen. Is makkie voor me.'

'Goed,' zeg ik, 'hé, laten we wat drinken.'

'Auto,' zei Suzy.

'Hè? O christus, ja. Hoe is het gegaan?'

'Is makkie voor ons,' zei Chicho.

'Kom op,' zei Suzy en ze grepen me met hun tweeën en duwden me met mijn armen op mijn rug voort naar Goldhawk Road. Ik voelde me nogal slap maar niet alleen maar afgepeigerd, er was meer aan de hand; het was opeens zo'n opluchting om ergens heen gevoerd te worden door een ander die wist wat er ging gebeuren en waar we heen gingen, ik hoefde me alleen maar mee te laten drijven. Het was alsof je in een auto stapte met mensen die je maar vaag kende en ergens naar toe ging, je hebt geen idee waarheen, een club of zo ergens, maar het is een mooie avond en je hebt geld in je zak en er is goeie muziek met een bas die de plastic dingen van de auto doet meetrillen, zodat het op een film met een soundtrack lijkt als je de lichten en gebouwen voorbij ziet schieten, je speelt de hoofdrol in de bioscoopvoorstelling van vanavond, MIJN FANTASTISCHE LEVEN, en dan geeft iemand je misschien een joint door en je leunt achterover en denkt mmm, ja, dit is het helemaal.

Ten slotte (ik bedoel, het was maar honderd meter of zo, maar het leek lekker lang), ten slotte leek het me beter om de touwtjes weer in handen te nemen.

'Wat gaan we doen, hebben jullie nou voor een auto gezorgd of niet?'

'Zien we eruit alsof we achterlijk zijn?' vroeg Suzy.

'Zo'n leuke Plan,' zei Chicho. 'Wij sturen hem niet in war.'

'Gaan we naar Supaservice?'

'Inderdaad.'

'Zijn jullie al bij hem geweest?'

'Is makkie voor ons.'

'Hebben jullie het geregeld?'

'Een last van je schouders,' zei Suzy.

'Is nu makkie voor je,' zei Chicho en klopte me op de rug.

'Hallo, collega-zakenlui uit W12,' zei Mr Supaservice terwijl hij zoals gewoonlijk vanachter een auto te voorschijn sprong. 'Ik feliciteer je, Mr Milkybar, met de kwaliteit van je compagnons. Dat zijn mensen waar ik zaken mee kan doen. Kom mee met Supaservice en kijk eens wat het bereboze weekend je heeft gebracht.'

En hij liet zijn grote vier auto's brede kanteldeur openzwaaien.

En daar stond hij.

De originele superbe pooiermobiel.

Een witte Mercedes met vleugels.

Twee uur later werd ik met mijn gezicht in een kontverwarmde goedkope vinyl achterbank gedrukt neergehouden en ergens heen gebracht waar ik niets van wist behalve dat het wel eens het eind van het liedje zou kunnen zijn.

Het wonder van Prozac

Ik probeerde geen kruimels in te ademen van die warme plastic achterbank, ik voelde nog waar de hete kont van de klootzak die me neergedrukt hield twee minuten daarvoor had gezeten, de drijfas klonk heel dichtbij en nogal afgepeigerd, ik kon elke oneffenheid in het wegdek door de banden horen.

Ik had al gedacht dat er zoiets zou gebeuren zodra ik The Queen's Head and Artichoke bij Great Portland Street binnenging en Fergal F. Fitzpatrick naar me zag grijnzen.

'Hoi, Grote Vriend!'

Het zat er duidelijk niet in dat het allemaal zo lief+aardig zou blijven en ik wist dat ik gelijk had toen hij meteen opstond en zei:

'Ben je er klaar voor? Ik bedoel, geen punt, weet je, neem eerst een biertje als je wil, maar als het jou hetzelfde blijft laten we dan gaan.'

'Waarom zouden we wachten?' zei ik laconiek, en

'Inderdaad, waarom zouden we?' zei hij, maar hij hield zijn innemend uitnodigende hoge-wenkbrauwenblik en zijn grijns op toen het eigenlijk al niet echt meer was, en ik wist dat het heel binnenkort een stuk heftiger zou worden, hij was in feite een beetje nerveus, wat mij heel nerveus had moeten maken want hij was nooit nerveus.

Ik ging ergens heen waar hij niks meer in te brengen had. Tja, wat had ik dan verwacht? Ik kreeg waar ik om gevraagd had.

We stapten achter in een grote Ford die een eind van de straatlantaarns stond geparkeerd en ik voelde dat ik door een heel sterke hand werd vastgepakt en met mijn gezicht werd neergedrukt op wat (zoals ik al zei) tot dan toe onmiskenbaar de zitplaats van die vent was geweest. De vent zei, met even weinig spoor van een Iers accent als ik had verwacht:

'Als je probeert te kijken waar we naar toe gaan, als ik je zelfs maar zie proberen te bedenken waar we naar toe zouden kunnen gaan, dan vlieg je eruit, oké?'

'Oké,' mummelde ik en spoog een kruimel van iets vies uit. Ik nam aan dat het waarschijnlijk niet de moeite waard was om te vragen of ze zouden stoppen voor ze me eruitsmeten.

Ik was nu heel blij dat ik uit voorzorg twee Prozacs van Bob had geleend voor ik naar mijn afspraak met Fergal in de pub ging. Ik bedoel, ik heb nog nooit last gehad van paniekaanvallen, maar dit leek niet het goeie moment om ze te ontdekken.

Evengoed was ik er niet blij mee. Mijn nek krampte al als een gek en ik moest hard zwoegen bij het ademen, ik dacht de hele tijd dat ik mijn tong in zou slikken of zou stikken of zoiets.

Ik was er nog minder blij mee toen ik Fergal hoorde proberen om een onbenullig gesprek aan te knopen met de man die reed, over de verkeersgesteldheid, godsamme, en die andere vent zei alleen maar het enige dat Fergal als reactie verdiende, namelijk:

'Uh-huh?'

Dus Fergal Flutlul Fitzpatrick had niet alleen niks in te brengen, hij had ook niks te melden en deze zee ging hem duidelijk te hoog. Dat zette me aan het denken, en wat ik dacht was:

Ik moet ook wel hartstikke gek zijn.

Ik wil hier niks meer mee te maken hebben.

Ik zal braaf zijn, echt waar.

Suzy!!

En toen viel me iets in waar ik stom genoeg nog niet eerder aan had gedacht: wanneer ze op de plek waren waar ze heen gingen, zouden ze van alles met me kunnen doen, ik zou totaal in hun macht zijn. Ik had dit gepland en erover nagedacht, over wat ik zou zeggen bij de onderhandelingen, maar nu ging het niet om onderhandelen, het ging om leven.

Ik wou teruggaan naar mijn schuur en rustig tot morgen wachten en Suzy vertellen dat het van de baan was en de benen nemen en accountant worden, meer niet.

Mijn bloed bonkte in mijn oren.

Bedankt, kut-Prozac.

Ik kon zien en horen en voelen dat we een heel eind over een vierbaansweg hadden gereden maar nu kropen we nog maar, er was een hoop verkeer en er waren weer mensen vlakbij en er viel verschillend gekleurd licht door het raam, we waren weer in een drukbevolkt gebied, ik kon zelfs mensen horen lachen en naar elkaar roepen.

Ik voelde me als een zondaar in de Hel, en de Hemel was maar één onbereikbare deur verderop.

Toen besloot ik dat dit mijn laatste kans was. Als ze me van kant gingen maken had ik een veel betere kans om hier te ontkomen dan waar ze me heen brachten, dus leek me dat ik moest proberen uit te vinden waar ik precies stond zodat ik wist of ik er nu echt tegenaan moest gaan.

'Wat een gekloot!' schreeuwde ik. 'Ik kom bij jullie met een voorstel en dan word ik godverdomme behandeld als een hoop stront!'

Ik beëindigde die uitbarsting (of liever ik beëindigde hem niet) met mijn mond nog harder in het plastic geramd. Maar de onbekende vent voorin sprak, hij had zo'n zacht plattelands-beschaafd Iers accent:

'Ik zou mijn kop maar houden als ik jou was, want mijn collega daar bij je achterin denkt dat je een verklikker bent, een agent-provocateur, snap je wel?'

Ik geloofde hem, dat was geen nieuws voor me, ik wist dat dat het probleem zou zijn, maar ik antwoordde:

'Je bedoelt dat het ook nog denkt? Niet te geloven!'

De bedoeling was dat ik door dat te zeggen de kerel bij mij achterin vast en zeker zover zou brengen dat hij me een dreun wou geven, en als hij dat deed hield dat in dat hij hier kon doen wat hij wou, in welk geval ik in de puree zat, of anders dat de vent voorin hem opdroeg om me een dreun te geven, wat betekende dat ik waarschijnlijk finaal de klos was.

We reden nog steeds langzaam door verkeer, ik zag de oranje knipperbollen van een oversteekplaats opflitsen tegen het blauwe vinyl van het portier. Ik had besloten dat ik, als ik een dreun kreeg, het beste kon wachten tot we weer wat vaart hadden, maar wel gauw, en dan proberen om plotseling op te springen en de chauffeur vast te grijpen zodat we iets zouden raken of ten minste de aandacht zouden trekken. Ik nam aan dat deze lui niet gesteld waren op aandacht, ik dacht dat als ik kon zorgen dat ze op een andere auto knalden of een noodstop moesten maken of als ik een raam in kon trappen of zoiets, dat ze mij dan misschien zouden laten gaan in plaats van voor het oog van de mensen in de auto te gaan vechten, het valt niet mee om iemand bij zijn lurven te grijpen in een krappe ruimte en ik meende dat ik het ze knap lastig zou kunnen maken als ik ze verraste.

Maar ik kreeg geen dreun.

De man voorin moest zowaar lachen, wat betekende dat hij de leiding had en me geen dreun liet geven door de man achterin. Ik haalde diep adem en besloot om niks te doen en me alleen te concentreren op hoe overtuigend en onverstoorbaar ik zou zijn als we waren waar we heen gingen.

Even later begon de auto als een gek te slingeren en te hobbelen, ik hoorde de uitlaat wel zes keer over de grond schrapen terwijl we voorthotsten, de vering kraakte en de zittingen piepten, de herrie van de auto begon ergens van teruggekaatst te worden maar niet zoals toen we langs betonnen muren waren gereden. Toen hielden we stil en de chauffeur trok de handrem aan, bedaard en langzaam en onherroepelijk, alsof hij klaar was met zijn examen en er behoorlijk zeker van was dat hij was geslaagd, en ik wist dat we waren waar hij ons wou hebben.

Er was geen licht van buiten meer, de gloed van de dashboardverlichting reikte net tot achterin. Toen werd de motor uitgezet en was alles heel donker en heel stil, ik vroeg me af of ze me gewoon van kant gingen maken zonder me zelfs maar de kans te geven om iets te zeggen, en voor de laatste keer die avond zei ik bij mezelf nee, waarom zouden ze snotverdomme, luister, dit is wat je wou, jij hebt het opgezet, jij zit aan het stuur, zelfs met je waffel volgepropt met kwijlerig warm vinyl, jij zit in de echte bestuurdersstoel, waar we ook zijn.

Wat een bos ergens bleek te zijn.

Surprise surprise.

Tienduizend jaar later, en dit soort dingen, intriges en samenzweringen en moord en zo, speelt zich nog steeds af op dezelfde plek, in de bossen, 's nachts. Tja, waarom zou je iets veranderen als het werkt?

Ik vermoedde dat ze ook schoppen hadden, om te graven.

Ik begon te hopen dat Prozac ook een darmverstopper was.

Fergal en de Baas stapten uit terwijl de andere kerel achterin me nog steeds neerhield, en toen werd ik de auto uitgelaten en -geduwd. Het portier van de chauffeur bleef open, in de groenige duisternis scheen het knusse geel van de verlichting boven de voorstoelen meters ver. Mijn ogen waren al ingesteld op het donker, ik had een half uur naar donkerblauw plastic liggen staren, ik keek naar de twee mannen terwijl ik mijn kleren en mijn ruggegraat weer op orde bracht. Een grote witte uil zweefde in onwaarschijnlijke stilte over ons heen en we schrokken allemaal. Ik hoorde het andere achterportier blikkerig dichtslaan en daarna knerpten de droge dennenaalden toen mijn achterbankgenoot rond de kofferbak van de auto liep en bleef staan. De auto kraakte een beetje, ik denk dat hij met zijn warme kont tegen het achterspatbord leunde, achter me, maar ik keek niet om, het had geen zin.

'Geef eens een saffie weg, Fergal,' zei ik. Het geluid verstierf onmiddellijk in de bomen.

De sociale kracht van saffies weer.

Ik kon Fergal opdracht geven me er eentje te geven, het was zo'n nietige opdracht dat hij haast niet kon weigeren maar toch was ik degene die hem een opdracht gaf, dat gaf aan wie waar stond. Als hij nee had gezegd was dat natuurlijk nog duidelijker aangegeven, en andersom, maar ik zag dat hij me gespannen aankeek, alsof ik op de een of andere maffe manier ook zijn lot bepaalde, nee, niet zijn lot maar zijn status, alsof ik zijn prijshond was op Crufts, maar dan eentje die er een handje van had om op de voet van de jury te gaan schijten en het voor hem te versjteren, dus gaf hij me er zonder aarzelen eentje, en hij gaf me een vuurtje en toen was ik de baas van ons tweeën. Ik liet hun zien dat ik zonder te trillen kon roken.

Ik keek naar de Baas.

Hij keek terug, hij had geen enkele haast. Hij deed me aan iemand denken, hij was een jaar of vijftig, bril met plastic montuur en dunne glazen, gladgeschoren, een klein gezicht met putjes dat iets te paffig aan het worden was, kort maar dik rossig haar, armen over elkaar geslagen voor een dikke trui van het handgebreide soort dat je bij Donegal of House of Fraser ziet, hij droeg een corduroy broek en van die vormeloze Clarks. Hij zag eruit als een soort toffe bovenmeester, als Alan Bennett of zo.

Maar de ogen van de kerel achter zijn haast overbodige bril waren klaar en kalm, ze glimlachten maar met de verre vonk van zekerheid, en ik wist dat niks deze man kan beroeren; dit is een man die in zijn element is als jury, een man met een teflongeweten, dit is een man die precies weet waar zijn stam wacht en zeker is van zijn plaats bij de haard zolang er een paar opgehitste studentenrebellen in Dublin zijn, een paar stuurloze jonge tweede-generatie Ieren in Londen, een paar knakkers voor wie het ondenkbaar is om hun wapens neer te leggen en accountant te worden en de incidentele Iers-Amerikaanse politicus die het niet kan laten om de schiet-de-Britten-overhoop-kaart te spelen. Deze man zal altijd ergens een bed en een publiek en een vaderland hebben. Geen Raamovereenkomsten en fraaie deals zullen voor hem volstaan, zijn schuurtje ligt niet vol Onderhandelingsstandpunten, er hangt een sterk fel peertje van onwrikbare eisen, als hij zich weer afscheidt van zijn huidige medestanders zullen zij degenen zijn die zich afscheiden, niet hij, want hij is er vast van overtuigd dat hij over de Ware Vlam waakt. Hij zal alles wat hij doet alleen maar in dat pure, onaardse magnesiumlicht beoordelen, en als hij me niet gelooft kom ik hier nooit levend vandaan en zal hij geen seconde wakker liggen van gedachten aan de nacht en het bos en het bloed en de schoppen en de vochtige aarde.

En toen sprak Alan Bennett:

'Wat heeft je ertoe gebracht om met onze zaak te sympathiseren?'

Fergal glimlachte bemoedigend.

'De muziek,' zei ik. 'Maar ik sta hier niet als sympathisant.'

Fergal verschoot van kleur.

'Aha,' zei Alan Bennett.

'Dus heetkont hier denkt dat ik een stille ben?'

'Godsklere,' hoestte Fergal.

Ik keek om. Heetkont was in wezen veel kleiner dan ik had gedacht toen hij me neerhield op de bank maar even gevaarlijk, hij had zo'n zonloos, haast groen-wit flatgebouwengezicht, sluik zwart haar tot over zijn kraag, een goedkope zakkige jeans en de boord van een polyesterkatoenen gedessineerd overhemd over zijn sweatshirt. Hij had helderblauwe ogen die de pest aan me hadden. Ik wist dat hij tatoeages onder het overhemd zou hebben en ik zag hem meteen aan voor een messetrekker, hij had gewoon dat snelle, snijdende voorkomen.

'Nou,' zei Alan Bennett, 'je moet toegeven dat het idee om ons in te huren ongewoon is, zelfs beledigend voor ons, zou je kunnen zeggen.'

'Honderdduizend pond zou een raar soort belediging zijn.'

'Honderdvijftig, meende ik?'

'Klopt.'

We waren aan het onderhandelen. Goed zo.

Alan Bennett sprak weer terwijl hij me bedaard opnam:

'Mmm. Dat is een behoorlijke smak geld, een heleboel oud papier inzamelen, heel wat riskante kleine bankovervallen. En je bent via goeie kanalen gekomen. Fergal vertrouwt je. Hij zegt dat je jaren geleden al genoeg wist om ons narigheid te bezorgen als je daar op uit was, maar anderzijds heeft Michael hier' (hij wees op de messetrekker, die duidelijk niet echt Michael heette want ik keek om en het was zonneklaar dat hij zich eerst niet realiseerde om wie het ging) 'natuurlijk aangevoerd dat er zoiets is als het consolideren van een dekmantel. Dus je snapt ons probleem. En trouwens ook het jouwe. Maar me dunkt dat alles duidelijk wordt als je ons je voorstel doet, en daarna kan ik een beslissing nemen, ja?'

Daar zat ik op te wachten.

Het was gek, sinds Alan Bennett me had gecorrigeerd over mijn oorspronkelijke bod voelde ik me zeg maar uitgelicht van zelfvertrouwen, het was mijn Plan, ik had het uitgedacht en ik was er vol vertrouwen over, ik was er zeker van dat de rationaliteit nu zou winnen, rationaliteit en onderhandelen zijn hetzelfde, de oorsprong van rationaliteit is onderhandelen, dus ik zat alleen maar te wachten om het hun te vertellen en naar hun gezichten te kijken. Ik nam een lange hijs en vertelde wat ik van ze wou en sloeg ze gade.

Het was al het kontverwarmde vinyl waard.

'Is dat alles?' vroeg Alan Bennett, zijns ondanks.

'Verder niks,' zei ik.

Er viel een fijne stilte.

'Waarom?'

'Ik geloof niet dat je dat hoeft te weten.'

'Hé, kom op, jongen!' zei Fergal. 'Dit is te bizar, nondeju.' Hij probeert te doen alsof het maar een geintje is dat ik het hard speel.

'Jullie hoeven verder niks over mij te weten, ik wil verder niks over jullie weten. Het enige wat ik van jullie wil is wat ik zei, en als het allemaal lukt krijg je honderdvijftigduizend pond, je kunt het aan Dublin geven en de populairste vent in het IRA-hoofdkwartier worden of je kunt het voor je eigen zaakjes bewaren, ik weet het niet en het kan me niet verdommen. Als het niet lukt krijg je niks en heb je totaal niks op het spel gezet. Ik bied je een gok waarbij je niks kunt verliezen.'

Alan Bennett dacht na. De rest wachtte.

'Het is te simpel,' zegt Messetrekker.

'Niet te simpel, alleen maar heel simpel,' zeg ik. Ik ben er nu zeker van dat Messetrekker niks mag doen zonder toestemming van A.B., en A.B. staat diep na te denken achter die dunne brilleglazen. Hij kijkt me strak aan en zegt:

'Het idee heeft zijn aantrekkelijke kanten, moet ik toegeven. Je lijkt je zaakjes goed op een rijtje te hebben. Eens kijken, wat zou je ervan vinden als we je in de toekomst wellicht een... gunst zouden vragen, een beetje persoonlijke steun wellicht als onderdeel van de betaling?'

Fluitje. Ik weet dat als ik zelfs maar de indruk wek dat ik daar Ja op zeg, dat hij dan zeker weet dat ik een infiltrant ben, dan denkt hij dat het allemaal één grote truc is om me bij hen binnen te loodsen en dan kerft Mike Mes LEVE DE IRA in mijn lever voor ik Akkoord kan zeggen. Dus zorg ik ervoor dat ik heel beslist mijn hoofd schudt en zijn blik goed vasthou:

'Ik wil alleen maar wat ik zei, en ik bied je alleen maar gebruikte Zwitserse franken en Duitse marken, niet mezelf, niet iets anders.'

'Uh-huh. Maar je kent Fergal, en ik geloof dat je Sean MacEoins weduwe ook hebt gekend, in de bijbelse zin, als het ware. Je was in het verleden geïnteresseerd in onze zaak, of dat leek je althans. Mag ik even confuus zijn? Heb ik gelijk als ik denk dat je, ook al is dit zoals je zegt alleen maar zakelijk, toch in principe aan onze kant staat in wat we doen?'

Dat is duidelijk de beslissende vraag van de avond, ik weet het omdat Fergal naar mijn mond staat te kijken alsof er zo meteen iets verbijsterends of angstaanjagends uit te voorschijn komt gewipt, hij durft me niet in de ogen te kijken, zo belangrijk is het antwoord. Maar ze moesten wel iets dergelijks vragen en ik weet wat ik ga zeggen, en ik kijk Alan Bennett recht in de ogen en die weet ook dat ik een antwoord klaar heb, dus doe ik niet alsof het iets spontaans is, ik geef het gewoon langzaam en zonder omhaal:

'Ik zou mijn opstelling omschrijven als welwillende neutraliteit.'

Alan Bennett keek me aan en snoof toen.

Hij snoof, en toen ging de snuif omhoog door zijn neus en gooide zijn hoofd naar achteren en ging over in een lach. Een echte, harde lach door de nacht, in dat bos. Hij haalde zijn ene arm uit de andere en kneep met een wijsvinger en duim in zijn neus en keek me aan over zijn bril, en nog was het niet genoeg, hij legde beide handen op zijn heupen en schudde zijn hoofd, hij sloeg zich warempel op zijn been, hij moest een andere kant op kijken, ik kon zien dat hij dacht aan de keren dat hij dit verhaal aan zijn vrienden in de Militaire Raad van de IRA of zo zou vertellen.

Het enige was dat ik niet wist hoe het verhaal zou aflopen. Hij legde zijn armen weer over elkaar, liet zijn kin even op zijn borst rusten en zijn ogen in het niets staren, klikte ze toen weer vast aan de mijne, legde zijn kin op een handpalm en zei:

‘Welwillende neutraliteit is goed, dat vind ik oké, welwillende neutraliteit. Het heeft een mooie historische klank. Wie heeft dat gezegd?’

‘Ik,’ zei ik.

‘Heel aardig. Dus het is echt alleen maar zakelijk. In zekere zin is dat het beste, ook al zijn we niet in eerste instantie een zakelijke organisatie. Je kunt dit soort activiteiten natuurlijk verdedigen als economische oorlogvoering, en alle oorlogvoering is uiteindelijk zowel politiek als economisch. Misdaad is Misdaad is Misdaad, het is allemaal politiek. Wel, dit is allemaal uitermate interessant.’

Hij blijft maar steeds naar me kijken. Fergal ook, maar diens ogen zijn leeg, al zijn zintuigen zitten in zijn oren, hij staat te wachten om te zien wat Alan Bennett zegt. Ik hoor hoe Messetrekker achter me verschuift tegen de auto. Nu gaat het gebeuren, zoals ze zeggen.

‘Geef de man een sigaret, Fergal, terwijl ik nadenk.’

Dat doet Fergal.

Ik ben niet blij met dat geef-hem-een-sigaret gedoe, het heeft een onaangename historische klank. Schoppen en gaten en zo.

Ik kan mezelf opeens ruiken, niet het lekker peperige zweet dat je van seks krijgt maar een kouwe zure geur, als het boeket van een uitgetelde treinlading katoenrijke maar allerminst polyesterloze kantoorbediendes tijdens het spitsuur naar huis. De geur van stress, wat de geur van angst is. Maar er is helemaal niks dat ik eraan kan doen, dus neem ik de sigaret aan en laat Fergal me vuur geven.

Terwijl ik mijn eerste trek neem, voel ik me zoals ik me één keer eerder in mijn leven heb gevoeld, toen ik een enkel brak ergens op een berg in Wales in mijn eentje. Ik voelde me heerlijk omdat ik net een hele tijd naar een specht had staan kijken, ik was nog nooit zo dicht bij een specht geweest, en daarna had ik naar de zon gekeken die onder begon te gaan, en toen rende ik die berghelling af en vond het gewoon te gek om daar te zijn, en ik probeerde over een heg aan het eind van het bos te springen waar de akkers weer begonnen en kwam in de greppel aan de andere kant terecht en hoorde mijn enkel knappen als een jachtgeweer. Ik had tien seconden zo'n erge pijn dat het me de adem benam, ik kon geen lucht krijgen laat staan schreeuwen, en daarna lag ik daar maar omhoog te kijken naar de hemel, er waren allemaal zwaluwen hoog in de lucht, ik voelde me heel rustig en dacht: oké, je kunt niet lopen met een gebroken enkel, maar je moet lopen anders blijf je hier en krijg je het misschien ijskoud of word je hartstikke nat en krijg je longontsteking en straks komt de pijn veel erger terug als de shock overgaat, en dus ging ik lopen en het rare was dat het geen zeer deed. Ik bedoel, het deed verschrikkelijk zeer, bij elke stap die ik deed schreeuwde ik het uit en tussen de stappen in brulde ik, maar in zekere zin deed het geen zeer zoals mensen pijn hebben, het was alsof ik een dier was omdat niemand me kon horen en niemand me kon helpen, het was enkel ik en de pijn en doorzetten, de pijn deed er gewoon niet toe, mijn hersens waren afgegrendeld. Misschien was het alleen maar de shock maar het staat me nog heel duidelijk voor de geest, misschien heeft veel van wat we pijn noemen te maken met andere mensen, en onrechtvaardigheid, en ergens diep van binnen denken dat als we maar hard genoeg mammie huilen, in het donker, mammiemammiemammie! in onze zitslaapkamer, dat er dan wel iemand móét komen. Het was denk ik een kilometer of twee naar het dichtstbijzijnde huis, ik moest over heggen en alles klimmen, en toen ik er was liet een oude mevrouw me binnen en ik zei:

'Eh, ik denk dat ik mijn enkel heb gebroken,' en toen ging ik van mijn stokje.

De dokter die me oplapte vertelde me over een collega die midden in de rimboe in Kenia zijn eigen blindedarm eruithaalde omdat hij wist dat hij anders dood zou gaan, toen zijn bediende terugkwam in de Landrover met hulp zagen ze de gieren de blindedarm opeten en die dokter liggen met de naald en draad van de laatste hechting in zijn hand, hij moest stante pede flauwgevallen zijn zodra hij de naald erdoorheen had gehaald.

Als er niks anders op zit, doe je het.

Of laat je het met je doen.

Ken je die onverdraaglijke films van mensen die op een rij worden gezet om te worden doodgeschoten, in Polen, Rusland, Vietnam of waar dan ook? En je denkt altijd christus, waarom gaan ze niet gewoon schreeuwen en heen en weer rennen en naar de gezichten van de schoften klauwen of zoiets? Waarom staan ze daar maar tussen de lijken, zijn ze zo blind dat ze nog steeds hopen of wat? Maar het is niet hoop die ze verlamt en zelfs niet wanhoop, het is zinloosheid. Als je de zin ervan niet ziet kun je niks doen, je zit alleen maar in je zitslaapkamer en legt je hoofd in de holte van je stoel of je zit aan je bureau en kijkt wezenloos naar je papieren tot ze je weg moeten rijden, of je neemt smack zodat je je niet kunt herinneren wat je ertoe heeft aangezet om het te nemen, of je wacht alleen maar op je beurt om naar de rand van de greppel te lopen. Het is niet dat er zoveel bewakers zijn, het is niet dat je hoop koestert, wat betekent dat je nog iets te verliezen hebt, het is alleen dat je het niet kunt bevatten, het kán allemaal gewoon niet, de wereld is opgehouden met functioneren, je kent dit verhaal niet en je kunt geen verhaal bedenken om ervoor in de plaats te zetten.

Ik probeerde me voor te houden dat ik mijn oren moest spitsen op Messetrekkers geschuif tegen de auto, ik zou moeten proberen te bedenken hoever hij exact van me vandaan stond, hoever zou ik al ronddraaiend achteruit moeten als ik hem precies tegen zijn zonnevlecht wou trappen, hoe lagen mijn kansen met Fergal en Alan Bennett als ik hem eerst uitschakelde. Ik zou op ze springen en hun lippen finaal van hun gezicht rukken, ik zou hun ogen uitsteken. Maar in plaats daarvan rookte ik alleen maar mijn sigaret en vroeg me af of ze zouden wachten tot ik hem op had, en ik dacht aan alle klotedingen die ik aardige mensen zoals Pili tijdens mijn leven had aangedaan en concludeerde dat dit misschien wel mijn verdiende loon was trouwens, een mes in een donker bos.

Het verleden is slechts een spiegel van het heden; als je in de stront zit lijkt je verleden een lange, logische progressie naar het riool.

Ik ben aan mijn vierde trek bezig als Alan Bennett zegt:

'Nou, met je zenuwen is niks mis.'

'Het wonder van Prozac,' zeg ik.

En hij lacht weer en opeens weet ik dat ik goed zit.

'Een kwart miljoen,' zegt hij.

'Honderdvijfenzeventig, anders is het voor ons niet de moeite.'

'Tweehonderd. Je kunt het niet zonder ons doen.'

'Akkoord.'

'Goed,' zegt hij. 'Wanneer wil je het?'

'Vanavond,' zeg ik. 'Nu zou het beste zijn.' (Mijn stem klinkt als een holle robotstem die ergens uit mijn keel komt.) 'Dan kan dat tenminste niet meer fout gaan en hoeven we elkaar niet meer te zien tot je het geld komt halen. Fergal weet waar ik woon.'

'En als hij zich nou niet aan de afspraak houdt?' vraagt Messetrekker.

'Fergal weet waar ik woon,' herhaal ik. 'Hij weet waar mijn zus en mijn neefjes wonen. En ik weet wie jullie zijn en zo stom ben ik niet.'

'Zo is dat,' zegt Alan Bennett en dan deelt Fergal aan iedereen saffies uit.

En wat denk je?

Ze komen niet alleen onmiddellijk over de brug, ze geven me zelfs een lift terug naar de stad.

We rijden door de Lada-stadswoestijn van Noordoost-weetikveel, ik sla er geen acht op waar, wat kan het schelen waar, ik ben op de terugweg en het is geregeld en ze hebben me niet vermoord. Ik zit weer achterin met Messetrekker, het is een situatie die stijf staat van het soort sociaal ijs dat zelfs saffies niet kunnen breken tot Fergal de een of andere afgrijselijke folkrock-fusion Gaëlisch-elektrische zooi opzet zodat we niet hoeven te praten.

'Jezus,' zegt Messetrekker, 'kom op, Fergal, dat is goddomme beestachtig, wat is dat voor teringherrie?'

'Runrig of zo'n soort tinnef,' zeg ik.

'Ja!' roept hij.

Hij draait zich om en zijn ogen veranderen pas nadat hij omkijkt, alsof hij eventjes, in het vuur van de beaming, was vergeten wie ik was.

'Nou, hé, sorry, ik bedoel, oké, shit, waar houden jullie dan van?' zegt Fergal. 'Jullie kunnen alles krijgen behalve *A Woman's Heart*, dat kan ik niet uitstaan.'

'Beethoven,' zegt Alan Bennett, 'de Eroïca, een revolutionaire symfonie, jongens, uit een revolutionaire tijd!'

'God bewaar me,' mompelt Messetrekker.

Maar God was blijkbaar niet on-line voor Messetrekker, dus kregen we de Eroïca-symfonie de hele weg terug naar de stad, ik en Fergal en die twee IRA-mannen die me een halfuur geleden bijna om zeep hadden gebracht, godsamme, en knalde Beethoven de ramen uit. Ik probeerde niet te giechelen want ik moest steeds denken aan die vent met het borstbeeld van Beethoven, en toen lieten ze me uitstappen bij het Archway-station en ging ik op de stoep zitten en lachte bij mezelf en werd toen misselijk.

Misschien was het de Prozac.

Twee om je lekker te voelen, zes voor een coma, acht voor adieu: het Leven is een onzekere affaire, een glanzende libel die voortdurend tussen ondraaglijke klaarheid en doorgesmackt doodsverlangen zweeft.

Ik ging een biertje halen maar de pub zat vol Ieren, ze draaiden een rebellensong op de jukebox, het was gewoon te eng dus liep ik weer naar buiten net toen de barkeeper mijn bestelling wou opnemen, hij zal wel gedacht hebben dat ik een heel eind naar de kloten was, wat ik misschien ook wel was, ik had de hele tijd het maffe gevoel dat het nu allemaal buiten mijn macht lag, iemand had de automatische piloot aangeklikt, ik misschien, wat maakte het uit, het liep nu uit zichzelf.

Het volgende moment zat ik in een taxi die me om de een of andere reden – ik wist zeker dat ik Shepherd's Bush had gezegd – naar Kentish Town bracht en me afzette voor Suzy's appartement, dus belde ik aan, gewoon om te kijken.

Ik was daar nog nooit geweest zonder uitgenodigd te zijn. Ik dacht half en half dat die iemand er zou zijn, en mijn andere helft dacht wat zou ze verdomme niet van me denken ook al was er verder niemand, ik bedoel, ik werd niet geacht vanavond langs te komen, ik werd alleen maar geacht om op te bellen uit een cel en te zeggen dat het doorging en daarna naar huis te gaan, zoals normaal, zoals gewoonlijk, zoals elke dag.

Een schaduw naderde achter het glas van de deur en iemand klikte het slot open maar het was niet iemand, het was Suzy.

Zodra ik haar gezicht zag kon het me geen moer schelen wat ze ervan dacht dat ik daar stond, zolang ze maar aan me dacht.

'Alles kits, ze hebben me niet vermoord, ze doen mee. Het gaat door.'

'God, wat zie je bleek. Kom binnen.'

Ze ging midden in de kamer staan en glimlachte toen langzaam en strekte allebei haar armen langzaam opzij, als een vogelverschrikker. Ik had het gevoel dat ik op rolschaatsen stond, ik werd gewoon verder naar binnen getrokken en ik greep haar vast en duwde mijn hoofd in haar haar en realiseerde me dat ik hijgde alsof ik net een kilometer had gerend, ik kon mijn hart tegen haar borst voelen echoën, toen trok ze aan mijn hoofd en zei:

'Laat me even naar je kijken,' en ze legde haar vinger tegen mijn lippen om me de mond te snoeren en keek me aan, ik zag haar ogen van mijn ene oog naar het andere schieten, het enige wat ik kon doen was gewoon daar staan en haar naar binnen laten kijken zo diep als ze wou, mijn deuren stonden allemaal open, ik voelde haar scanners helemaal naar mijn achterhoofd priemen, en toen keek ze weer naar de buitenkant van mijn ogen en deed haar ogen dicht en gaf me een zoen, dus deed ik de mijne ook dicht.

Jaja, vrijheid, hè?

De heer J.J. O'Connor, veilingmeester
Main Street
Castlebar
Co. Mayo
Ierland

Geachte heer O'Connor,

Ik heb begrepen dat u zich van tijd tot tijd bezighoudt met het van de hand doen van drankgelegenheden in Castlebar. Ik zou graag een dergelijke mogelijkheid te baat nemen. Gelieve mij dan ook alle bijzonderheden te doen toekomen betreffende geschikte percelen. Ik ben alleen geïnteresseerd in een pub met een cliëntèle van fatsoenlijke mensen (geen armoedzaaiers) en zal (zo God het wil) heel binnenkort in staat zijn om contant te betalen indien zowel pub als prijs acceptabel zijn. Ik meen dat u af en toe golf speelt met mijn volle neef Garda Sergeant Hugh Gallagher uit Achill.

Met vriendelijke groet,
M. Brady

P.S. Westport zou ook in aanmerking komen.

Snr Jesus Maria FERRERUELA
c/S. Juan de la Cruz 56
3° dcha
ZARAGOZA

Beste Suso,

Dat je niet verkoop het houtfornuis restaurant voordat je hoor van mij binnen nog drie dagen! Morgen zal ik in een heel gewichtig onderhandeling zijn. Is heel belangrijk voor mij! Veel kleine kussen voor al de familie en de vrienden,

CHICHO

Een spelletje De Aarde Verlaten

Nog steeds maandagavond maar laat, en Suzy en ik lagen te kletsen en te roken. Ik lag met mijn wang op haar schaamhaar en trok met mijn vinger spermacirkels op haar buik. Af en toe keek ik op tussen haar borsten door, recht in haar neusgaten, maar de meeste tijd bleef ik naar mijn vinger op haar buik kijken. Ik voelde het zweet op mijn hoofd op haar haren, haar kuit was warm en zacht op mijn rug en haar bloed klopte zachtjes in haar platte buik, in mijn oor.

Brady en Chicho waren weg en alles was rond, ik had al bijna geen greep meer op het Plan.

Brady was teruggekomen van Dai met Tim Roths met bloed besmeurde das, zo had Dai hem verzekerd. Je hebt nog nooit iemand zo blij zien wezen, hij was net een pelgrim met een stuk van Petrus' voorhuid of zo, alles wat hij deed had nu betekenis voor hemzelf, hij hield een brok van het grote verhaal hier in zijn hand, hij gloeide gewoon van innerlijke overtuiging. Hij had ook een gesigneerde foto van Nicholas Cage die, zo scheen hij om de een of andere ondoorgrondelijke reden te menen, onweerlegbaar bewees dat de das van Tim Roth de echte was.

Echt waar of niet, het resultaat loog er niet om, dus ik veronderstel dat het daardoor ook al waar was of zo, want als iets bestaat en functioneert in de wereld, zoals Brady's nieuwe zelfvertrouwen, is het zeker net zo echt en dus net zo waar als elke niet terugstuiterende baksteen.

Het kostte Chicho en mij zo'n twintig minuten om hem in te tomen en te zorgen dat hij ging zitten en kalmeerde (Suzy zat in de achterkamer de uitdraai van haar verhaal na te lezen) en te verifiëren dat hij wist wanneer hij zijn Doggies in de Pizza Express moest hebben.

Toen kwam Suzy erbij en las het verhaal voor dat ze als dekmantel had geschreven, zodat ze als er iets fout ging kon voorwenden dat ze probeerde journalist te worden, Chicho was enkel een kennis die haar hielp en ik was haar contactpersoon in de bank. Het heette:

MICHAEL WINNERS PRIVÉ-BANK

Maar daar weet je alles al van.

Dus toen vertrokken Chicho en Brady zodat Suzy en ik alleen achterbleven, wat prima was.

Dat is waar ik begon, liggend met mijn wang op haar pruim.

Ik lag te denken misschien hadden we net de liefde bedreven, en het woord echode door mijn hoofd alsof ik in een lege hangar van een zeppelin stond. Maar hadden we dat wel gedaan? We hadden toch net geneukt?

Hoe hadden we de liefde kunnen bedrijven, want ik had haar vanavond nodig. Ik had Suzy nodig om me vast te houden en te zeggen dat ze bij me was en me helemaal suf te neuken en de hele nacht in haar armen te slapen, en dat kan geen liefde zijn, dat is behoefte, het heeft net zo weinig met liefde te maken als gewoon lol maken. Als je wat nodig hebt heb je IETS nodig, je maakt een persoon tot een voorwerp van begeerte, een object, en je bent zelf onvrij want als je iets nodig hebt word je er de slaaf van. Alleen iemand die vrij is kan liefde bedrijven; vrije mensen bedrijven liefde, onvrije mensen arrangeren een huwelijk, of ze het nu doorhebben of niet. Want liefde is een pure keuze, een moment dat vrij is van alle deals en beloften. Je kunt alleen liefde bedrijven als je zo vrij bent dat je elk moment zou kunnen opstaan om bij die geliefde weg te gaan maar tegelijk hoopt dat jullie voor eeuwig bij elkaar zullen zijn, en als ik op dat moment bij Suzy weg had moeten gaan dan was ik krijsend op de vloer ineengekrompen, dus hoe kan ik praten over liefde bedrijven?

Misschien sta je op een roerloze, ijzige dag aan de oever van een spiegelglad meer in de bergen met een verblindend witte zon, en de wereld is zo stil dat je de gasbranders van een heteluchtballon hoort, mijlen ver weg tegen de diepblauwe hemel, en je denkt: misschien is liefde iets onbereikbaars, misschien kun je het alleen willen, misschien is liefde slechts de lijnen van begeerte die elkaar alleen kunnen snijden in die blauwe oneindigheid.

Dan doet Suzy haar ogen open en kijkt omlaag zodat ik langs haar neusgaten heen net oogcontact kan maken. Ik keer weer terug op aarde om vijf minuten over Orgasme, realiseer me dat ik in m'n eentje heb liggen denken aan liefde en zo, alsof het iets is dat vrij en abstract rondzweeft, wat altijd onzin is, dus schuif ik omhoog, kus haar, steek een sigaret op, pak een pen en papier en besluit dat ik niet moet piekeren over het wezen van de liefde of wat dan ook maar meer te weten moet komen over Suzy.

Dus pak ik een pen en papier om een spelletje De Aarde Verlaten te doen.

Het spelletje De Aarde Verlaten (het is niet echt een spelletje, trouwens, het stelt niks voor als je het niet serieus neemt) gaat als volgt.

De aarde staat op het punt om vernietigd te worden, de wetenschappers weten dat al honderd jaar, de politici (ongelooflijk genoeg) hebben zowaar geluisterd en de mensen (nog ongelooflijker) hebben hun tv's uitgezet en hun winkelcentra de rug toegekeerd en zijn begonnen er op een filosofische wijze iets aan te doen. Het menselijk ras heeft een ruimteschip gebouwd waarmee één mens voor eeuwig de ruimte in kan. Het kon maar één mens zijn want als je niet iedereen kunt redden, hoe beslis je dan wie er gered wordt? De enige eerlijke oplossing was om één mens uit te kiezen door middel van een wereldloterij. Intussen hebben de wetenschappers een wonderbaarlijk apparaat uitgevonden dat overal de essentie uit kan halen en die kan opslaan in digitale databanken, in belletjes van magnetische trillingen. Als je je eenzaam voelt kun je het aanzetten en dan komen ze te voorschijn, en als je ooit een bewoonbare planeet bereikt kun je die essenties oproepen en dan komen ze weer tot leven.

Jij (uiteraard) hebt de loterij gewonnen, je verlaat de wereld voor eeuwig en je moet beslissen welke acht dingen je meeneemt.

'Oké,' zei Suzy. 'Alles in het Universum.'

'Oké,' zei ik.

'O. Mag ik dat zeggen? Ik deed alleen maar bijdehand.'

'Natuurlijk. Alles.'

'Maar nou is er niks meer over.'

'Je hoeft alleen maar acht dingen te noemen.'

'Wat een flauwekul.'

'Dat is het altijd in het begin. Het wordt vanzelf leuker.'

'Nou goed dan.'

Dus waren dit uiteindelijk Suzy's acht dingen, waarvan de essentie aan boord van haar ruimteschip werd gebracht:

ALLES
DE WERELD
ALLES WAT IK LEUK VIND
MIJN VRIENDEN

'Hoor ik daar ook bij?' vroeg ik.

'Natuurlijk,' zei ze.

'O, goed,' zei ik. 'Ga verder.'

MIJN FAMILIE
HET ECOSYSTEEM
SCHOTLAND
WALVISSEN

Zoals ik al zei, het lijkt altijd stom in het begin.

Je staat op het punt om te vertrekken als het ruimteschip ongelukkigerwijs tijdens de test verwoest wordt. Samen met de essentie van alles wat je al hebt opgeslagen.

Maar de wijze wetenschappers hebben voor een reserveschip gezorgd, dat echter maar half zo groot is. Je mag nu maar vier essenties meenemen. Vier dingen voor je eeuwige reis. Dus moet je vier dingen bedenken die de essenties van die acht dingen samenvatten, in paren. Kijk, nou moet je gaan nadenken.

Of gaan voelen, wellicht.

Ik zal je niet vertellen wat Suzy toen koos, ik heb de eerste dingen genoemd omdat iedereen dan zo'n beetje dezelfde dingen kiest, het ligt voor de hand, daarom lijkt het altijd stom in het begin. Maar wat gebeurt er als je probeert te bedenken wat voor jou de essentie van ALLES en DE WERELD uitdrukt? Ik wil het niet voor je bederven, voor als je het probeert, dus noem ik alleen maar een van de dingen die Suzy koos. Dat was EEN TOFFE CLUB.

En je raadt al wat er gebeurt als je eindelijk een keuze hebt gemaakt (de vier essenties kosten veel meer tijd dan de acht, uiteraard, en hoe uitgekookter je hebt geprobeerd te zijn, hoe meer je hebt geprobeerd om alles in die acht dingen te proppen, hoe meer er voor altijd weg is en hoe sneller we serieus gaan nadenken en hoe langzamer de vier dingen gaan). Precies. Idem dito. De TOFFE CLUB en alle andere dingen die je hebt gekozen zijn weg. Nu moet je uitkomen op twee essenties die de vier uitdrukken. Een van Suzy's keuzen was UIT EEN RAAM NAAR DE ZEE KIJKEN.

En nu gebeurt hetzelfde nog een keer. Nu is er nog maar één petieterig ruimtescheepje over en mag je maar één kleine essentie meenemen, niet meer dan zes woorden, dat moet de essentie zijn van de twee dingen die je de laatste keer overhield. Dit moet het zijn, het ultieme distillaat van al je verlangens en verwachtingen en gevoelens en herinneringen dat jou overeind moet houden in de lege eeuwigheid die voor je ligt. De meeste mensen moeten een joint nemen in dit stadium, het duurt eeuwen, je ziet hoe ze in zichzelf wegzinken en stil worden, ik neem aan dat dat het hele punt is.

Natuurlijk is het bullshit in zekere zin, je probeert uit te vinden hoe je alleen bent en we zijn niet alleen, of zouden althans niet alleen moeten zijn, we zijn niet gemaakt om alleen te zijn, het grote geheim van de westerse wereld dat schuilgaat achter al die fantasieën over Het Maken is dat eenzaamheid de Hel is. Dus staat alles wat je bij je hebt in het teken van de Hel als je eenzaam bent.

Maar aan de andere kant is het helemaal geen bullshit, misschien is een mens niks zonder andere mensen maar een mens is ook niks als hij die geheime plek van binnen niet heeft, een sterke burcht met een diepe bron die elk beleg kan weerstaan als het moet. Je kunt de poort niet voor iedereen openlaten, want wat voor rituelen heb je dan nog over als degene op wie je hebt gewacht aan komt rijden?

'Je bedoelt wat is het laatste waar ik aan denk als ik doodga, hè?' vroeg Suzy en keek me aan. 'Of als je mij laat zitten of ik jou laat zitten of zo?'

'Ik denk het,' zei ik.

'Waarom wil je dat weten?'

'Omdat ik dingen van je wil weten.'

'Heb jij dit ook gedaan?'

'Jazeker.'

'Waar kwam jij bij uit?'

'De eerste keer kwam ik uit bij EEN BRANDEND KAMPVUUR IN DE VERTE en de tweede keer had ik EEN ONTDOOIENDE LIBEL IN DE ZON.'

'Hoezo?'

Dus vertelde ik haar over de keer toen ik op een berg ergens in de Pyreneeën was, ik weet niet waar, bij Jaca misschien, ik was meegenomen door een stel vrienden van Pili, ik maak me nooit erg druk om waar op de kaart we zitten als dat soort dingen gebeuren, en we liepen met z'n allen door die gruwelijke droge kartelige berijpte bergen en we kwamen bij een dorpje, een heel dorp met een mooi barok kerkje en alles, een stuk of twintig huizen, totaal uitgestorven, de daken stonden op instorten maar je zag nog messen op de tafels, reprodukties aan de muren en zo. Toen vonden we de enige levende ziel die daar woonde, een stokoude vrouw, ze zei dat iedereen was weggetrokken naar Zaragoza en Pamplona en Barcelona, de laatste mensen waren twee jaar daarvoor weggegaan en ze wou dat ze dood was. We kampeerden daar, het was bitter koud die nacht en de volgende dag stond ik als eerste op en klom tegen de rotsen boven het dorp omhoog en vond de ruïnes van een kasteel, een ruïne met maar één muur boven een loodrechte afgrond, er zaten echte Spaanse gieren op de ruïnemuur en in het duister van het kasteel vond ik een libel, een grote groene glanzende libel als een titanium bouwpakket, die 's nachts helemaal bevroren was, en ik zette hem in de zon en zat meer dan twee uur te kijken, in mijn eentje, tot de rijp erop was gesmolten en hij ten slotte weer tot leven kwam en wegvloog.

Toen zei ik tegen Suzy dat ik graag wou weten wie die iemand was. Ik zei het voor de laatste woorden van mijn verhaal helemaal weggestorven waren, voor Suzy ophield met luisteren.

'Oké,' zei ze, alsof ze erop had zitten wachten. 'Het is allemaal heel simpel, maar simpel zoals van een brug afspringen simpel is. Simpel maar ingrijpend. Goed dan, ik was zwanger, hij wou dat ik het weg liet halen, ik wist het niet zeker, hij wel, dat was het verhaal van onze relatie: ik wist nooit iets zeker, hij wist alles zeker. Dus gaf ik hem zijn zin, gewoon omdat ik er niet zeker van was en hij wel, weet je wel, ik dacht iemand die zo zeker is van zoiets belangrijks moet wel gelijk hebben, dus liet ik het weghalen, ik was al laat, mijn borsten werden al groter, ze waren prachtig, ik wou dat je ze had kunnen zien, maar daarna gingen ze hangen en ze zijn nooit goed teruggekomen, ga nou geen stomme dingen zeggen, ik weet dat het waar is ook al ziet niemand het, ik zie het, dus nou weet je dat. En toen bleek dat hij niet gelijk had gehad, hij had 'm gewoon geknepen. Dus heb ik hem de bons gegeven, ik denk omdat ik zag dat hij ook bang was en het bij het verkeerde eind had, dus het haalde niks uit om met iemand om te gaan die zo'n stuk ouder was, dat was hij namelijk, wat heeft het voor zin om ouder te worden als je niet beter wordt? En nu zou hij willen dat ik het had gekregen en bij hem was gebleven, maar hij weet dat ik nooit bij hem terugkom, dus hij houdt alleen maar contact om te kijken of ik hulp nodig heb. Hij is nu vijfenveertig, hij heeft waarschijnlijk niet zo lang meer te leven vanwege de drugs die hij de hele tijd gebruikt. Hij denkt dat hij mijn leven bijna naar de kloten heeft geholpen. Ik weet dat massa's mensen dat denken over andere mensen, meestal is het gewoon gelul, ze willen zich alleen maar goed voelen over dat ze zich slecht voelen over wat ze hebben gedaan, zodat ze kunnen denken dat de hele wereld om hen draait. Maar eigenlijk denk ik dat hij gelijk heeft, weet je? Ik denk dat hij me echt bijna voorgoed naar de kloten heeft geholpen, dus denk ik vaak aan hem en dat zal ik altijd wel blijven doen, neem ik aan, niet weemoedig of zo, als dat over is is het over, maar als ik ooit hulp nodig heb en hij me kan helpen denk ik dat ik hem opbel en hem ertoe dwing want dat is hij me schuldig, echt waar. Wil je dat ik dit spelletje nog afmaak?'

'Ja,' zei ik.

'Ik weet niet,' zei Suzy. 'Die van mij klinkt te modern, zeg maar, het is net een stomme flutfilm of zo. Ik denk dat het alleen maar komt omdat zoveel mensen ook zo denken. Maar dat maakt niet uit, een idee is niet minder waard omdat een hoop mensen het hebben, het is meer waard.'

'Wat is het dan?' vroeg ik.

'Nou,' zei ze, 'we eten rotzooi en ademen rotzooi en lezen rotzooi en kijken naar rotzooi en stemmen op rotzooi en voelen ons rotzooi en we weten niet waarom, de meeste tijd denken we ook rotzooi, en het enige wat we voor al die rotzooi terugkrijgen is dat we mobiel zijn zoals mensen nog nooit eerder mobiel zijn geweest, we kunnen overal sneller zijn ook al weten we niet waar, we kunnen in elk geval meer zien van die rotzooi, we weten in elk geval meer en reizen meer. Dat moet toch wel iets goeds zijn, waar of niet? Dus kunnen we haar net zo goed in Drive zetten en op haar staart trappen.'

En ze haalde haar schouders op en ik keek toe terwijl ze opschreef wat de Laatste Essentie voor haar was, en terwijl ik toekeek dacht ik aan haar en mezelf en Brady en Chicho en waar het in godsnaam goed voor was dat we ons dit gekloot op de hals hadden gehaald, en wat er morgen met hen en met haar en mij zou gebeuren, en of we daarna bij elkaar zouden blijven, of we samen de MC-hemel in zouden gaan en wat ik zou doen als we dat niet deden, en toen legde ze de pen neer en keek me aan en haalde haar schouders op en las ik:

RIJDEN MET WIND IN MIJN HAAR

Recht tussen de ogen met een 22-kaliber dum-dum

Dinsdags om één uur, in een merkwaardig ingericht appartement in Kentish Town (met overal kleren aan de muren en een staande lamp met een tutu als kap), bereidt een jonge vrouw zich voor op een telefoongesprek.

Ze is gekleed in een heel strakke rode zijden jurk waarin haar opvallend platte buik goed uitkomt en heeft het soort grote blonde pruik en make-up op waarmee (weet ze) elke vrouw er voor elke man uitziet als een vrouw met een grote blonde pruik en make-up, wat de reden is waarom (bedenkt ze) zoveel mannen op vrouwen met grote blonde pruiken en make-up vallen.

Ze heeft haar ogen dicht, haar mond Schots-zuinig getuit en ze fronst van concentratie om voor even te vergeten wat ze draagt en te vergeten hoe ze zit en zelfs te vergeten wie ze is zodat ze iemand anders het roer over kan laten nemen, ze moet haar stem losmaken van zichzelf. Nu is ze er, waar het ook moge wezen; de frons trekt weg en haar ogen zijn, hoewel ze dicht blijven, kalm en roerloos, ze hebben hun focus gevonden ergens diep achter haar oogleden. Ze draait een nummer en als het moment daar is spreekt ze zonder aarzelen:

'Hullo schat, Janey. Vreselijk, als je het echt wilt weten. Maar goed, schat, luister, weet je nog die Count de Giglio die een paar dagen geleden bij jullie was? Ja. Nou ik vond hem best wel charmant. Zijn neef wil je een bezoekje komen brengen, dus heb ik gezegd dat hij maar langs moet wippen, is dat akkoord, schat? Nou, eigenlijk nu, zo'n beetje. Dat weet ik schat, maar ik kon echt niet weigeren. O, hij ziet er niet uit. Afschuwelijk dik en poenerig.'

Op dat moment deed de jonge vrouw haar ogen open en keek naar de man in haar kamer, een grote jonge Spaanse heer in een glanzend tweekleurig pak. Ze glimlachte om zijn verontwaardiging, maar het kwam niet eens in haar op om te knipogen of te lachen, ze zat er nu te diep in, ze deed niet meer alsof ze Janey Herzberg was, ze wás Janey Herzberg.

'En God mag weten waar hij het dellerige trutje heeft opgepikt dat hij bij zich heeft. Wacht maar tot je haar ziet, schat. Onbeschrijflijk afgrijselijk. Te ordinairig. En die auto! Maar ik zal het niet voor je bederven: een afwachttoetje, schat! Tegen tweeën? Geweldig. Dineetje woensdag? O, nou, luister, dat moet ik even op de grill leggen en kijken of het sist, schat, laat me je vanmiddag terugbellen, ja? Dag!'

Nu valt er een stilte in de kamer terwijl de jonge vrouw naast de telefoon zit. Hij duurt voort tot de Spaanse man voor haar geopende ogen met zijn vingers knipt en ze tot zichzelf komt.

'O, is Suzy weer terug. Is niet zo makkie voor je.'

'Nee, zeg maar doodeng.'

Hij kijkt haar aan en gaat naast haar zitten. Hij steekt een sigaret op en schuift hem tussen haar lippen. Terwijl ze een trek neemt, vist hij iets uit zijn zak en legt het in haar hand: een goedkoop blikken figuurtje, een rood met blauw skeletje van de Dag der Doden, een rood skeletje dat een blauw doodshoofd ophoudt. 'Is om aan Mercedesspiegel te doen, als die zachte dobbelstenen. Is om te zeggen: Hallo Suzy, is heel belangrijk en is niet zo belangrijk.'

'Dank je wel, Chicho,' zegt ze. Ze kijkt ernaar en dan naar hem. 'Chicho, ben je bang om de gevangenis in te draaien?'

'Is gevangenis voor mij, hier in dit Londen met kou en regenen en geen geld. Of ik koop mijn restaurant in Zaragoza, of ik draai in gevangenis. Is zelfde voor mij.'

'Goed. Nou oké, dan zal ik je iets vertellen.'

En dat deed ze.

Om halftwee kniest Covent Garden in indolente hebzucht onder een lage grauwe lucht die dreigt met motregen en verlangt naar een 100% zon op z'n continentaals om de collectieve pijnappelklier te verwarmen, noordelijke gereserveerdheid te verjagen en klinkende munt aan te sporen om van de ene warme handpalm naar een andere te dartelen.

De bewaker die dienst heeft bij de artiesteningang van het Royal Opera House in Floral Street (hij is ingehuurd van Securicor, hij heet George en hij woont in Wansdyke) buigt zich uit zijn deur om nog een keer naar de pracht van een witte Mercedes-cabriolet met vleugels te kijken die daar al zo'n vijf minuten dubbel geparkeerd staat. Vele jaren lang heeft hij de onnodig gesubsidiëerde operaliefhebbers in en uit zien pauwen, zijn afgunst is zo vertwijfeld geworden dat het bijna geen afgunst meer is, het is haast eerder melancholie waarmee hij de auto en de inzittenden bekijkt, een poenige buitenlander en zijn del, een lang blond stuk in rood leer dat met haar platgetrainde buik pronkt, wat een lekkere wip moet het zijn met haar, ja, als je het geld en de witte slee had, jongen, maar voor jou zal er nooit meer weggelegd zijn dan de schaalmodelauto's achter in de *Sunday Mirror* en de zielige films op de bovenste plank.

Hopelijk bezorgt ze hem een druiper als hij bezig is. O, het wordt nu beter, de regen is opgehouden. En daar komt dat zootje weer aan. Die klote Reservoir Doggies, wat een stelletje zakken, de hele dag niks te doen behalve met een hoop kapsones rond te struinen in van die bezopen kleren, ze komen zeker net uit de Nag's Head, ze lijken behoorlijk in de lorem, klote kunststudenten van St. Martin's of zo. Trouwens, die ene daar ziet er niet erg uit als een student, die grote, de leider, dat lijkt meer een bouwvakker of zo. Moet toch wel leuk zijn, als je erover nadenkt, ik vind die pakken trouwens wel oké, die plastic revolvers zien er tegenwoordig behoorlijk goed uit, van een afstandje. O, hij ziet die slee ook wel zitten, hè? Kan je geen ongelijk geven, jongen, ik ook.

'Mooi hè?' zegt George.

De grote man richt alleen maar zijn geblindeerde zonnebril op hem en dan doet de rest dat ook. Kijk godverdomme niet zo naar me, stelletje patsers, ik probeer alleen maar aardig te doen. Ik maak jullie godverdomme af. Klotestudenten. Pardon? Nee, meneer, mag ik uw kaartje even zien, meneer. O ja, de ingang om de hoek, in Bow Street, meneer, maar ik betwijfel of ze u zo laat nog binnenlaten, het is vandaag generale repetitie, meneer. U ook, meneer. Stomme lul.

En George kijkt naar zijn monitor om te zien wat er op het toneel gebeurt.

In het ROH heeft Siegfried, de favoriete operaheld van elke accountant, net van Brünhilde te horen gekregen dat hij op moet krassen en nieuwe Heldendaden moet gaan verrichten om zijn liefde te bewijzen, in plaats van thuis met haar rond te hangen en huwelijkse dingen te doen, waarop Siegfried gevat antwoordde dat dat precies was wat hij wou, hij beaamt dat het het echte bewijs van hun eeuwige gelofte is als hij als de weerga de Rijn afzakt op zoek naar Avontuur. Ondoorgrondelijk gedoe en handig voor Siegfried. Het daaropvolgende duet eindigt net met de curieuze en historisch weinig gelukkige kreet Heil, Heil, HEIL!!!, die, ondersteund door een immens orkest met zijn gezwollen kopersectie (het Victoriaanse equivalent van de Xtra-Bass Woofer), een climax bereikt die zo overweldigend – en zo schaamteloos plastisch – is dat het publiek rechtop in zijn stoel met de ogen zit te knipperen, de handen wit knijpt om de knieën en tersluikse, veelzeggende blikken naar elkaar werpt.

Om vijf voor twee slaat een grote zwarte auto in Russell Street rechtsaf en de indrukwekkende skinhead-chauffeur, die zich geconfronteerd ziet met het bekende maar toch nogal nippertjes-krappe straatje voor zich, houdt op met zijn meerijder de les te lezen over dat hij echt een betere baan moet zoeken, met zijn opleiding en alles, en schakelt terug naar z'n twee zodat hij de auto behoedzaam tussen de muur en de gietijzeren lantaarnpaal door kan sturen, Crown Court WC2 in.

De limo tuft verder, glijdt tussen een tweede muur en lantaarnpaal door waar St Margaret's Court op Crown Court uitkomt en arriveert zo, met een toch nog imponerende kruipsnelheid, voor Fielding's Hotel, waar hij zonder ruk tot stilstand komt naast het lattenrooster met klimbloemen waarmee dat uit de toon vallend gezellige etablissement is getooid.

Door zijn zonnebril ziet de leider van de zwarte-pakkenbende die in bestudeerde stilte zit te drinken rondom een grote tafel in de superschelle Pizza Express in Bow Street, een grote, slungelige figuur met enorme handen die een roodbevlekte zwarte das draagt, de limo arriveren. Hij gromt dat hij even weg moet, pakt een stuk van zijn pizza en staat op van tafel waarbij hij diverse bierflesjes en potjes met smaakmakers omgooit, draait zich weer om, legt een biljet van twintig pond op tafel en zegt dat ze een dubbel rondje bier moeten bestellen en vertrekt dan, waarbij hij een duidelijk hiaat in de conversatie achterlaat, de leegte die erop duidt dat de Leider weg is en dat niemand meer precies weet waarom hij daar is. Hij beent weg over Bow Street, wipt over een verkeerspaaltje, springt slungelig over de sokkel van het nep-bronzen danseressenstandbeeld bij de ingang van Crown Court, blijft alleen even staan om het stuk pizza in haar gezicht te kwakken om zijn alibi verder aan te dikken en stevent naar de vijf telefooncellen die vlak achter de paaltjes staan die de ingang van Crown Court voor driekwart versperren. Er zijn maar drie cellen in gebruik, dus kiest hij een van de lege.

Hij kan het niet laten om even snel om te kijken naar de limo en de blik op te vangen van de jongste van de twee mannen die op dat moment aan het uitstappen zijn. Gerustgesteld trekt hij handschoenen aan, concentreert zich op het produceren van de vreemde stem die Suzy hem heeft geleerd door zijn neus in te trekken en zijn kin te laten zakken en de trillingen rond zijn voortanden te houden, en draait een ongepubliceerd nummer van het politiebureau van Paddington Green om hun te vertellen dat ze tegen inspecteur Attercliffe moeten zeggen dat er een bom van 200 kg in een blauwe Sierra Estate zit die op de hoek van Bow Street en Martlet Court staat, tegenover de passage van gietijzer en glas van Covent Garden, en dat die over drie kwartier zal ontploffen om de Britse regering duidelijk te maken dat geen enkele Echte Ierse Patriot met minder dan alle 32 county's genoegen zal nemen, en de tering met elke slappe wapenstilstand.

Daarna belt hij meteen een vriend van hem die tot voor kort op een groot kantoor werkte zodat hij even een babbeltje à la Charmante Toneel-Ier Sul kan hebben met de receptioniste, om haar aan het lachen te maken, een vrolijke noot aan haar dag te geven, ervoor te zorgen dat ze zich herinnert dat hij heeft gebeld.

Er is geen inspecteur Attercliffe in Paddington Green.

Er is nergens een inspecteur Attercliffe. De naam en het telefoonnummer vormen samen een code waardoor de politie weet dat dit een telefoontje van een serieuze terrorist is en niet van een gestoorde grappenmaker. Het is in feite de op een na laatste code die is gebruikt door een splintergroep van een splintergroep van de ouwe Officiële IRA, en hij is onlangs vervangen maar men weet dat hij echt is geweest en hij is nog vers genoeg om de roos te treffen. De tijd van drie kwartier is gekozen om de politie te laten opschieten zonder in paniek te raken. Wat betreft de blauwe Sierra, dat is enkel de onschuldige auto die door het lot is uitverkoren om op dat moment op de betreffende plek te staan.

De bovenmaatse opbeller loopt nu de cel uit en denkt aan de geinige spitsvondigheid uit het script van de populaire film

Reservoir Dogs waarmee hij zijn verklede makkers zal begroeten. Terwijl hij Crown Court oversteekt kan hij het niet laten om weer een blik naar rechts te werpen naar waar de limo staat, hij ziet de twee mannen nu voor de deur van de bank staan, en dan nog een blik naar links om zich ervan te vergewissen dat de witte Mercedes met vleugels al uit Floral Street komt rijden en Bow Street in duikt, wat zo is. Hij vraagt zich af of de slee wel past in de ruimte die overblijft tussen het laatste paaltje en de overkant van Crown Court.

Tegen die tijd gaan de inzittenden van de limo met hun grote zak geld door de eerste van twee elektronisch bediende deuren die toegang geven tot de Privé-bank met het simpele opschrift No. 6 Crown Court.

In de bank wisselt de grootste, oudste en verreweg gevaarlijkst uitziende van de twee mannen wat vriendelijkheden uit met de bewaker terwijl de jongste man de linnen geldzak neerzet, stiekem diep ademhaalt en, haar aansprekend met lady Caroline, op de vriendelijke toon van een oude bekende informeert naar de gezondheid van een van de drie rijke-meisjeskostschoolprodukten wier zadelbrede achterwerken achter grote, smaakvolle, imitatie-Georgian bureaus zetelen die zijn volgepropt met kolossale hoeveelheden vulgair, van radioalarm voorzien geld.

Zijn vraag wordt door lady Caroline begroet alsof ze net een onverwachte, onwelkome en grotendeels onbegrijpelijke e-mail van de planeet Vullis heeft ontvangen.

Maar kostschool en Comtesse d'Isegrim zijn niet voor niets geweest en ze doet ondanks haar verwarring een kranige poging tot een neutraal antwoord. Die verwarring wordt echter nog dubbel zo groot als de jonge man vraagt of ze zin heeft om eens wat te gaan drinken.

'Drinken?' verbleekt ze. Ze is de kluts kwijt, getraind als ze vanaf haar vroege volwassenheid is om de Volmaakte Gastvrouw te zijn en weinig anders (haar werk op deze privé-bank verdient de naam nauwelijks, het is meer een voorwendsel om het soort mannen te ontmoeten dat in aanmerking zou kunnen komen om mee te trouwen); ze is altijd afgeschermd van het soort mannen dat ze misschien direct zou dienen af te wijzen, ze komt er gewoon nooit mee in aanraking. En toch kan ze duidelijk niet ja zeggen...

Maar lady Carolines collega's schieten haar te hulp door de jonge man zonder één overbodige lettergreep op te dragen hun geld onmiddellijk te brengen. Hij gehoorzaamt gemelijk; hij heeft zijn doel bereikt, namelijk om een paar kostbare seconden te verspillen. Hij graait naar de zak teneinde de inhoud (voornamelijk Zwitserse franken, vandaag) per ongeluk op de vloer te kieperen.

'O christus,' zegt hij.

'Nou ja zeg!' zeggen de Meisjes.

'Stuntel,' zegt Fred en buigt zich niet om te helpen bij het oprapen van de poen.

De jongste man vertoont inderdaad tekenen van geestelijk lijden, en geen wonder: hij heeft geen idee of zijn Plan loopt als beraamd, hij is de hele ochtend aan het werk geweest, hij heeft Suzy niet kunnen bellen, hij weet niet beter of ze heeft nooit contact gekregen met de bank of ze hadden haar in de smiezen gekregen of wat dan ook, de witte slee zou nu ongeveer...

'Dat zal hem wezen,' zegt Joe aan de periscoop.

'Janey zei dat het een afgrijselijke auto is,' roept lady Caroline. 'Is het een afgrijselijke auto, Joe?'

'Nee hoor, lady Caroline, een pracht van een witte slee met open dak.'

'O, wat fantastisch!'

Joe blijft door de periscoop kijken terwijl de Meisjes alle zeilen van wat ze beschouwen als hun goede opvoeding moeten bijzetten om hun nieuwsgierigheid te bedwingen. Ze zitten naar Joe te staren, die hun ogen is. Fred ook, zij het zonder veel interesse. Als iemand naar de jonge man zou kijken, zouden ze hem zien trillen van opwinding, maar dat doen ze niet.

'Joe, zitten er allemaal van die soort van surfplankdingen aan?'

'Ja, lady Caroline. De hele mikmak, zou ik zeggen.'

'Wat vreselijk! En heeft hij een dellerig meisje bij zich, Joe?'

'Een spetter van jewelste, lady Caroline. O, hij gaat weer weg. O nee, hij rijdt alleen maar achteruit de hoek om.'

(Wat is ze verdomme aan het doen? denkt de jonge man. Kan Brady haar nog zien? Ze hoorde vlak voor de bank te parkeren, in het volle zicht, dat was godverdomme het hele punt waarom de witte slee in het Plan zat! In het volle zicht! Jezus!)

'Ik móét haar gewoon even zien,' roept lady Caroline. 'Laat ze binnen Joe, schiet op, schiet op, schiet op.'

'Wie is het, lady's?' vraagt Fred.

'De neef van die Italiaanse graaf. Janey zei dat hij eraan kwam.'

'Nou ja,' zegt Fred.

Oké, denkt de jonge man.

En de deur gaat open en Chicho en Suzy lopen naar binnen.

'Goeiemiddag, meneer,' zeggen Joe en Fred.

'O, zo'n leuke bank!' zegt Chicho.

'Lijkt niet erg op een bank,' giechelt Suzy.

'Gossie!' fluisteren de verrukte Meisjes.

De jonge man, met de zak geld nog steeds in zijn hand, neemt iets van een op-de-plaats-rust militaire houding aan en staat daar gewoon alsof niemand hem hoort op te merken, wat kennelijk de juiste houding voor hem is aangezien niemand dat doet.

Op dat moment wordt George de ROH-bewaker opgepiept door zijn collega in het beveiligingskantoor net binnen de grote houten hekken voor de artiesteningang in Bow Street.

Het ROH heeft de laatste tien jaar te maken gehad met vijf bommeldingen, dus de procedure is bekend. Het cruciale punt waarover een beslissing moet worden genomen is, zoals altijd, of het gebouw ontruimd moet worden of afgesloten. Dat hangt af van de plaats en de grootte van de bom: als de kans groot is dat de bom schade aanricht aan de constructie van het gebouw dan moet het publiek er natuurlijk uit. Maar als het een kleine bom is zijn ze binnen veiliger. George informeert wat deze keer het geval is, en het antwoord laat weinig ruimte voor twijfel:

'Tweehonderd kilo twintig meter hier vandaan? Dat kan de hele boel met de grond gelijkmaken. Laat ze eruit, George, maar stuur ze goddomme niet Bow Street in, stuur ze Floral Street uit en dan naar het oosten, gebruik de nooduitgangen en alles! De politie gaat ervan uit dat we veertig minuten hebben, dus schiet op.'

Binnen gaan de zaallichten aan en snijdt het schrille alarm door de zware ranken van Wagners orkestratie en brengt die krassend en snerpend tot stilstand.

Met het alarm komen de eerste sirenes van buiten.

In de Pizza Express reikhalzen de Reservoir Doggies om iets te zien en te horen.

'Eet door!' snauwt de grote vent. 'Dogs zijn cool.'

'Ja,' zeggen de anderen blij en kauwen verder op hun hompen kazig deeg aan hun tafel in de hoek achterin, terwijl de andere tafels opstaan en (suïcidaal, als ze maar even zouden nadenken) naar de grote ramen van spiegelglas lopen om te zien hoe de strijdmacht van de Staat wordt gemobiliseerd om hen te redden.

De leider van de Doggies kan alleen de voorkant van de witte Mercedes zien die naast Fielding's Hotel in de scherpe bocht van Crown Court staat geparkeerd. Hij snuift verachtelijk bij zichzelf want Suzy had er verdomme voor moeten zorgen dat de slee in het zicht van de Pizza Express stond en hij is maar net te zien, waar was de stomme trut mee bezig om hem bijna uit het zicht te parkeren? Nou ja, hij staat op zijn plek en Brady kan hem zien, dus dat is oké. Best wel een lekkere pizza, dit.

In No. 6 Crown Court, de bank, heeft de jonge man, die vindt dat Chicho's en Suzy's act aan de grenzen der geloofwaardigheid knabbelt, zijn oren gespitst op het geluid van sirenes en is dus de eerste die ze hoort. Hij laat zijn geldzak vallen en zegt dat ze allemaal moeten luisteren. Dat doen ze.

'Wat?' vraagt Joe de bewaker.

'Hoor,' zegt de jonge man. Maar nu kan iedereen ze horen, overal vandaan.

'Sodeju,' zegt de grote skinhead. 'Wat is er aan de knikker?'

'Maak eens open, Joe, dan kunnen we even kijken,' zegt de jonge man, en de bewaker doet dat zonder er verder bij na te denken, het ligt voor de hand om dat te doen, iedereen wil Het Verhaal weten, zelfs de Meisjes komen achter hun bureaus vandaan met amper een zweem van hun gekoesterde nonchalance. De jonge man rent naar buiten.

'Wat is er aan de hand, Djieovanni?' vraagt de blondine met de grote bos haar.

'Is niks, cara mia,' zegt hij met een weids, traag wuifgebaar.

In het ROH wirwart het orkest zich een weg naar de artiesteningang terwijl het publiek een schuifelende rij vormt en probeert de bekende gevoelens van paniek en vluchten eronder te houden. Buiten komen witte busjes met gierende banden tot stilstand. Ze braken drommen politieagenten uit die naarstig hun helm vastgespen en uitkijken naar instructies, in krakende portofoons schreeuwen, op en neer rennen om verbijsterde groepen buitenlandse toeristen weg te sturen.

In Crown Court klampt de ietwat kalende jonge man van de Privé-bank een hoofdagent aan die uit Hughes-Pritchard (Accountants) op No. 3 te voorschijn komt en op het punt staat om over te steken naar het Fielding's Hotel om iedereen te gelasten hetzij binnen tien minuten naar buiten te gaan of koste wat kost binnen te blijven.

Overal rinkelen brandmelders, gillen sirenes en hollen mensen in pak rond met ordners en computers in hun armen geklemd. Achter het raam op de begane grond van Hughes-Pritchard is een kalende man met rode bretels vertwijfeld bezig zijn harde schijf over te zetten op floppy's. Hij grijpt naar zijn hoofd en schreeuwt hoorbaar tegen zijn apparaat om godverdomme op te schieten alsjeblieft, waardeloos kloteding dat je bent. In Crown Court vraagt onze jonge man wat er aan de hand is. Hij krijgt te horen dat het een bom is en wordt bars gelast om te maken dat hij wegkomt uit de straat. Hij schreeuwt dat ze twee adellijke dames in dat kantoor daar hebben, verre verwanten van de Koninklijke Familie godsamme, en een Italiaanse Graaf of zoiets.

De hoofdagent blijft staan en denkt lang genoeg na om de rokpanden van boulevardbladberoemdheid voor zijn geestesoog te zien wapperen en zegt tegen de jonge man dat hij twee seconden moet wachten, stormt door de deur van Fielding's Hotel, zegt tegen de receptionist dat hij moet zorgen dat iedereen hetzij binnen acht minuten het hotel uit is, ja?, of dat ze binnen en bij de ramen vandaan blijven. Daarna laat hij zich meetronen naar de deur van No. 6, waar de twee beveiligingsagenten toekijken.

Floral Street loopt vol met operabezoekers die de deuren uit struikelen (vertegenwoordigers met Prestatietoeslagen en de sabeldierklasse van Duitsers uit Hampstead), terwijl spelers en musici elkaar helpen om uit de manshoge nooduitgang te klauteren tegenover het steegje waarin de gasten van de Jardin des Amis du Vin voorgerechten en bourgognes een stuk sneller in de steek laten dan ze ze hebben uitgekozen. Een kudde fotografie-fetisjisten uit het Verre Oosten wordt met ietwat overdadig enthousiasme in de richting van Long Acre gedreven.

In de bank heeft de hoofdagent de situatie uitgelegd. Met eerbiedige klem, geleerd van films over het Edwardiaanse Engeland, staat hij erop dat ze het gebouw ontruimen binnen (hij raadpleegt zijn horloge) vijf minuten of anders koste wat kost binnen blijven en gaan liggen en zich onder tafels of andere solide dingen verschuilen. En bij de ramen vandaan blijven tot hun anderszins wordt geïnstrueerd.

'Lamedruit!' snatert de blonde gans. 'Djieovanni, kwilhierweg!'

'Nou ja zeg,' zegt lady Caroline, maar de Meisjes zijn er ook niet zo tuk op om daar op een explosie te liggen wachten, hun *Stiff Upper Lip* is niet uit het echte Victoriaanse hout gesneden, het zijn slappe gedegenereerde moderne versies, alleen bedoeld om het hoofd te bieden aan sociale flaters, niet aan levensgevaar.

'Luister,' roept de jonge man ferm, en iedereen draait zich verrast om. 'De limo staat buiten, we moeten de dames hiervandaan krijgen, ze kunnen in twee minuten weg zijn.'

'Hij heeft gelijk,' zegt Fred alleen maar.

'Mijn oom zit in het kabinet,' zegt lady Caroline.

'Ja,' zegt Joe, die helemaal niet blij is. 'Ik zou ze zo weg kunnen brengen. Ik bedoel, ik of Fred.'

'Het is Freds auto,' zegt de jonge man, Plan A hoopvol in werking stellend.

'Het kan me niet schelen wie er rijdt,' zegt de hoofdagent. 'Als jullie gaan rijden, doe het dan nu. Nou?'

'Wacht even,' zegt Fred en loopt naar de dichtstbijzijnde telefoon.

Iedereen kijkt toe en wacht op verschillende wijze op zijn lot.

'Hallo baas, hebt u het gehoord, van die bom om de hoek? Ja, nou de politie wil dat we binnen blijven of 'm nu smeren, hoe lijkt het u als we de dames met de limo meenemen en Joe hier blijft om de boel af te sluiten? Ja, oké, ik blijf, Joe rijdt. Ja, het krioelt er hier van.'

En Fred hangt op.

'Nou, oké.'

'Eh, zei je dat ik reed, Fred?' vraagt Joe.

'Ja, schiet op,' zegt Fred. 'De baas wil dat ik hier blijf, sorry Joe, iemand moet hier blijven en dat ben ik dus.'

'Maakt niet uit, Fred,' zegt Joe snel.

De jonge man stapt over op Plan B (codenaam: Fredtestament). Hij had trouwens altijd al gedacht dat ze dat zouden moeten. Fred is nou eenmaal dat soort vent.

Dankbaar neemt Joe de sleutels aan van Fred. De hoofdagent buigt zich naar zijn portofoon en geeft door dat een VIP-limo met de dochter van een kabinetslid in twee minuten in veiligheid wordt gebracht richting Bow Street. Toestemming volgt snel. Hij wendt zich tot de Meisjes en maakt haast een buiging:

'Oké, eh, dames. Sla rechtsaf Bow Street in en dan Long Acre op, eh, mijn collega's wijzen de weg.'

'En wat doen wij?' vraagt de dikke spaghettivreter in zijn poenige pak.

'Ja, en wij dan, man?' schreeuwt het blonde stuk. 'Wij hebben onze auto ook daar staan, die witte slee om de hoek, hoe zit het met ons?'

'O, christus,' zegt de hoofdagent. 'Oké, oké, wegwezen. Allemaal. Schiet op!' en hij roept weer in zijn portofoon: 'Victor drie-vier. Correctie op laatste melding: er komen twee auto's aan, een zwarte VIP-limo en, eh,' (hij doet een stap naar buiten en kijkt naar links) 'een witte Mercedes met vleugels. Akkoord. Over en sluiten. Vooruit, wegwezen!'

De Italiaan en de blonde del haasten zich dankbaar naar buiten.

De hoofdagent blijft wachten, klaar om hulp te bieden terwijl de Meisjes het gebouw verlaten, hij steekt zijn armen uit alsof hij ze met klopjes op de rug voort wil manen maar durft ze niet echt aan te raken, en Joe leidt ze naar de limo waarbij hij nerveuze blikken rond Crown Court werpt, alsof een bomexplosie iets is waar je voor weg kunt duiken als je hem op tijd ziet.

'Jij ook,' zegt Fred. Maar de jonge man is onvermurwbaar.

'Ik laat dit niet zomaar achter, Fred, ik heb er verdomme voor getekend! Jij niet, ik! Ik ben niet van plan om 153 876 pond in contanten achter te laten waar ik voor heb getekend, denk je dat ik daar verantwoordelijk voor wil zijn als er iets gebeurt? Dan laten ze het me goddomme de rest van mijn leven terugbetalen!'

'Wat kan er hier mee gebeuren?' lacht Fred.

'Dat kan me niet schelen. Fred, ik heb ervoor getekend. Ik blijf bij dat geld tot ik een echt reçu heb. Trouwens,' (hij knipoogt) 'als ik terugga vinden ze misschien iets te doen voor me.'

'Doe wat je niet laten kunt,' zegt Fred.

De hoofdagent, die de meisjes de auto heeft ingewerkt zonder zelfs maar een bedankje te krijgen, laat staan dat ze zijn nummer hebben genoteerd voor een eventuele eervolle vermelding, komt terug en gaat wraakzuchtig in de deuropening van de bank staan.

'Dat adellijke tuig, de tering! Oké, jullie daar! Jullie smeren

’m nu of sluiten de boel af en blijven binnen! Gesnopen?’

‘Geen punt,’ zegt Fred. ‘We blijven hier.’

Maar nu is het getier van een ernstig huiselijk incident buiten hoorbaar.

‘Ik heb jou die rotsleutels gegeven!’

‘Jij gekke vrouw, de sleutels zijn bij jou!’

‘Ik heb ze aan jou gegeven.’

‘Godsamme!’ schreeuwt de hoofdagent. ‘Sodemieter op met die auto!’

‘We kunnen die kutsleutels niet vinden!’ blaast de blondine, alsof het door de tussenkomst van de hoofdagent zijn schuld is geworden, en ze barst in tranen uit.

‘Oké! Hou op. Terug naar binnen, nu! Ik zei nu!!’

‘Aaaaaah!’ krijst de blondine.

De Italiaan geeft haar een harde, trage mep in haar gezicht, ze zakt in elkaar, hij sleurt haar grienend de auto uit en terug de bank in.

‘En blijf nou verdomme waar je bent!’ schreeuwt de hoofdagent. ‘Ik waarschuw jullie!’

‘Kom op,’ zegt Fred en hij helpt de Italiaan om de jammerende blondine in een van de stoelen achter een van de bureaus te kwakken. De hoofdagent kijkt of alles kits is, schudt zijn hoofd en holt weg Crown Court in om de laatste mensen die uit de Bacchus Wine Bar komen weg te jagen. Onder het hollen spreekt hij in zijn portofoon en houdt hij zijn helm op zijn hoofd gedrukt.

‘Oké,’ zegt Fred. Hij doet de deur dicht en gaat weer terug naar binnen.

‘Hé, Fred,’ zegt de jonge man. ‘Moet je dit eens zien.’

‘Wat is dat?’

‘Wat erop staat, Fred. Een Testament.’

Onder de mensen die nu uit de Pizza Express worden geleid bevinden zich zes dronken jonge debiele yuppies die zijn gekleed als personages uit de film *Reservoir Dogs* en elk twee bierflesjes in de hand klemmen. Ze hebben de boel zo lang mogelijk opgehouden en de politie al tot razernij gedreven; hun logge Topdog had er met luide stem op gestaan dat Vrouwen en Kinderen godverdomme eerst moesten. Brady ziet de limo wegrijden, hij ziet Chicho Suzy terugdragen de bank in. Hij grijpt de twee dichtstbijzijnde Doggies en fluistert heftig:

'Doe me na, dan komen we allemaal op het godverdommese wereldsatellietnieuws. Doen jullie mee?'

Wil een stel dronken filmfetisjisten en zielige poseurs de kans missen om gekleed als Doggies op het Wereldnieuws te verschijnen?

Zijn ze geschift.

In de bank heeft Fred net gehoord waarom ene James Andrew Marsden zijn dochter, Jean Leefe née Kane, testamentair vijftigduizend pond na zou willen laten.

'Jeetje,' zegt hij.

'Geen connectie, Fred. Geen enkel mogelijk bewijs. Ik betaal Jimmy morgen contant, Jimmy geeft binnen een jaar de pijp aan Maarten, niemand weet waar het vandaan komt of waarom Jean het krijgt en niemand kan het aan Jimmy vragen want Jimmy is er niet om het aan te vragen.'

'De arme kloot,' zegt Fred hoofdschuddend terwijl hij nog steeds naar het testament staat te kijken.

'En ik ga niet proberen om je een loer te draaien. Waarom niet? Omdat ik me niet de rest van mijn leven wil lopen afvragen of je me niet op een avond zult vinden.'

'Nee, nee,' zegt Fred. 'Dat snap ik. Nou, ik had jou nooit aangezien voor een superschurk. Zijn dat jouw mensen daarbuiten met de gelatinedynamiet en de slee? Leuk. En waar zijn de blaffers?'

'Die hebben we niet.'

'Wat, geen blaffers?'

'We hadden ze best kunnen hebben, denk je dat ik dit allemaal op kan zetten en niet aan een blaffer kan komen? Maar hebben we die? Nee. Ik wil geen blaffer gebruiken, niet tegen jou, Fred. Je hoeft me alleen maar in je ballen te laten trappen en Chicho hier je een paar opdonders te laten geven en dan zit er vijftigduizend pond in voor jouw Jean. Waarom zou je hen de hele tijd helpen, help jezelf! Help je kleinkinderen!'

'Is makkie voor jou!' dringt Chicho aan.

'Zodra we weg zijn sla je alarm, precies zoals je hoort te doen, het maakt niks uit, wie luistert er goddomme naar nog een sirene in deze heksenketel?'

Fred lijkt voor een dilemma te staan.

'Goed bedacht. Maar je had me er eerder bij moeten halen.'

'Ik dacht dat je me niet zou geloven.'

'Mensen geloof ik niet maar Plannen wel. Het lijkt erop of je een goed Plan hebt. Heel knap. Ik ben nooit zo goed in Plannen geweest, maar ik herken ze wel als ik ze zie. Een juweeltje.'

'Doe dan godverdomme mee!'

'Je had verdorie een blaffer mee moeten brengen, weet je, het probleem is dat niemand gelooft dat twee kerels míj zomaar te grazen hebben genomen, waar of niet? Heb je daar niet aan gedacht? Even serieus.'

'We hadden je onverwachts te pakken kunnen nemen.'

'Nee, niemand kan me onverwachts te pakken nemen. Heb je niet eens een mes of zo? En hij?'

'Nee. Luister...'

'Als je een blaffer had gehad, had je me in mijn knieschijf kunnen schieten of zo.'

'Dat maakt niet uit, je zegt gewoon dat ik een blaffer had.'

'Nee, dat geloven ze niet, dan zeggen ze dat ik in het complot zat, dan luizen ze me erin, man, ik ken ze. Ik kan het niet doen.'

'Fred!'

'Sorry, makker. Ik waardeer het dat je me niet koud wil maken. Echt waar. Dat hou je van me te goed. Maar niet deze keer. Misschien zou het lukken, ik weet het niet, ik moet tijd hebben om na te denken, snap je. Ik zeg het nog één keer, je had me er eerder bij moeten halen, dat is alles wat ik zeg en daarmee uit.'

Ik keek naar Fred, naar die massieve bonk vol botten en spieren en ik wist dat hij gelijk had, ik had hem er eerder bij moeten halen. Ik had met alles rekening gehouden behalve met het eenvoudigste, belangrijkste aspect: Freds absolute gevoel voor fair play. Maar we hebben allemaal een doctorstitel in Wijsheid Achteraf en er viel nu niks meer aan te doen. Dus liet ik mijn armen vallen en zei:

'Tja. Dan houdt het op.'

Ik wendde me tot Chicho en Suzy.

'Dan houdt het op.'

'Wat doen we nu dan?' vroeg Suzy.

'Eh,' zei ik.

'Ga je ons erbij lappen?' vraagt Suzy.

'Nee,' zegt Fred. 'Eerlijk is eerlijk, jullie hebben me niet koudgemaakt, en trouwens, ik verlink geen mensen. Voor zover ik weet ben jij Graaf Huppeldepup, jij bent zijn mokkel en jij bent mijn loopjongen, oké? En de poen gaat in de kluis. Kunnen jullie daarmee leven?'

'Bedankt, Fred,' zei ik.

'Laat maar zitten, makker. Goh, had je nou maar een blaffer meegebracht, hè? Je moet gewoon blaffers hebben. Is dit je eerste klus?'

'Ja.'

'Goed geprobeerd. Ik wist wel dat je hersens had. Dat is het voornaamste, hersens. En blaffers. Zeg, als je soms spierkracht nodig hebt voor de volgende, dan weet je waar je moet wezen.

Als je niet van blaffers houdt heb je serieuze spierkracht nodig, zo is het gewoon. Sorry hoor, maar jullie tweeën zijn geen serieuze spierkracht, snap je wel?'

'Ja. Dank je, Fred,' zeg ik. Ik wend me af, ik kan Suzy en Chicho niet aankijken.

Weet je wat ik voel?

Niet wat je denkt.

Op een keer, toen ik nog maar een jaar of zeventien was, zat ik in een goedkope afgeladen trein van Italië naar Duitsland, ik had de hele nacht tussen de plee en de gierende automatische coupédeuren gezeten, ik was net tot de ontdekking gekomen dat ik bijna al mijn geld had verloren, het enige wat ik had was een fles rode wijn, dus dronk ik die wijn en gaf hem door aan een Arabier die naast me zat. Hij ging weg en ik dommelde half in, alle verschillende talen waarin iedereen zat te kwekken werden één grote brij van geluid, in mijn halfslaap kon ik het alles laten betekenen wat ik wou. Twee uur later maakte hij me wakker en trok me zachtjes overeind en gebaarde dat ik hem moest volgen, dus dat deed ik, en hij nam me de halve trein door naar een coupé met dichtgetrokken gordijnen en een bordje in het Duits waarop stond RESERVIERT: GRUPPE POLNISCHER NONNEN, maar er zat geen Groep Poolse Nonnen in, enkel zeven Arabieren, en ze gaven me een zitplaats en ik voelde me als een Russische boer die voor de verandering eens niet afgeranseld wordt of zo, een zitplaats in een trein was meer dan ik hoe dan ook verdiende, en ik begon te huilen en al die Arabieren schenen precies te begrijpen waarom, ze knikten en gaven me saffies en wijn en lachten.

Zo voelde ik me nu. Ik dacht goddank, ik wou op Freds schouder in tranen uitbarsten en huilen Dank je wel, dat is veel meer dan ik verdien, ik wil alleen maar een rustige zitplaats en een beetje geld en dit allemaal vergeten.

Ik wil alleen maar teruggaan naar mijn schuur en oud worden.

Ik haal diep adem en kijk uit naar de rest van mijn leven.

Ik ga me morgen inschrijven voor een opleiding tot accountant, dat staat nu buiten kijf. Fred heeft gelijk. Ik zou wat behoorlijks moeten doen. Hé, het is nog niet te laat: de doorsnee-afgestudeerde in Engeland gaat pas na zijn 28ste doen wat hij uiteindelijk doet. Ik ben gewoon Mr Doorsnee, goddank. Ik wil een rijtjeshuis, ik wil een hypotheek, ik wil pantoffels en een gebreid vest gereserveerd voor over twintig jaar, en ik wil een vrouw en kinderen en dat wil ik allemaal nu meteen.

En dan, terwijl Fred zich omdraait om mijn zak geld op te rapen en in de kluis te stoppen, kijkt Suzy om en komt er een kerel binnen die ik nog nooit heb gezien.

Hij is enigszins gedrongen, in de veertig, hippieachtig SOL gekleed in een lange bruine leren jas met zijn jeans in bijpassende cowboylaarzen gestopt, hij ziet eruit als een neo-hippiegoeroe uit Stonehenge, zijn haar is lang, rood en dik, geklit in natuurlijke dreadlocks, zijn gezicht zit vol groeven en littekens en is uitgeteerd door coke en zijn ogen zijn heel, heel erg lijp, ze zijn uitgebleekt door zijn gedachten, ze zijn een manier van de Natuur om voor gezondheidsrisico's te waarschuwen:

Kijk uit hoe je omgaat met de eigenaar van deze ogen,
want wat er ook vandaag met hem gebeurt,
het valt in het niets bij wat er elke nacht in zijn hoofd gebeurt.

En hij slaat zijn jas open alsof hij te veel Clint Eastwoodfilms heeft gezien en trekt goddomme een revolver met geluiddemper.

'Wie ben jij verdomme?' vraag ik, maar behoedzaam.

'Ik ben de man uit de kofferbak van de slee,' zegt hij. 'Hallo.'

'Wie is dat verdomme?' vraag ik aan Suzy.

'Gewoon Iemand,' zegt Suzy.

En dan zegt Fred, tegen mij uiteraard:

'Dat lijkt er meer op! Vijftigduizend, zei je?'

'Maar...' zeg ik.

'Denk eraan, alle twee mijn benen,' zegt Fred terwijl hij een vinger opsteekt. 'Als je er zestigduizend van maakt, geef ik jullie twee minuten voorsprong.'

'Suzy...'

'Akkoord,' zegt Suzy en ze pakt de revolver uit Iemands hand en geeft hem aan mij.

Aan mij.

'Vooruit, wij kunnen geen van tweeën schieten,' zegt ze.

'Eén snuifje te veel op een mooie dag, hé, je weet hoe dat gaat,' lacht Iemand en steekt zijn bevende hand uit.

'Je hebt verteld dat je vroeger konijnen schoot,' zegt Suzy.

'Gemenerd,' zegt Iemand.

'Dat is eeuwen geleden. Dat ging om konijnen, godsamme. Chicho?'

'Nee, nee, nee, is heel moeilijk voor me.'

Het was waar, ik had veel konijnen geschoten toen ik een tiener op het platteland was, waar niks te doen is voor tieners behalve hun hersens stukdrinken, dingen van kant maken en dromen van nachten in de stad. Ik ben ermee opgehouden na die keer toen ik er eentje recht tussen de ogen raakte met een 22-kaliber dum-dum van een meter of vijftig en allebei zijn ogen eruit vlogen, ze hadden zich eruit geperst zodat ze op kleine grijswitte aubergines leken. Nog eentje voor de videoshow van drie uur 's nachts in mijn hoofd. Ik dwong mezelf het rotbeest toch te braden en op te eten aangezien ik het had gedood, maar het smaakte als gedroogde koeievla.

'Niks aan het handje, makker,' zegt Fred. 'Maar zorg wel dat je op de buitenkant van mijn benen richt, niet op de binnenkant want daar zitten de slagaders. Raak me daar, en daar, dan ziet het er grandioos uit, dat deden we vroeger altijd. Brengt me terug in de tijd. Is dat een kaliber-22? Ja, nou, die richt niet al te veel schade aan. Kom op dan.'

'Schiet op,' zegt Suzy, 'anders is Brady weg.'

'Jezus! Wie heeft er godverdomme gezegd...'

'Relax, man,' zegt Iemand. Klerehippie.

'Toe nou!' zegt Suzy.

'Is makkie voor jou,' zegt Chicho.

'Nee dat is het godverdomme helemaal niet.'

En dan doe ik het toch.

Er is praktisch geen terugslag van de revolver, met de geluiddemper klinkt het als een stel chipszakken die openbarsten, de kogels slaan dwars door Freds benen in het bureau achter hem.

Fred knipoogt naar me voor zijn benen het begeven en zijn gezicht vertrekt, dan bereiken de boodschappen van zijn twee vernielde knieën zijn hersens en draaien zijn ogen weg, hij valt om, het bloed spuit niet in het rond zoals in Brady's filmwereld, het dringt alleen maar traag naar buiten, het spreidt zich uit alsof Freds broek van pleepapier is en blijft zich gewoon uitspreiden.

'Pak het geld,' zegt Suzy en zij en Chicho duiken naar de bureaus. Ik sta alleen maar naar Fred te kijken, ik heb het gevoel dat het tafereel in mijn hersens wordt gelast maar het doet geen pijn, het zal niet verbranden.

'Wacht,' zegt Fred.

'Wat?'

'Het is niet genoeg. Ik steek mijn klauw uit alsof ik probeerde je tegen te houden en jij schiet er eentje midden doorheen, oké?'

'Vind je?'

'Dwars door het midden, zorg dat je er verdomme geen vingers of zo afschiet. Daar. Schiet op, man, het is vijftigduizend voor Jean haar kinderen of zeven jaar voor mij, denk je dat ik daarmee zit, zo'n pokkenkogeltje door mijn klauw? Het is jouw plan, godsamme. Het heeft geen zin om het lef te hebben om erover te denken als je het niet kunt.'

'Oké, oké, oké.'

Dus doe ik dat ook, het kan me niet meer schelen, ik richt en schiet meteen, de kogel gaat dwars door Freds hand die naar achteren wordt geslagen als bij een elektrische schok, en verbrijzelt een grote spiegel met een vergulde lijst. Deze keer voel ik piepkleine stukjes van Freds hand terugspringen en tegen mijn gezicht komen, ik ga in een stuk spiegel kijken dat nog is blijven zitten maar kan ze niet zien. Suzy pakt de revolver uit mijn hand en geeft hem terug aan Iemand, die hem in de riem van zijn jeans steekt.

Fred ligt naar me te staren alsof hij een religieuze heiliging ondergaat of zo. Hij klemt zijn hand tegen zich aan en kiepert langzaam achterover op de vloer, het bloed stroomt tussen zijn vingers en over zijn lies en sijpelt omlaag waar het in het tapijt van twintigduizend pop samenvloeit met het bloed uit zijn benen.

Chicho en Suzy hebben een zak vol geld, hij ziet er niet zo groot uit maar dat is nou eenmaal zo met geld, en dan pakt Iemand me beet en duwt me de sluis met zwarte spiegels in. Ik kijk nog één keer naar Fred als in een droom, hij ligt nu naar het plafond te staren en te hijgen en half hardop te tellen: achttien, negentien, twintig, en dan lopen we met z'n vieren rustig naar de auto, lachend en geintjes makend, met de zak openlijk in de hand.

Als we instappen, ziet een stel politieagenten bij de ingang van Crown Court ons, ze zwaaien als gekken naar ons, ik schreeuw naar hen:

'Ze zeiden dat we 'm moesten smeren! Die hoofdagent zei dat we door mochten!'

'Jullie zouden verdomme vijf minuten geleden aftaaien!'

Een penibel moment?

Ja, maar daar hebben we het Plan voor.

Want terwijl we de auto starten, klinkt opeens geknetter van schoten en het geluid van brekende flessen en ramen, in deze ambiance snijden die plastic klappertjes als een mes, een stel figuren in zwart pak en wit overhemd met pistolen breekt los uit de menigte die zich richting Long Acre haast en rent de straat op tussen de wegduikende politie. Ze smijten lege bierflesjes in het rond als confetti, aangevoerd door een enorm grote hufter die schreeuwt:

'De beuk erin!'

En elke politieman binnen een straal van honderd meter zoekt als de donder dekking of trekt zijn wapen.

We rijden weg door Crown Court.

'Rustig aan, Prinses,' zegt Iemand. Sommige agenten zien ons, maar Suzy zwaait en roept:

'Wij zijn het maar!' en Chicho roept:

'Ik vind de sleutels! Is makkie voor ons nou, dank u, dank u!'

Achter ons hoor ik het alarm van de bank afgaan, maar alleen omdat ik ernaar zit te luisteren, er klinken trouwens overal alarms en sirenes, zoals in het Plan. Ik draai me niet om, ik zit alleen maar naar dat rare ding te staren dat Suzy aan de achteruitkijkspiegel heeft gehangen, een rood met blauw blikken skeletje.

'Eenenveertig, tweeënveertig, drieënveertig,' zegt Iemand.

Maar nu is niemand in ons geïnteresseerd, als we de politie bij de ingang van Crown Court naderen zijn ze bijna allemaal mee gaan doen aan de grote scrum op Bow Street waar helmen en schilden en wapenstokken rondvliegen, ik hoor Brady's zware stem zelfs brullen:

'Laat me godverdomme los stelletje kankersoeplulfuckers!' en een paar agenten draaien zich om en schreeuwen:

‘Rot op met die kutauto!’

Maar ze houden ons niet tegen want ze wisten al dat er een witte slee aan zou komen, ze hadden de auto allemaal een eeuwigheid geleden gezien, hij stond er al toen ze hier kwamen, hoe kon je zo’n auto vergeten, sommigen van hen hadden gezien hoe Chicho Suzy een lel gaf en haar de bank in droeg, hoe kon je dat vergeten als je de een of andere fortuinlijke spaghettivreter een blond stuk met zo’n plat buikje een hengst zag geven?

Net als in het Plan.

En nu sluipen we tussen de paaltjes door en de neus van de auto draait rechtsaf Bow Street in. Politie schreeuwt en rent naar de hoop vechtende lichamen en zwaait dat we door moeten rijden en kijkt nerveus naar de bomauto.

Net als in het Plan. Chicho draait zich om en grinnikt:

‘Is makkie voor ons. Zo’n leuke Plan!’

‘Zesenvijftig, zevenenvijftig, achtenvijftig,’ zegt Iemand.

Het tweede achterwiel bokt veilig neer van het trottoir en nu hebben we alle vier de pootjes op de grond, ik zie dat Suzy popelt om haar op haar staart te trappen maar we laveren op ons akkertje naar het midden van Bow Street, als Suzy het stuur terug laat draaien zet ze haar voet al neer, zachtjes, je kunt de trage stuwkracht al voelen terwijl we uit de bocht komen en de Pizza Express passeren.

Links passeren we Brady en zijn Doggies, begraven onder een hoop politie, net als in het Plan.

Waar ze hun klappertjespistolen hebben afgevuurd en hun bierflesjes hebben kapotgegooid, net als in het Plan.

Waar de straat bezaaid is met gebroken glas van de flessen die Brady en zijn Doggies hier hebben rondgesmeten, precies op tijd, precies zoals de een of andere kutklotestomme slimme zak (ik) had gezegd dat ze moesten doen in zijn o zo verdomd slimme Plan.

Dus als we optrekken klappen er twee banden van de slee, vlak voor de Pizza Express, waar we (dankzij het Plan) omringd zijn door het halve politiekorps.

Fijn Plan.

En Suzy knikte alleen maar

Suzy bleef ijskoud, ze minderde kalmpjes vaart, keek me één keer aan, snel, en concentreerde zich er toen op om de politieagenten niet plat te rijden die zwaaiden dat we door moesten rijden en riepen dat we ons hoe dan ook uit de voeten moesten maken, we sukkelden Long Acre op, blob-blob-blob, waar de politie nog steeds achtergebleven kantoormensen en winkeliers wegjoeg.

Chicho bedankte de politie en wees demonstratief naar Suzy alsof het haar schuld was, wat kan een man eraan doen? en Iemand zat met zijn handen in zijn schoot om de revolver te verbergen, hij zat te glimlachen als de paus die de rozenkrans mompelt of zo maar zei in wezen zeventig, eenenzeventig, tweeënzeventig, en ik zat op de zak geld en wou me de vergetelheid in schijten en wenste wanhopig dat ik accountant was.

'Eén minuut dertig,' zei Iemand.

'Shit,' zei ik. 'Waar horen we nu te zijn?'

'Eind van Long Acre op z'n minst,' zei Suzy. 'Uit het zicht, in elk geval.'

'*Puerca Madona*,' zei Chicho.

'Als we voorbij de afzetting zijn voor Fred naar buiten komt hebben we misschien nog een kans,' zei ik.

Maar we sukkelden nog steeds langs de gepantserde voertuigen op Long Acre en passeerden het metrostation toen Suzy langs me heen keek in de achteruitkijkspiegel en zonder zich om te draaien zei:

'Twee minuut tien. Shit.'

Ik keek om Long Acre af en jawel, opeens ging er een andere soort beroering door de politie, een gepantserde Landrover reed Bow Street in en verdween uit het zicht.

'Dus Fred is uit de bank en ze hebben hem gezien,' zei ik.

'Hij leeft ten minste nog,' zei Suzy.

'Goed geschoten,' zei Iemand.

'Is heel slecht voor ons,' zei Chicho.

De velgranden ploegden door het asfalt. We waren bij de afzetting halverwege Long Acre. Ze zwaaiden dat we door moesten rijden, maar voor ons lag de rest van de lange straat vol mensen die samendromden om te kijken, en het wemelde er nog van de politie die probeerde iedereen door te laten lopen en op afstand te houden.

'Hoe hard kunnen we?' vroeg ik Suzy zonder naar voren te leunen.

'Niet hard genoeg. We hebben waarschijnlijk een halve minuut voor ze het uitgevogeld hebben, misschien iets meer met al die heisa hier. We halen Leicester Square niet voor ze alarm slaan.'

'Dat hangt ervan af wat voor alarm ze slaan,' zei Iemand. 'Zet hem aan de kant zodra het kan. Ergens bij een zijstraatje. Hier.' En dat deed Suzy. Ze deed gewoon wat hij zei, gewoon zomaar, ze stopte in de menigte voor die winkel met de hoorn die uit de gevel erboven steekt, Paxman's, ze zette de auto kalmpjes langs de mensen, zo rakelings dat die even kwaad naar ons keken. Daarna wendden ze hun gezichten en camera's weer Long Acre af om de petrochemische Hollywoodexplosie niet te missen waarvan ze gewoon wísten dat hij zou komen.

'Stap uit,' zei Iemand. 'Loop rustig, meng je onder de mensen, ga niet dringen, ga gewoon op in de menigte. O, en tussen haakjes,' (zei hij tegen mij met zijn uitgebleekte ogen) 'als ik het idee had dat ik Suze terug kon krijgen door jou te mollen, zou ik het meteen doen. Pang. Maar dat is niet zo, dus zal ik het niet doen. Te laat. Heavy, hè?'

Suzy keek hem aan alsof ze wist wat hij ging doen en alsof

het eigenlijk niks met hun tweeën te maken had, alleen maar met de manier waarop de wereld in elkaar zat, gewoon het enige juiste wat er te doen stond, en alsof ze het ermee eens was.

'Zeker weten?' vroeg ze.

'Je hebt het van me tegoed, Prinses,' zei hij.

En Suzy knikte alleen maar.

Dus stapten we allemaal uit, ik sloeg de geldzak over mijn schouder als een zak oud wasgoed.

'Je mag daar goddomme niet parkeren!' schreeuwde een agent tussen gewauwel in zijn portofoon en getier tegen andere mensen door.

'Moet je verdomme die banden zien,' schreeuwde ik. 'Ze hebben ons net hierheen gestuurd, wat lopen jullie nou toch te kloten!'

'Hou je gemak, hè!' snauwde hij en wendde zich weer tot zijn portofoon. Chicho baande met schouders en buik een weg voor ons door de menigte, iedereen ging opzij zodat een grote arrestantenwagen erdoor kon, daar zat Brady vast in. Toen we vijf rijen diep in de menigte waren en het zijstraatje naast de winkel met de hoorn in wilden glippen, waagde ik het om achterom te kijken en dit is wat ik zag:

> Iemand stond midden op straat Long Acre af te turen en ik ging op mijn tenen staan om te zien waar hij naar keek, zoals iedereen, en ik zag politieagenten zoekend om zich heen kijken en wijzen en in portofoons schreeuwen en naar de witte slee met vleugels hollen. En toen slenterde Iemand gewoon hippieachtig naar de dichtstbijzijnde hoge politieman, sloeg zijn jas open en trok de revolver uit zijn riem. De geluiddemper was er nu af, je kon zijn hand zien beven vanwaar ik stond, hij vuurde één keer in de motorkap van een politieauto, bengg!, iedereen dook weg en gilde

en probeerde weg te komen, toen stak hij de revolver achter het oor van de politieman en sleurde hem mee met zijn linkerarm om zijn nek, hij trok hem naar het midden van de straat, terug naar de afzetting, terug in de richting van Bow Street terwijl een reeks politieagenten op hem afsprongen en weer terug sprongen toen ze zagen wat hij in zijn hand hield behalve de inspecteur, die – kranige vent – alert bleef maar zich wijselijk slap hield, en iedereen in het rond gilde en rende heen en weer en Iemand krijste, als een computerstem bij een ramp in een kernreactor:
'Achteruit, anders gaat hij eraan!!'
'Achteruit, anders gaat hij eraan!!'
'Achteruit, anders gaat hij eraan!!'

We hoefden niet eens te rennen, de menigte stuwde ons voort tot bijna bij Seven Dials.

Tegen de tijd dat we daar werden uitgestort had Suzy de pruik weggegooid en een roze plastic regenjas uit haar handtas aangetrokken en had Chicho me de zonnebril gegeven, we gingen uiteen en ik slenterde over Charing X Road met mijn waszak van een miljoen pond, kuierde Old Tott.Ct.Rd. in en kwam al gauw bij die ondergrondse parkeergarage voor het British Museum waar Suzy's afzichtelijke ouwe automatische mini stond en waar we volgens plan zouden overstappen. Ik gooide de vuilniszak erin. Ik was er toen al zo aan gewend om te doen alsof het gewoon een ouwe vuilniszak was dat ik het zelf geloofde, ik smeet hem gewoon op de achterbank en pakken geld vlogen alle kanten op, ik moest alles bij elkaar graaien en terugstoppen, daarna sloot ik de auto af en vertrok.

Al dat geld in een parkeergarage in Londen achterlaten?

Zo veilig als wat.

Iedereen mekkert over autodiefstal, tja, wat verwacht je dan als je een auto op straat parkeert die vijf keer zoveel waard is als wat je bijna-buren per jaar verdienen? Denk je dat je hem daar morgen aantreft? Van welke Planeet kom je? De Planeet MC-hemel, zeker. Misdaad is gewoon de manier van de Natuur om inkomensverschillen te nivelleren, als je op verschillen stemt krijg je misdaad. Maar wie steelt er in hemelsnaam een afzichtelijke ouwe automatische mini? Een professionele dief? Nee, want hij is geen fuck waard. Een joyrider? Kom op, welke joyrider zou om een sociale nachtmerrie vragen door in Joyrider City te verschijnen in een afzichtelijke ouwe automatische mini? Een radiodief dan? Nee, want Suzy heeft de radio en de speakers eruitgehaald, elke dief kan de gaten zien waar de speakers hebben gezeten. En de parkeergarage staat vol mooie BMW's en Volvo's, je zou hier de hele nacht de kroonjuwelen in de kofferbak van Suzy's auto kunnen laten liggen, laat staan vijf minuten.

En trouwens, toen ik het daglicht in liep gingen Suzy en Chicho net de parkeergarage in. Ze zagen me niet of misschien deden ze, zoals het hoorde, alsof ze me niet zagen dus deed ik dat ook, ik ging twintig minuten naar het British Museum om naar het goud en de sieraden te kijken die ze met een stamhoofd hadden begraven dat in 2000 voor Christus of zo was gestorven om mezelf eraan te herinneren dat het er allemaal eigenlijk niet zoveel toedeed, en toen begon ik daardoor echt ontzettend naar Suzy te verlangen, ik had in feite zin om daar midden in het British Museum te gaan janken, dus ging ik naar huis en wachtte ik tot ze zou bellen, net als in het Plan, ik wachtte tot mijn hersens tot rust kwamen en probeerde op te houden met denken: nou, wat maakt het uit?

Het werd geacht alles te veranderen, zoals wanneer je kapt met roken en iedereen er zo lang over heeft lopen zeuren dat je denkt Als Ik Kap Wordt Alles Anders, en in wezen is alles hetzelfde, je baan is nog steeds waardeloos en je zit nog steeds vol angst en muizenissen en hunkering, alleen... rook je niet. Of wanneer je zestien bent en iedereen heeft zo lang de mond vol gehad over neuken dat je denkt dat het, wanneer je echt voor de eerste keer neukt, zoiets zal zijn als doodgaan en weer herrijzen als EEN MAN. Zo voelde ik me. Ik had het geflikt, ik had net de deur opengetrapt en het enige wat ik binnen vond waren foto's van mij VOOR en NA, maar ze waren hetzelfde.

Ik zat daar, alleen maar ik en nog steeds ik.

Ten slotte ging ik Suzy bellen vanuit die cel op Goldhawk Road, zoals niet in het Plan.

En raad eens wat ik kreeg?

Het antwoordapparaat.

En raad eens hoe ik me toen voelde?

Het collectieve onbewuste van het autotijdperk

Die bierflesjes hielpen Brady's hachje te redden.

Ik bedoel, het draaide erop uit dat de politie alles in het werk stelde om hem erbij te lappen, ze wisten dat er een connectie was tussen Brady en ons, behalve natuurlijk dat die er eigenlijk niet was want de enige die ze hadden van wie ze konden bewijzen dat hij bij de Bende hoorde was Iemand en Brady had geen flauw idee wie die Iemand wel mocht wezen en Iemand wist ook geen snars van Brady, dus het enige wat ze deden was de waarheid vertellen, en toen de politie listig een toevallige ontmoeting van de twee in de plee ensceneerde en het filmden en de film nauwlettend bekeken, zagen ze dat Brady en Iemand de waarheid vertelden dat ze elkaar niet kenden, wat hen in grote verwarring bracht en hun vaste overtuiging dat ze hem erbij zouden lappen aan het wankelen bracht.

In het begin geloofde Brady zo rotsvast in het Plan dat hij dacht dat ze gewoon probeerden hem op de knieën te krijgen door gefingeerde kranteverslagen over de schietpartijen te drukken. Later geloofde hij hen, maar daar schoten ze ook niks mee op want toen was hij zo kwaad op mij dat ik hem niet in vertrouwen had genomen over het hele Plan en een andere vent een echte revolver had laten dragen, dat hij vastbesloten was om zo snel mogelijk vrij te komen en mijn tanden door mijn gat naar buiten te slaan, dus hij was beslist niet van plan om jaren te gaan brommen en hield zich dus compleet van de domme. Natuurlijk probeerde de politie het met psychologische oorlogvoering bij Brady: ze lieten het licht aan en maakten hem de hele tijd wakker en zo, maar de eerste twintig jaar van zijn leven had Brady naar een eindeloos moeras in Roscommon zitten staren en werd hij om drie uur 's nachts uit zijn bed de regen in geschopt om gemuteerde koeien ter wereld te helpen of zoiets, dus dat was een eitje voor hem, dus toen probeerden ze gewoon volgens de goeie ouwe methode de waarheid uit hem te slaan, maar Brady geeft niks om lichamelijke pijn, ik veronderstel dat hij het wel voelt, hij moet toch érgens een soort primitief zenuwstelsel hebben, maar het doet hem gewoon niks, ik heb wel eens geprobeerd om half serieus met hem te vechten en ik weet dat je, als het heel serieus was, echt menens, nooit zou winnen door Brady pijn te doen, je zou hem moeten laten ophouden alsof hij een groot insekt was, door daadwerkelijk een groot+essentieel bewegend deel te verwijderen, maar goed, Brady onderging zijn afstraffing en stond op en zei: Bent u klaar, Heren? en toen gaf de politie het op omdat ze niet verder konden gaan zonder hem serieus en zichtbaar naar z'n moer te helpen, en de tijd dat ze dat konden doen met wie ze maar wilden is goddank voorbij, zeker als de halve wereld de film gezien heeft van Brady in zijn Doggie-pak met zijn plastic pistool, met een air alsof hij er net vandoor ging om de Nobelprijs voor vibratorimitaties in ontvangst te nemen.

Dus Brady's advocaat voerde aan dat Brady alleen was gearresteerd omdat hij een Ier was en dat de politie voor de zoveelste keer probeerde om de een of andere Ierse WC-sul erin te luizen, en hij kwam aanzetten met allemaal bewijsmateriaal dat aantoonde dat Brady alleen maar een geschifte filmfanaat uit de moerassen was die erom bekend stond dat hij in de metro rondreed in zijn natte-droomuitmonstering, hij zei dat Brady gewoon door het lint ging toen het leek alsof de droom uitkwam.

Maar de genadeklap kwam toen Mr Pientere Advocaat vroeg hoe de politie in jezusnaam kon denken dat Brady onderdeel was van een uitgekiend Plan terwijl het zijn bierflesjes waren die de vluchtauto hadden getorpedeerd? Welke gigantisch stomme terroristische dievenbende zou dat in zijn briljante plan opnemen? Blijkbaar had hij de jury dubbel van het lachen bij de gedachte daaraan.

Ha ha, sodeju.

Dat langzame niet geplande gesukkel over Long Acre betekende dat er een paar behoorlijk riskante video-opnames van ons waren.

Chicho zat goed, want wie neemt er in Londen de moeite om uit te kijken naar De Een Of Andere Ouwe Dikke Salamischuiver, wat zo'n beetje alles was waar de foto's en beschrijvingen op neerkwamen? Als Engelsen het verschil tussen Italianen, Fransen, Spanjaarden, Portugezen, Grieken, Turken en Arabieren zouden weten had het misschien lastig voor hem kunnen worden. Het enige wat hij nu hoefde te doen was rondhangen in de achtertuin van het eethuisje van een kennis bij Victoria, het ziet eruit als willekeurig welk vette-hap-kankereethuis maar als je het weet en als je het in het Spaans kunt vragen ga je door de deur achterin en daar is een tuintje met twee tafels vol rustige Spanjaarden die kaarten en wijn drinken onder parasols. Fijn. Veilig.

Suzy zat goed omdat de opnamen van haar alleen maar een vrouw met zo'n grote blonde pruik en make-up toonden, Suzy hoefde alleen maar de pruik weg te gooien en haar gezicht af te schrapen en dan was ze weer zichzelf, een bestaand iemand en dus een andere vrouw, dus dat was oké, ze kon een kamer vol politieposters binnenlopen en niemand zou denken hé. Ze moest natuurlijk een poosje nalaten om met haar platte buik te pronken want de politie had dat zeker opgenomen in de beschrijvingen, geen denken aan dat de jongens in Crown Court dat hadden gemist. Dus moest hij verstopt worden. Een klap voor Suzy, ongetwijfeld, maar ze hield zich kranig en ging dit jaar vroeg over op de slobbertruien van haar Winterkleed.

Wat mij betreft, toen ik de foto's zag was ik zo blij als een kind: ik leek helemaal niet kaal!

Maar serieus, ik moest me wel behoorlijk gedeisd houden. Ik zie er zo hartstikke normaal en supergewoon uit dat de mensen meer geneigd zijn om nauwlettend kijken hoe de foto's er echt uitzien, in plaats van ze alleen maar op te slaan onder BLONDE DELLEN of GOOCHEME SPAGHETTIVRETERS.

Ik moest natuurlijk de deur uit glippen om mijn zaken af te handelen. Ik betaalde Mr Supaservice meteen, en een paar dagen later ging ik naar Hammersmith Bridge met een plastic tasje met 200 000 pond. Ik had voortdurend het paranoïde idee dat ik overreden zou worden en met een verlamd onderlijf plus dat tasje met geld gevonden zou worden. Ik stak de straten over als zo'n arme drommel in Sarajevo die even naar buiten wipt om brood te halen, maar ik bereikte de brug zonder problemen en wachtte en keek omlaag naar de rivier en rookte een saffie en keek niet om toen ik twee stemmen hoorde naderen. Ze zeiden:

'Ja, tuurlijk, oké, dat snap ik, weet je wel, en is dat niet júist waar het om draait, ik bedoel ja, nee, laten we gewoon eens aannemen dat het Stalin niet zomaar in de bol was geslagen, oké? Is dat te behappen?'

'Mmmmmm.'

'Precies precies precies, en misschien zou het best zo kunnen zijn dat de strijd om de macht over de produktiekrachten in de USSR gepaard ging met de werkelijke aanwezigheid van reactionaire elementen die zich met veel vertoon voordeden als Modernisme onder het mom van de technocraten van Magnitogorsk, oké? Kunnen we dat idee van het strand schuiven en kijken of het tij het meeneemt?'

'Mmmmmm.'

Het kwam nooit bij me op om op mijn hoede te zijn voor een mes in mijn rug of zoiets, wat oké was want er gebeurde niks dergelijks, de voetstappen hielden ternauwernood stil, het enige wat er gebeurde was dat het tasje met geld uit mijn hand werd gesnaaid en Stem #1 zei:

'Hoi, grote vriend!' en ze waren verdwenen.

Op de terugweg drong het opeens tot me door dat ik dacht:

Dat is dus geregeld, nu kan ik overreden worden! en dus besloot ik dat ik meteen naar bed moest.

Ik dwong mezelf om thuis normaal te doen.

Ik ging eten bij Bob en Grote Zus en liet mezelf jeremiëren over geld en baantjes zoals ik de laatste tijd altijd deed, en ik knikte en luisterde toen Bob me weer voorhield dat ik best een opleiding tot advocaat of accountant kon doen als ik er echt mijn schouders onder zette, en ik zag dat hij het zelf begon te geloven toen hij zachtroze werd van de rode wijn, hij was vastbesloten om de MC-hemel veilig te stellen, voor mij en dus ook voor hem, en het enige wat ik de hele tijd dacht was: *money money money ain't it funny*, en dat ik eigenlijk helemaal niet zo'n huis als dat wou.

Na al die maanden van moordzuchtige afgunst had ik nu eindelijk de sleutels tot de MC-hemel en opeens had ik er geen zin meer in.

Ik ging terug naar mijn schuur en wrikte de vloerplank los en keek naar mijn reusachtige berg geld die Chicho de dag na de klus had langsgebracht en dacht:

Misschien verander je door de dingen die je moet doen om te krijgen wat je wilt?

Ik zag Suzy niet.

Ik hoorde niks van Suzy.

Haar antwoordapparaatstem buiten beschouwing gelaten.

Ik praatte twee weken lang haar bandje vol, ik belde haar op om alleen maar het bandje te horen zeggen dat er niemand was, ik verzon Fantastische Verhalen om mezelf te verklaren waarom ze me niet had teruggebeld, als ik naar het huis van Grote Zus keek en haar of Bob aan de telefoon zag begon ik rond te benen en tegen mezelf LEGGODVERDOMMEDIE-HOORNNEER te grommen voor het geval dat Suzy het probeerde als hij in gesprek was. Ik concludeerde dat ze zeker had besloten om zich hoe dan ook gedeisd te houden, ze was vast afgetaaid.

Maar toen was er een reportage op het nieuws over een hoop stoere meiden met camcorders die Soho tot stilstand hadden gebracht, steeds als er van dat knokploeggajes van de pornobaronnen aankwam verschenen er enorme kerels in joggingpakken met portofoons die hun vertelden dat ze met hun hoofd in hun kont gepropt zouden worden als ze een vinger naar de meisjes uitstaken. De baas van de enorme kerels verscheen op tv in zijn glanzend witte stoomgestreken joggingpak, een grote neger, op zijn hemd stond VEILIGHEID VOOR HET VOLK 0181-777-7777 en hij zei:

'Moet je horen ouwe jongen, ik kan je niet vertellen wie ons heeft ingehuurd omdat ik dat eigenlijk niet weet. Anonieme dame, contante betaling over de post, dat soort dingen. Maar er is geen geweld gebruikt, toch? Hè? Nee, precies. En dat is verdikkeme maar goed ook voor die andere knapen!'

Barrington-Charrington, uiteraard.

Suzy, uiteraard.

Dus toen moest ik toegeven dat ze nog steeds in de stad was en mijn telefoontjes gewoon niet beantwoordde omdat ze er geen zin in had.

Deprimerend?

Ooooo nee. Helemaal niet.

Zo erg had ik het te pakken, ik had het niet meer, ik gaf er in feite de voorkeur aan om te denken dat ze me niet wóu zien dan te denken dat ze weg was. Ik bedoel, je kunt misschien veranderen wat mensen wíllen maar je kunt er niks aan veranderen of ze er zíjn of niet. Dus toen ik besefte dat ze me gewoon niet wou zien was ik opgetogen en besloot ik dat ik haar in dat geval snel moest zien en op andere gedachten moest brengen voordat WIJ gewoon uit beeld verdween en ze iets nieuws aan de hand kreeg.

Dus op een avond, een week of drie na de klus, deed ik iets wereldschokkends zieligs+doms, ik schoor mijn haar stekeltjeskort, kocht een zonnebril en ging de halve avond rondhangen in Filthy MacNasty's voor het geval Suzy opdook.

Goddank deed ze dat niet en zag ze me daar niet rondhangen en misschien alles verknallen uit puur jammerlijk ongeduld. Jammerlijk omdat ongeduld altijd jammerlijk is, als je ongeduldig bent betekent dat dat je de toekomst niet vertrouwt, je bent bang om de boot te missen, en je kunt zo bang zijn om iets te verliezen dat je het nooit echt krijgt.

Wat zijn de drie verschillen tussen een supermodel en een bloot meisje op een uitklapplaat? Geduld, geduld en geduld.

Daarna lag ik dagenlang in mijn schuur en rilde en voelde me misselijk bij de gedachte hoeveel mensen me hadden kunnen zien. Ik begon zelfs te denken dat de kale man in de zitslaapkamer aan de overkant me misschien in de peiling had, misschien bleef hij alleen maar doen alsof hij zijn speelgoedvliegtuigjes maakte (het was nu een grote tweedekker) zodat ik niet zou merken dat hij het wist. Ik begon na te denken over hoe ik bij hem binnen kon sluipen om de klootzak een bijl in zijn hersens te slaan, en wie zou het ooit te weten komen of ermee zitten? Of om hem misschien naar de metro te volgen en gewoon voor de trein te smijten. Op een avond drong het tot me door dat ik daadwerkelijk een plan zat te beramen, met alle details.

Ik had er zo'n behoefte aan om mijn hersens tot rust te brengen dat ik Griekse Ted opbelde op zijn mobiele nummer en hem vertelde dat ik de beste plaats wou op het Balkon, alleen voor die avond.

Griekse Ted is een toppusher met (uiteraard) een witte Mercedes, het was zijn auto die me op het idee bracht, geloof ik, en dat ik Balkon zei hield in dat ik een dosis van zijn Beste Spul wou. Ik vroeg ook of hij Suzy had gezien maar hij zei van niet. Toen ik ophing wist ik dat zij het was die ik wou, niet de smack, maar sinds wanneer heeft iets weten iemand tegengehouden, dus die avond ging ik naar Griekse Ted zijn appartement, Meuk Designer Hemel, ik betaalde zijn lijfwacht, een breedgeschouderde vent met een plooi nekvet die over zijn button-downkraag puilde, en ik wachtte samen met een figuur die Patch heette, een UMC-wrak met zenuwstuipen; we zaten daar als mensen in een trein die elkaar vaag kennen en wensen dat ze elkaar niet hadden ontmoet.

Griekse Ted stond het spul boven het aanrecht klaar te maken, maar toen zei hij opeens zonder zich om te draaien:

'Gek dat jij naar Suzy de Zwarte Weduwe vraagt, Mr Denver. Weet je dat ik bij haar aan de beurt was?'

'Nee,' zei ik.

Toen draaide hij zich wel om:

'Het was een deal, snap je wel? Ik heb haar prima spul gegeven, ver onder de prijs, man. Ik was bij haar aan de beurt. Snap je wel? Het was godverdorie een deal, praktisch, en ze heeft me niet eens een keer gepijpt en toen ging er een andere zakkewasser voor zijn beurt. De een of andere zakkewasser. We gebruiken hier mijn eigen materiaal, is dat oké, Mr Denver?'

En hij pakte een joekel van een glimmende echt zilveren spuit uit een designer-sterilisator, wipte een gloednieuwe naald te voorschijn, schroefde hem erin en begon hem te vullen.

'Genoeg voor z'n tweeën,' zei Griekse Ted. Mr Patch kreeg een extra krachtige zenuwstuip. Griekse Ted lachte, hi hi.

'Ik ga eerst,' zei ik.

'Helemaal mijn idee, Mr Denver. Jij gaat eerst. De man die eenmalige dagtripjes maakt gaat eerst, hi hi. Patch maakt het niet uit, is het wel, Patch? Patch maakt geen dagtripje, Patch zit op een lange-termijncruise door de sloppen, waar of niet, Patchy? Patch heeft geen blauw bloed meer in zijn aderen, Mr Denver, zijn hart transporteert verdomme pure stront, hi hi. Nou, daar gaan we, heren, beter kun je niet krijgen.'

Ik had mijn arm al opgepompt dus pakte hij hem beet en depte hem even schoon als een verpleegster en prikte de naald erin, trok de zuiger een ietsje terug zodat er bloed in kwam, en net toen ik mijn ogen had gesloten en wachtte tot het zonlicht tegen de achterkant van mijn hoofd knalde, zei hij:

'Waar is Suzy dan?'

Ik keek omlaag. De naald zat er nog in, de spuit was nog vol, de draden van mijn bloed kronkelden traag rond door de troebele vloeistof, met zijn dikke sterke hand hield hij nog steeds mijn arm omhoog bij de elleboog en zijn duim zat nog steeds op de zuiger. Ik keek naar mijn arm met die naald die eruitstak en het bloed dat uit het gaatje begon te kruipen alsof het de arm van iemand anders was, en ik keek naar zijn duim en zag dat hij een heel klein beetje wit was van de druk. Toen drong het tot me door dat Mr Speknek vlak achter me stond.

'Genoeg voor z'n tweeën,' zei Griekse Ted. 'Dat is twee keer te veel voor eentje, Mr Denver, hi hi. Suzy is me nog wat schuldig. Waar is ze? Heb jij met haar liggen neuken? Als jij met haar geneukt hebt ben jij me ook wat schuldig, begrijp je wel? Waar is ze? Als ik te hard druk gaat je dagtripje tot sint-juttemis duren.'

Hij had zijn tong tussen zijn tanden van genot, hij kickte op het zuiverste ruilmiddel dat er bestond, macht.

Maar tot mijn verrassing kon het me niks schelen. En tot de zijne. Hij keek bij me naar binnen door mijn ogen, op zoek naar iemand om voor de grap op de knieën te krijgen, en het enige wat hij zag was iemand die zei: 'Doe het dan.'

Dus deed hij het niet, uiteraard. In plaats van een snel

machtsspelletje zag hij business in de toekomst, dus knikte hij alleen maar en drukte tot halverwege en bij de derde tel vulde mijn hoofd zich met een luid geruis als een golf die van een lang kiezelstrand terugvloeit in zee, de chemische engelen tilden me zacht achterover. Hij trok de naald eruit en reikte hem zonder te kijken over aan Mr Patch, die hem vastgreep met iets tussen een zucht en een jank in, als een parachutespringer die op het nippertje zijn trekkoord vindt.

'Tot kijk, Mr Denver,' zei Griekse Ted toen ik wegging.

Dus in plaats van gek te worden ging ik met vakantie, goddank, er zijn tijden waarop je het best kunt blijven en vechten en tijden waarop je er het best voor een poosje tussenuit kunt knijpen, soms moet je een paar stappen achteruit doen van de rand om op adem te komen en een goeie aanloop te hebben. Ik kreeg een leuk Japans autootje met een halflegaal APK-bewijs van Mr Supaservice – hij leende het me gratis, zoals elke goeie zakenman zou doen bij een plichtsgetrouwe+profijtelijke klant – en ik ging naar Schotland en wandelde als een zot rond door de heuvels en zat aan de oever van meren en keek naar de zon die door de hoge, snelle wolken kwam, het licht kwam en ging en schoot zo snel langs de hei en de varens of zo en het donkere gras dat het leek of groene en gele zoeklichten de heuvels afspeurden, maar ik wist dat ze niet achter mij aan zaten.

Als ik iemand tegenkwam die vroeg wat ik deed, zei ik alleen maar dat ik Londen was ontvlucht omdat het zo'n hoop yuppiegeouwehoer was, wat het altijd goed doet buiten het goeie ouwe Zuidoost-Engeland, en dus ontmoette ik hier en daar normale mensen en voerde normale gesprekken, en in een plaatsje dat Kinghorn heette ontmoette ik zelfs een redelijk normaal meisje, zo'n plattelandsmeisje wier ogen beginnen te dwalen, ze wou meer dan haar dorp kon bieden, ze kon de verre beat al horen, de zoete weg naar King's X riep haar. We spraken af na haar werk in de bar, ik zat op een bank patat te eten met zo'n worstvormige haggis die ze daar in snackbars verkopen, smekkedismek, en na een tijdje zei ik Moet je horen, ik heb net de bons gekregen van een ander Schots meisje, ik ben momenteel niks waard voor andere mensen, zeker niet voor jou. En zij zei: Nou, ik heb het zelfs nog nooit echt te pakken gehad, en wie had het over waard zijn? Dus dat was oké. Ik was heel blij om met iemand te neuken, maar ik wou dat het Suzy was en dat merkte ze, makkelijk zat, en ze werd kwaad ook al had ik haar gewaarschuwd. Ik zei dat ze me op mocht komen zoeken in Londen en dat deed ze, maar ze was ernstig ongeïmponeerd toen ze ontdekte dat mijn schuurtje letterlijk was, geen beeldspraak, dus daar hield het al snel mee op. Ze greep de kans om het als eerste uit te maken, en terecht, degene die het feitelijk uitmaakt krijgt daar altijd een beter gevoel van, dus deed ik alsof ik helemaal in de vernieling zat, wat niet moeilijk was want dat zat ik ook hoewel niet echt om haar, gewoon om Van Alles, weet je wel.

Eigenlijk was ik mijn schuurtje ook spuugzat, maar ik had appartementen bezichtigd met hoge ramen en tuinen en zo, in Sheps Bush en Notting Hill, en ik had op de een of andere manier niks gevonden waar ik me in kon zien leven.

Het enige wat ik in al die appartementen kon zien was: ik, niet levend.

Ik vroeg me af of Brady en Chicho hetzelfde voelden over hun wensen die in vervulling waren gegaan, maar ik dacht waarschijnlijk niet.

Waarom?

Omdat zij naar huis gaan, daarom:

Chicho gaat over een week de papieren tekenen voor de helft van het restaurant met houtfornuis van zijn halfbroer in Zaragoza.

Brady gaat volgende maand naar een pubveiling in Mayo.

Ze zullen contant betalen.

Fijn om contant te kunnen betalen.
Fijn om naar huis te gaan.

Fred was ook thuis, hij was een held in Fulham, de *Daily Express* zamelde geld voor hem in en de Schurken die wel beter wisten waardeerden hem opeens op van Mr Spierkracht naar Mr Grote Pief, en toen zijn dochter Jean Leefe opeens zestigduizend pond werd nagelaten door een vent die niemand kende en Jimmy heette en aan aids was gestorven, keek Fred iedereen aan met zijn eerlijke bruine ogen en zei: Arme Jimmy, ik heb de gozer nooit gekend maar ze zeiden dat hij altijd een zwak voor mijn Jean heeft gehad, en de Schurken schudden hun hoofd van afgunst+bewondering.

Je hebt nog nooit zoveel malve en ridderspoor gezien op een begrafenis.

Jimmy's begrafenis viel op Dag Twee van Dai's cyclus maar uiteraard verbrak Dai de cyclus, hij zei dat dat de hele bedoeling was van een dodenwake en dat soort dingen, dat mensen bereid zijn om van hun werk weg te blijven en hun lever te ruïneren en alles, het is een teken van respect, en meer dan dat, het is een teken dat je erkent dat er allemaal klotedingen gebeuren, dat dingen echt voor altijd verloren gaan, dat geen enkele levensverzekering, hoe hoog ook, ons ooit kan redden, dat het heel donker en heel koud is voorbij het kampvuur, dat het enige wat we hebben onszelf is.

Dus na afloop zaten we in Filthy MacNasty's whisky en bier te drinken en Dai liet ze voor één keer ophouden met dat Ierse gefiedel en liet ze Patsy Kline draaien, goddank, en toen, aangezien ik Dai alles kan vertellen, vertelde ik hem alles.

'Wat we niet allemaal doen voor vrijheidsfiches!' zei hij aan het eind.

'Vrijheidsfiches?'

'Geld voor jou, o hersenloze Angelsaks. Ik zal het demonstreren. Jij hebt, laten we zeggen, een reisbureau.'

'Goed,' zei ik.

'Ik kom je virtuele reisbureau binnen. Goeie virtuele morgen.'

'En eentje recht voor z'n raap voor u, meneer.'

'Ik denk, ja ik denk dat ik morgen graag naar Barcelona zou willen vliegen, zodat ik naar Sitges kan karren en manzanilla-sherry met ijs kan drinken als de avond langzaam begint af te koelen en de strandjongens voorbijparaderen in hun latex niemendalletjes, zodat ik zal kunnen kiezen met wie ik me later suf wens te neuken.'

'Een idyllisch scenario, meneer.'

'Hoeveel vrijheidsfiches gaat me dat kosten?'

'Eh, een stuk of duizend.'

'Maar zoveel heb ik er niet. Ik ben niet in staat geweest dat te vergaren door werken of bedelen of lenen of uitbuiten of stelen (wat de enige vijf manieren zijn om eraan te komen).'

'Wel, meneer, dat ziet er dan somber uit, nietwaar?'

'Het ziet ernaar uit dat ik niet vrij genoeg ben om naar Barcelona te gaan, nietwaar?'

'Je krijgt die indruk, meneer. U zou naar Reading kunnen gaan, meneer. Je hoort wel eens dat de, hoe zal ik het zeggen, SCENE daar levendig is, naar provinciale maatstaven.'

'Ja, ja, ik ben zo'n beetje vrij genoeg om naar Reading te gaan. Laat dat mijn grafschrift zijn. Wat me eraan herinnert: vergeet niet dat u doodgaat!'

'Sapperloot, meneer, dat was ik helemaal vergeten.'

'En wat ga je met je vrijheid doen?' vroeg hij, en ik zei dat ik het eigenlijk niet wist, en hij zei: Als je niet weet wat je met jezelf aan moet, betekent dat dat je Jezelf niet Kent. 'Maar ik wel,' zei hij.

'Wat, ken je jóu zelf?'

'Dat ook. Ik heb besloten, pop, dat je een stuurloosheidsfetisjist bent. Je moet je mee laten drijven. Wat je echt wil, in de Donkere Kamer van je geest, is niet weten wat er gaat gebeuren. Heb ik ongelijk?'

Dus zei ik dat hij (zoals gewoonlijk) waarschijnlijk gelijk had. Ik zei dat ik een steeds terugkerende droom heb waarin ik altijd op het punt sta om in een auto te stappen met iemand die ik vaag ken en ergens heen te gaan waar ik het helemaal niet ken, en het is altijd een goeie droom, soms word ik wakker en voel ik me triest omdat het niet waar is, ook al heb ik geen idee wat ik mis.

'Je rouwt om iets wat je nooit hebt gehad,' knikte Dai.

'Tja,' zei ik. 'Behoorlijk stom.'

'Nou ja, onze enige troost is natuurlijk de superbe rechtvaardigheid die zegt dat het voor iedereen hetzelfde is, of hij nou Achilles is of een gefrustreerde accountant. We hoeven alleen maar het onvermijdelijke te vrezen, wat verdorie behoorlijk debiel is om bang voor te zijn want het is immers onvermijdelijk. Gelukkig is het morgen Dag Drie en wachten de Jongens op me. Ik denk dat het misschien van nu af aan elke dag Dag Drie is. Ik heb het geprobeerd, ik heb mijn best gedaan, maar zie: de Mens maakt plannen en de Goden lachen. Vergeet niet om af en toe een ansicht te sturen.'

'Hoezo, uit Sheps Bush?'

'Vanwaar je ook terechtkomt. En verder hoef je alleen maar dit niet te vergeten: dat het Leven niet is zoals die tamelijk mooie en heel campy auto buiten. Je hebt geen achteruitkijkspiegels nodig voor het Leven, het enige wat er achter je aan komt zijn de roestige ouwe stukjes van het verleden die je hebt laten zitten.'

'Wat voor tamelijk mooie en heel campy auto?' vroeg ik, want Dai had het gezegd met die lepe blik op zijn gezicht.

'Ah!' zei hij en hij gleed bevallig van zijn barkruk.

Ik volgde hem naar buiten, hij keek niet om, dat doet hij nooit als hij afscheid heeft genomen, en wat daar op straat stond was Suzy, uiteraard.

In zwart leer, uiteraard, met haar haar kortgeknipt achterover en gitzwart geverfd, uiteraard, en ze zat in een belachelijke halve kilometer lange rode jaren vijftig Amerikaanse slee met vleugels, niet van die prullerige plastic zelfklevende vleugels als op zo'n pooiermobiel-Mercedesje maar grote chroomstalen vleugels met lampen als torpedo's. En naast haar zat Mr Supaservice geld te tellen als een kat met een muis.

'Hoi,' zei ik.

'Hoi,' zei Suzy.

Stilte. Toen keek Supaservice op en knipoogde:

'Hé, je hoeft niet bang te zijn voor spinnen, Mr Stoere Milkybar, Supa S. zit alleen maar hier in de Noordelijke Woestenij om Miss Zijdetruc te helpen dit heftige slagschip te testen. Maar ze heeft het al gevangen en ingesponnen, de Spinnevrouw slaat toe terwijl ze denkt. Je geheel en al legale papieren, Miss Spinette, mijn baar geld. Bonnetje?'

'Bonnetje,' zei Suzy.

'Geregeld! We doen nog eens zaken.'

En hij sprong over het portier uit de auto en struinde weg.

Weer een stilte.

'Leuk,' zei ik.

'Ik wou de politie extra om de tuin leiden,' zei Suzy. 'Het is niet echt origineel voor een fantasie, maar aan de andere kant, wat is er zo goed aan origineel? Origineel wil niet zeggen goed. Ik vind het leuk omdat het niet origineel is. Dit is het tegenovergestelde van origineel, dit is het collectieve onbewuste van het autotijdperk. En hij is van mij.'

'Is het een automaat?' vroeg ik zonder haar aan te kijken.

'Dat zijn ze allemaal,' zei ze zonder opzij te kijken.

'Eén op vijf of zoiets?' (dito).

'Dat had je gedroomd.' (dito) 'Tja, het is niet erg groen, dat weet ik, maar vergeet niet: daarbij ga je ervan uit dat er maar één persoon in zit. Als je met z'n tweeën bent, nou, dan is het eigenlijk niet erger dan een lullige accountant die alleen naar zijn werk gaat in zijn Granada-klotebak.'

'Ja, ja,' zei ik. 'Waar heb je gezeten?'

'Hier en daar. Om mijn hoofd op orde te krijgen. Jij?'

'Wat rondgeëmmerd en geprobeerd het niet te verliezen. Was jij dat die Barrington-Charrington had ingehuurd?'

'Wie? O, ik dacht dat hij Walsingham-Sandringham heette of zoiets.'

'Ja, zoiets.'

'Ken je hem?'

'Van een eeuwigheid geleden. Fijn om te weten waar hij is. Je weet maar nooit.'

'Wat weet je maar nooit?'

'Ik weet het niet, ik krijg nog maar net, weet je wel, de clips met hoogtepunten in mijn hoofd. Het komt wel, of het komt niet. Hoe is het met Iemand?'

'Nou, ik kan niet echt op bezoek gaan in Pentonville, is het wel? Ik zou denken dat hij het wel redt in de nor.'

'Ze zullen gek met hem zijn.'

'Hij kan misschien afkicken. Misschien leeft hij zelfs wel lang genoeg om zijn pensioen te trekken. En als ik er dan ook nog ben zullen we alleen maar heel, heel, ouwe vrienden zijn die bijna elkaars leven naar de kloten hadden geholpen maar er toch mee verder zijn gegaan. Je moet eerst quitte staan, daarna kun je verder trekken.'

'Waar trek je heen?'

Suzy haalde haar schouders op. Ze haalde dat ding uit haar zak, ze had het zeker meegegrist uit de witte slee toen we de benen namen, ik had het niet eens gemerkt, dat glimmende rood met blauwe skeletje. Ze hing het aan de spiegel en tikte ertegenaan zodat het ronddraaide.

'O, dit hoopje schroot is gemaakt voor lange afstanden, het is veel te groot voor Londen, het moet de ruimte hebben.'

'Ja. Lastig met parkeren.'

'Vreselijk, zelfs met de stuurbekrachtiging. Dus ik denk dat ik er misschien een lekker lange trip mee moet gaan maken. Ik dacht misschien Berlijn. Nou?'

Ik bedoel, kom op zeg.